LA JAULA DEL ÁNGEL

LA OBSESIÓN DE MOLOTOV: LIBRO 2

ANNA ZAIRES

♠ MOZAIKA PUBLICATIONS ♠

Publicado por Mozaika Publications, una marca de Mozaika LLC.
www.mozaikallc.com

Traducción de Isabel Peralta

Portada de The Book Brander
thebookbrander.com

Fotografía por The Cover Lab

ISBN-13: 978-1-63142-902-6
Print ISBN-13: 978-1-63142-904-0

CHLOE

ESTOY DE VUELTA. DE VUELTA EN LA GUARIDA DEL DIABLO.

Esa idea no deja de girar en mi mente nublada por el dolor mientras el coche reduce la marcha y se detiene delante de la mansión ultramoderna de montaña de Nikolai. Un hombre y dos mujeres con ropa de hospital, presumiblemente el equipo médico que Nikolai ha mencionado, nos esperan en el camino de entrada con una camilla. Detrás de ellos está Alina, la hermana de Nikolai, con el rostro pálido y preocupado.

Yo solo percibo todo eso de pasada. Todos mis sentidos se encuentran anulados por el hombre que me sostiene de forma posesiva en su regazo.

Nikolai Molotov.

El mismísimo diablo.

Sus poderosos brazos me rodean, sujetándome contra su gran cuerpo y aunque acabo de verle cargarse a dos hombres, no puedo evitar sentir el bienestar que me producen su contacto, su calidez y su familiar aroma a cedro y bergamota. Su sabor persiste en mi lengua y los labios me palpitan por su beso, y por mucho que quiera negarlo, el miedo no es la única emoción que me inunda la boca del estómago ante la idea de que él me retenga aquí contra mi voluntad.

—Solo unos segundos más, *zaychik* —murmura él, echándome el pelo hacia atrás, y un escalofrío me recorre cuando mis ojos se encuentran con su mirada brillante como la de un tigre.

Puedo ver el monstruo que hay por debajo de su hermosa fachada. Ahora lo tengo tan claro como el agua.

Pavel salta del coche primero, nos abre la puerta, y una oleada de mareo me golpea cuando Nikolai se baja, sosteniéndome fuerte contra su pecho. Aunque tiene cuidado, el movimiento me produce un dardo de dolor que atraviesa mi brazo y me hace sentir náuseas, y las distantes cimas de las montañas dan vueltas delante de mis ojos, mareantes, al dejarme él suavemente sobre la camilla.

Cierro los ojos con fuerza y me concentro en respirar y en no desmayarme mientras me meten en la casa, con Nikolai rugiendo órdenes al equipo médico y hablando en ruso con Alina y Lyudmila entremedias. Supongo que está explicando lo que ha pasado, pero me duele demasiado para que me importe si es así o no.

Nunca me habían disparado, y no es divertido.

Cuando vuelvo a abrir los ojos, estoy en mi dormitorio, con el doctor y su equipo moviéndose afanosamente alrededor de mi camilla. En cuestión de segundos, tengo una vía en el brazo izquierdo y estoy conectada a varios monitores. No tengo ni idea de dónde habrá salido todo este equipamiento médico, pero mi dormitorio parece haberse convertido en una habitación de hospital.

El doctor, ya con ropa de quirófano y una mascarilla, me pregunta si soy alérgica al látex o a alguna otra medicación mientras se pone un par de guantes.

—No —digo con voz ronca, y una de las enfermeras cuelga una bolsa de líquido y lo conecta a la parte superior de mi vía. De inmediato, me invade una agradable languidez, haciendo que me pesen los párpados.

Lo último que veo antes de que el mundo se desvanezca es a Nikolai de pie en un rincón de la habitación, con sus ojos dorados clavados en mí con la intensidad de una fiera. Todavía tiene una mancha oscura en la mejilla, la sangre del hombre al que ha torturado para obtener respuestas, pero con el dulce alivio de la anestesia esparciéndose por mis venas, no puedo evitar que una media sonrisa me curve los labios.

Te mantendré a salvo, me ha dicho él, y mientras la oscuridad se va adueñando de mí, yo le creo.

Me mantendrá a salvo de todos excepto de él mismo.

NIKOLAI

MI HERMANA ME INTERCEPTA EN CUANTO PONGO UN PIE fuera de la habitación de Chloe. Ha debido de estar allí de pie en el pasillo todo el rato.

—¿Cómo está?

—Vivirá, aunque no gracias a ti. —Mi tono es duro, pero me importa una mierda.

Es por culpa de Alina que estemos en este lío. Le contó a Chloe que yo maté a nuestro padre. Le dio las llaves del coche, facilitándole la huida.

Mis palabras hacen que Alina dé un respingo, pero no se aparta. Su rostro sigue pálido y ojeroso, pero sus ojos verdes están despejados y ella ya no huele a cóctel de drogas.

—Quiero decir, ¿cuál es su estado? ¿Qué ha dicho el médico?

Yo suspiro y me paso los dedos por el pelo.

—Ha tenido suerte. La bala ha atravesado su brazo limpiamente, y apenas le ha tocado el hueso. Ha perdido una buena cantidad de sangre, pero no tanta como para necesitar una transfusión. También tiene un esguince de tobillo. Aparte de eso, solo está muy magullada y llena de arañazos.

—Kolya… —Mi hermana está más abatida de lo que yo la había visto jamás—. Lo siento de veras. No sabía lo de…

—Para. —No estoy de humor para escuchar sus disculpas y justificaciones. Puede que no supiera lo de los asesinos que persiguen a Chloe pero eso no excusa para lo que ha hecho. Tampoco lo es que estuviese colocada con sus medicamentos. Antes de decir algo de lo que pueda arrepentirme, pregunto—: ¿Dónde está Slava?

—Lyudmila lo llevó a visitar a los guardias. Le pedí que lo mantuviera apartado por ahora, dado que… ya sabes. —Hace un gesto hacia la puerta de Chloe.

—Bien pensado. —Sé que no debería sobreproteger a mi hijo, pero me siento extrañamente reacio a exponerle a las realidades brutales de nuestra vida igual que nuestro padre hizo conmigo. Una cosa son la caza y la pesca, y me alegra de que Pavel le esté enseñando eso a Slava, junto con otras habilidades vitales importantes, pero preferiría que no tuviese que ver a su profesora cubierta de sangre.

Ya aprenderá lo que significa ser un Molotov, con el tiempo, pero todavía no.

Alina parece aliviada al oír que pienso que ha sido buena idea.

—Entonces, ¿qué ha pasado? —pregunta,

siguiéndome mientras yo me dirijo a mi habitación—. ¿Quién envió a esos asesinos a por ella?

—Es una larga historia. —Una que yo todavía estoy acabando de digerir—. Basta con decir que sigue estando en peligro.

Alina me agarra de la manga, haciendo que me detenga.

—¿Entonces tu no…?

—Lo he hecho. —Le he metido una bala en el cerebro a uno de los asesinos y herido al otro tanto como para que muriese poco después… pero no antes de conseguir sacarle un nombre.

Un nombre que todavía estoy intentando procesar.

Mi hermana me observa con un ceño frunciendo su frente.

—Pero crees que vendrán más.

—Estoy seguro de que lo harán.

—¿Por qué? ¿Quién es ella, Kolya?

—Eso es lo que pretendo averiguar.

Me suelto de su mano, entro en mi cuarto y cierro la puerta.

Aunque Chloe sigue anestesiada, yo estoy ansioso por volver con ella, así que me ducho y me cambio rápidamente. Luego le envío un mensaje rápido a Konstantin, poniéndole al día de lo que he averiguado y pidiendo que su equipo de *hackers* investigue al hombre que el asesino a sueldo dijo que era quien le pagaba.

Tom Bransford.

El candidato a la presidencia que podría ser el padre de Chloe.

Ella todavía desconoce esa última parte y yo no sé si debería decirle nada con respecto a mis sospechas hasta que no tenga más pruebas concretas. Ahora mismo las pruebas son, como mucho, circunstanciales, y si no estoy en lo cierto, Chloe tendría todavía más motivos para pensar que soy un monstruo retorcido.

Lo cual sí soy. Solo que no quiero que ella piense en esos términos sobre mí.

Se me encoge el pecho cuando rememoro en mi mente la dulce y radiante sonrisa que me ha dedicado antes de que las drogas que le han puesto por la vía le hiciesen efecto. Quiero más de esas y no la mirada vacía y aterrorizada que tenía en el bosque, cuando me vio acercándome hacia ella con la pistola en la mano después de haberme cargado a uno de sus agresores y herido al otro.

No quiero volver a ver esa expresión en su cara nunca más.

Alina ya se ha marchado cuando salgo al pasillo y me apresuro a regresar a la habitación de Chloe. Sé que estará bien con el médico y las enfermeras vigilándola, pero no puedo evitar la ansiedad que me roe las entrañas cada segundo que no la tengo delante. ¡Ha estado tan cerca de morir, joder! Si yo hubiese aparecido unos minutos más tarde, si el equipo de Konstantin no hubiese podido piratear el satélite de la ASN para señalar su ubicación exacta, si la bala hubiese atravesado su cuerpo unos milímetros más a la izquierda... hay un número infinito de posibilidades de que esto pudiese haber terminado de forma distinta.

Un número infinito de posibilidades de que yo hubiese podido perderla.

—Despertará en unos minutos —me informa el médico cuando entro en la estancia. Es uno de los mejores cirujanos de trauma del estado; Pavel hizo que él y su equipo vinieran volando en helicóptero desde Boise por una tarifa exorbitante que compra tanto sus servicios como su discreción.

—Bien. Gracias. —Ignorando las miradas fijas de las dos enfermeras, me acerco a Chloe con la congoja atenazando mis costillas al notar el tono grisáceo de su piel bronceada. Han lavado la sangre y la suciedad de su cara y de sus brazos y la han vestido con un camisón de hospital, pero su pelo sigue enredado, con un par de ramitas y hojas atrapadas entre sus mechones castaño-dorados.

Yo le quito todo eso y lo dejo en la mesita que hay junto a su camilla. Odio verla así, tan pequeña, tan frágil, y herida. Daría cualquier cosa por poder haber sido yo quien recibiese esa bala por ella, o mejor todavía, por haberme despertado unas horas antes, y así haber evitado que ella se marchase.

Acerco una mano y paso mis nudillos suavemente por su mandíbula finamente moldeada. Su piel es tan suave y cálida... Incapaz de controlarme, le paso el pulgar por los labios ligeramente abiertos. Labios carnosos, como los de una muñeca, el superior ligeramente más grueso que el inferior. Labios inductores al pecado, capaces seducir a un santo... aunque no es que yo nunca haya sido uno.

Aparto la mano antes de que mi cuerpo pueda reaccionar de forma inapropiada. Me voy hasta un sillón que hay en la esquina del cuarto y me acomodo para esperar mientras el doctor desaparece en el baño. Las enfermeras están recogiendo los materiales; en cuanto Chloe recupere la consciencia y esté estable, se irán.

Fiel a la promesa del médico, solo pasan unos minutos antes de que Chloe se revuelva y deje escapar un leve sonido de sus labios mientras sus párpados aletean rápidamente y luego se abren. Me pongo de pie de inmediato y atravieso la habitación hacia ella.

—Hola —murmura ella, adormilada y pestañeando en mi dirección—. ¿Ya han...?

—Sí, *zaychik*. —Cojo suavemente su mano izquierda, teniendo cuidado de que la vía que tiene en el brazo no se le salga. Sus delicados dedos están fríos en mi mano a pesar de la sábana que le cubre hasta el pecho—. ¿Qué tal te encuentras? ¿Quieres beber algo?

Ella vuelve a parpadear, claramente todavía adormilada, así que yo pulso un botón para levantar la cabecera de su camilla y dejarla en posición medio erguida, y luego le acerco a los labios un vaso de agua con una pajita. Ella sorbe con avidez, haciéndome sonreír.

El médico se acerca rápidamente y yo me aparto para dejar que él y su equipo hagan lo suyo. Las enfermeras ponen el brazo derecho de Chloe en cabestrillo mientras él le hace unas cuantas preguntas y le toma las constantes vitales. Entonces le quitan la vía y todos los equipos de monitorización.

La han evaluado y considerado consciente y estable.

—Tómese esto para el dolor según lo necesite —le dice el doctor, dejando un frasco de píldoras en la mesita—. Y procure que no se le moje el vendaje. Hay que cambiarlo cada veinticuatro horas. —Se vuelve a mirarme y yo asiento.

Tengo bastante experiencia con las heridas de bala y estaría más que contento de hacer las veces de enfermera para Chloe. De lo que no estoy nada contento es del tema de los calmantes, pero sé que los va a necesitar.

Su herida no es potencialmente grave, pero aun así le dolerá un montón.

—Quietas, yo lo hago —digo cuando las enfermeras se acercan a levantar a Chloe, presumiblemente para trasladarla a su cama. Las aparto con un gesto, la levanto con cuidado y la traslado yo mismo... lo que no es una tarea difícil, porque pesa apenas un poco más que Slava. Aunque ha estado comiendo igual que un leñador la semana que lleva aquí, mi *zaychik* sigue estando demasiado delgada después de ese mes que se ha pasado a la fuga.

Ella hace una mueca cuando la dejo en la cama, y yo siento como si una puñalada me atravesara el estómago. Nunca he estado tan sintonizado a nivel visceral con otra persona, hasta el punto de experimentar su dolor como si fuese el mío propio. Si quedaba alguna duda en mi mente sobre lo que ella significa para mí, se esfumó en el mismo instante en que vi que su Toyota había desaparecido del garaje.

Nunca había conocido rabia y terror semejantes a cuando supe que los asesinos estaban en la zona, cuando creí que era posible que no la encontrase a tiempo.

Se me revuelven las tripas y aparto la idea de mi cabeza antes de sentirme tentado de estrangular a Alina. Lo importante ahora mismo es que Chloe está aquí segura conmigo. Ya le he dicho a Pavel que refuerce nuestra seguridad, por si los asesinos hubiesen averiguado quién ha contratado a Chloe y le hubiesen pasado esa información a su jefe antes de que yo los encontrara. Lo dudo, el que torturé parecía no tener ni idea de quién era yo, pero prefiero no correr ningún riesgo.

Además, siempre existe la amenaza de los Leonov. Alexei estará todavía más cabreado ahora que le hemos robado el lucrativo contrato del reactor nuclear de Tayikistán a la empresa Atomprom de su familia.

Apartando esa idea de mi cabeza también, me centro en poner a Chloe recostada sobre un par de almohadas y en taparla con una manta mientras el médico y su equipo sacan la camilla con ruedas y todo su equipamiento médico de la habitación.

Un minuto después, estamos solos por fin.

Me siento en el borde de la cama y cojo su pequeña mano.

—¿Estás cómoda, *zaychik*? —pregunto, frotando su helada palma—. ¿Puedo traerte alguna cosa? ¿Algo de beber, de comer…? Imagino que tendrás hambre.

Ella traga saliva y asiente.

—Algo de comer sería genial. —Parece más alerta ahora y sus grandes ojos marrones claramente recelosos. Su temor ejerce un efecto a dos bandas en mí, haciendo que me duela el pecho y a la par excitando esa parte primitiva y retorcida mía que desea perseguirla, cazarla, marcarla, reclamar mi posesión sobre ella de la manera más brutal posible.

Reprimiendo ese oscuro instinto, me acerco su mano a los labios y le beso los nudillos.

—Te lo traeré. ¿Quieres algo para pasar el rato mientras esperas? ¿Un libro, o…?

—Creo que veré un poco la tele.

Sonrío y le acerco el mando a distancia.

—Vale. Volveré enseguida.

Me inclino, le planto un rápido beso en la frente y me apresuro a salir de la habitación.

3

CHLOE

Con el corazón desacompasado, observo como se cierra la puerta detrás de la figura alta y de hombros anchos de Nikolai. Todavía me cosquillea la frente allí donde sus labios han besado mi piel, aun cuando mi mente sigue repitiendo en bucle los gritos viscerales y agónicos del hombre a quien él ha torturado.

¿Cómo puede ser un asesino despiadado tan cariñoso y tierno?

¿Algo de todo esto es real o tan solo se trata de una máscara que se pone para ocultar al psicópata que lleva dentro?

En realidad, no tengo hambre. La anestesia me ha dejado con algo de náuseas, pero necesito estar unos minutos a solas. Todo ha ocurrido tan deprisa que no he tenido ocasión de formular mentalmente mis preguntas, ni mucho menos de conseguir ninguna respuesta. Un momento, uno de los asesinos de mi madre estaba sentado a horcajadas sobre mí, con la lujuria destellando en sus ojos vacuos y oscuros, y al instante siguiente, los sesos de su compañero estaban esparcidos por el suelo del bosque y Nikolai rajaba a mi agresor, amenazándole con sacarle los intestinos.

Trago saliva para frenar unas súbitas ganas de vomitar y aparto esos recuerdos de mi mente. Por brutales que resulten los métodos de interrogatorio de Nikolai, consiguieron resultados, y con lo peor del shock desvaneciéndose y mi mente aclarándose de la neblina de la anestesia, puedo por fin pensar sobre las implicaciones de lo que ha descubierto.

Estaban allí para mataros a las dos, me había dicho Nikolai en el coche antes de preguntarme si el nombre de *Tom Bransford* significaba algo para mí.

Y bueno, sí, algo.

Porque últimamente ha salido sin parar en las noticias.

Con una mano vacilante, cojo el mando, enciendo la tele, y selecciono un canal de noticias.

Como era de esperar, están cubriendo los debates de las primarias, que Bransford parece estar ganando, lo que le coloca a la cabeza de todas las encuestas.

Se me revuelven las tripas mientras observo su imagen en la pantalla. Si Nikolai me está diciendo la verdad, este es el hombre responsable del asesinato de mi madre.

Con su aire juvenil y esbelto para sus cincuenta y cinco años, el senador de California exuda encanto y carisma. Su cabello abundante y de un tono rubio-dorado apenas está salpicado por las canas, sus ojos son de un azul resplandeciente y su sonrisa brilla tanto como para iluminar todo un almacén.

No es de extrañar que le estén comparando con JFK. Podría ser el hermano todavía más guapo del fallecido presidente.

Busco indicios de maldad en su cara de rasgos simétricos y no encuentro ninguno. Pero, claro, ¿por qué iba a encontrarlos? Por guapo que sea Bransford, no le llega ni a la suela del zapato a Nikolai ni a su oscuro atractivo magnético, y de él sí sé de qué es capaz. Tampoco soy la única que se ve deslumbrada por Nikolai. Aun estando mareada por la anestesia, no he podido evitar notar las miradas codiciosas que las enfermeras le lanzaban con disimulo.

Nunca he estado en público con mi jefe, pero imagino que hará que las tías pierdan las bragas a diestro y siniestro cuando pasea por la calle.

Una estrambótica punzada de celos me atraviesa ante esa idea, y me doy cuenta de que me estoy desviando de la cuestión más importante.

¿Por qué?

¿Por qué iría un candidato presidencial a matarnos a mi madre y a mí?

No tiene ningún sentido. Ninguno en absoluto. Mamá no podría haber estado más alejada de la política si hubiese vivido en medio de la jungla amazónica, y Dios sabe que yo no sigo esas cosas. Por vergonzoso que resulte admitirlo, ni siquiera voté en las últimas elecciones: demasiado liada con lo empezar en la universidad y demás. Tampoco he conocido a Bransford en ninguna circunstancia. Tengo buena memoria para las caras y la suya es más memorable que la de la mayoría.

¿Tal vez mamá se cruzara con él de alguna manera? ¿En el restaurante en el que trabajaba, quizás?

Es posible, en teoría. El hotel de postín al que pertenece el restaurante es frecuentado por toda clase de Vips. Tal vez Bransford se alojase allí durante una visita a Boston, y mamá fuese testigo de algo que él hiciera y no hubiese debido hacer.

¿Pero entonces por qué querría matarme a mí también? A menos que... ¿temiese que mamá me hubiese contado lo que fuera que ella sabía acerca de él?

¡Hostia puta! Tal vez ella escondiera algún tipo de prueba en su apartamento y él cree que yo sé dónde está.

Agitada, me incorporo en la cama, solo para volver a dejarme caer sobre la pila de almohadas con un gemido. La anestesia está decididamente dejando de actuar porque ese movimiento *ha dolido*. Mucho. Ha sido como si unos cuchillos al rojo vivo se me clavaran en el brazo, y el resto de mi cuerpo no está llevándolo mucho mejor.

Es como si me hubiese atropellado un camión en vez de un asesino con el tamaño de uno.

Antes de que pueda recuperar el aliento y volver a centrarme, la puerta se abre y Nikolai entra sosteniendo una bandeja con platos cubiertos.

Mi corazón se lanza a hacer un sprint, y el poco aliento que había conseguido recuperar abandona mis pulmones.

Sin el velo del shock nublándome los sentidos ni la distracción del equipo médico revoloteando a mí alrededor, su efecto sobre mí es devastador y aterradoramente potente. Nunca había conocido a un hombre que pudiese hacer reaccionar a mi cuerpo por el mero hecho de entrar en una habitación. Y no solo es por su aspecto: es todo acerca de él, desde la cruda intensidad animal de su sorprendente mirada verdosa-ambarina, al aura de poder que luce tan cómodamente como uno de sus trajes hechos a medida.

Ahora mismo, lleva ropa más informal, un par de vaqueros oscuros y una camisa azul claro abotonada con las mangas enrolladas hasta los codos. Me doy cuenta de que debe de haberse cambiado y duchado mientras yo estaba dormida. No solo lleva ropa distinta de la que llevaba en el coche, sino que la mancha de su pómulo ha desaparecido y su cabello negro como ala de cuervo está húmedo y peinado hacia atrás, dejando al descubierto la destacable simetría de sus sorprendentes rasgos.

Mis ojos recorren su cara con avidez, desde las gruesas líneas negras de sus cejas hasta la forma carnosa y sensual de su boca. Por una vez, no está curvada con esa cínica y oscura mueca tan propia de él. La sonrisa de sus labios es cálida, matizada por una inquietante ternura.

—He hecho que Pavel te calentase algunas sobras y preparase una selección de cosas para picar —dice, atravesando el cuarto mientras yo apago la tele de forma instintiva. Su voz profunda y como seda cruda es igual que una caricia para mis oídos, mucho más agradable que los tonos estridentes del locutor de las noticias. Él pone la bandeja en mi mesilla, coge asiento a mi lado y empieza a destapar los platos, uno por uno —. Me imaginaba que tendrías algo de náuseas, así que también tengo aquí tostadas sin nada.

¡Guau! ¿Podría ser más considerado? Si no le hubiese visto matar y torturar con mis propios ojos, jamás le habría creído capaz de tal crueldad... ni siquiera con esa vibración oscura y peligrosa que no dejo de sentir que emana de él.

—Gracias —murmuro, intentando no pensar en sus manos sosteniendo un filo que ha abierto en canal a un hombre cuando me alcanza la bandeja, dejándome que yo elija lo que quiero. Hay de todo, desde fruta cortada a blinis rellenos, carnes en frío y varios quesos, pero todavía *estoy* sufriendo náuseas, especialmente con esas imágenes horripilantes que se niegan a abandonar mi mente, así que solo cojo la tostada sin nada y un puñado de uvas.

Él me observa con una media sonrisa de aprobación, y yo intento no pensar en el calor que esa sonrisa me hace sentir... y no solo de manera sexual.

Esta sensación de seguridad y comodidad que él me produce es una ilusión residual de cuando yo creía que él era un buen hombre que solo tenía problemas en conectar con su hijito.

Estaba empezando a enamorarme de ese hombre.

No. Me estoy engañando a mí misma. *Me enamoré* de él, tanto que hasta con las aterradoras revelaciones de Alina retumbando en mis oídos, ya había dado la vuelta al coche y estaba regresando hacia aquí cuando los asesinos me tendieron la emboscada.

Su propia hermana me dijo que él era un monstruo y yo no la creí. No quería creerla.

Sigo sin querer.

—¿Dónde está Slava? —¿Cómo está? —pregunto, eligiendo el tema menos sensible en el que puedo pensar. Hay tantas cosas de las que tenemos que hablar... desde las motivaciones de Bransford a si soy o no una prisionera aquí. Pero no estoy lista para entrar en eso todavía.

La última cuestión en particular, es demasiado inquietante para contemplarla en este momento.

—Acaba de volver de dar un paseo con Lyudmila —responde Nikolai—. Alina hizo que ella se lo llevara antes de que llegásemos.

—Vale. Bien. —Estaba preocupada de que el niño nos hubiese visto por la ventana—. ¿Qué vas a contarle sobre...? Ya sabes. —Señalo mi cabestrillo con la mano izquierda.

—Le diremos que tropezaste con una rama. —Su

mandíbula se tensa—. Preferiría que no supiera que le abandonaste.

—Yo no... —Me detengo, porque lo hice. Estaba volviendo, pero Nikolai no lo sabe. Tampoco planeo decírselo.

No quiero que sepa lo fácil que le había resultado engañarme ni cómo, incluso ahora, una parte de mí se niega a creer que es un asesino tan despiadado como los hombres que asesinaron a mi madre.

Sus ojos de tigre se entornan con un interés inquisitivo.

—¿Tú no qué?

—Nada. —La palabra me sale muy rápida, poco convincente. Me apresuro a disimular—. Quería decir que no le abandoné a *él*.

Es como si una nube de tormenta surcara el rostro de Nikolai, bloqueando toda la luz y la calidez. Su mirada se vuelve cerrada y sus magníficos rasgos adquieren una dureza hierática.

—Cierto. Me abandonaste *a mí*. Por lo que Alina te contó.

Yo trago saliva. No estoy segura de estar preparada para ponerme con esto tampoco, pero parece que no tengo elección. Ignorando el dolor palpitante de mi brazo, me incorporo hasta quedar un poco más erguida.

—¿Me mintió? —Mi voz tiembla ligeramente—. ¿Se lo inventó todo?

Él me mira fijamente, y el silencio se extiende durante unos segundos dolorosamente largos.

—No —dice por fin—. No lo hizo.

Algo dentro de mí se marchita. Hasta este preciso instante, todavía me aferraba a la esperanza de que su hermana estuviese equivocada, de que a pesar de lo que le había visto hacer a los dos asesinos, él no fuese culpable del horripilante crimen del parricidio. Pero ahora ya no queda espacio para la duda.

Según él mismo ha admitido, este hombre que tengo delante mató a su padre.

—¿Qué ocurrió? ¿Por qué...? —Se me quiebra la voz—. ¿Por qué lo hiciste?

Él no me responde durante otro largo, enervante momento. Su rostro es el de un extraño, oscuro e inexpresivo.

—Porque se lo merecía. —Sus palabras me golpean como un martillo, pesadas y brutales—. Porque era un Molotov. Igual que yo.

Me humedezco los labios resecos.

—No lo entiendo. —Mi corazón golpetea contra mi caja torácica, y cada latido me hace eco en los oídos. Una parte de mí quiere acabar con todo esto y salir corriendo y gritando, mientras que otra, infinitamente más insensata, desea rodearle esa dura e inexpresiva línea de la mandíbula con la mano, para ofrecerle consuelo con mi caricia.

Porque oculto debajo de esa fachada dura e inexpresiva hay dolor.

Tiene que haberlo.

Está abriendo la boca para responder cuando alguien llama a la puerta. El sonido es tenue, dubitativo, pero se carga el momento con tanta precisión como una bala.

Nikolai se levanta de un salto y se acerca a zancadas a abrir la puerta.

—Konstantin está al teléfono —dice Alina desde el umbral—. Su equipo ha descubierto algo.

4

CHLOE

Para cuando Nikolai regresa, mi estómago está hecho un manojo de nudos, y siento la tostada que me he comido ahí como una bola de piedra. Sé que Konstantin es su hermano mayor, el genio tecnológico de la familia, y tengo la firme sospecha de que el «algo» que su equipo ha descubierto está relacionado con mi situación.

Ahora que he tenido ocasión de pensar en ello, probablemente haya sido a través de Konstantin como Nikolai ha averiguado todas esas cosas sobre mí desde el principio... como el hecho de que yo no subiese nada a mis privadísimos medios sociales durante el mes en el que estuve a la fuga. Y por él será también como Nikolai consiguió acceso a los archivos policiales y descubrió que habían sido manipulados para que la muerte de mi madre se pareciese todavía más a un suicidio.

Konstantin y su equipo deben de ser los «recursos»

que Nikolai mencionó durante el viaje en coche hasta aquí, la ventaja que posee sobre Bransford.

Efectivamente, la expresión de Nikolai es sombría cuando se sienta al borde de mi cama y me coge la mano izquierda con su fuerte palma. Su contacto me hace sentir frío y calor a la vez.

—Chloe, *zaychik*… —Su tono es preocupantemente amable—. Hay algo que deberías saber.

Mi corazón, que ya estaba galopando por mi pecho, hace un salto mortal. Su mirada ya no es la de un extraño. Por contra, sus ojos dorados de tigre están cargados de pena.

Sea lo que sea lo que está a punto de decir, es muy malo, lo puedo ver.

—¿Cuánto sabes sobre las circunstancias en las que fuiste concebida? —pregunta con el mismo tono amable—. ¿Te habló de ello tu madre alguna vez?

Es como si un viento gélido me recorriera las entrañas, congelando a todas las células que se encontrase a su paso.

—¿Mi concepción? —Mi voz suena como si viniese de alguna otra parte de la habitación, de alguna otra persona.

No puede querer decir lo que pienso que está diciendo. No es posible que Bransford sea…

—Hace veinticuatro años, tu madre vivía en California —dice Nikolai con voz queda—. En San Diego.

Yo asiento en piloto automático. Mamá me había contado eso. Que ella había vivido por todo el sur de

California, de hecho. Después de que la pareja de misioneros que la habían adoptado en Camboya murieran en un accidente de tráfico, había ido de casa de acogida en casa de acogida hasta que se emancipó a los diecisiete, el mismo año en que me tuvo a mí.

—Ella no era la única que vivía en San Diego en aquella época —prosigue Nikolai—. También vivía allí un brillante y joven político en cuya campaña ella hizo de voluntaria para conseguir créditos extra para su clase de historia americana.

El viento helador que sopla dentro de mí se convierte en un vendaval invernal.

—Bransford. —Mi voz es apenas un susurro, pero Nikolai me oye, asiente y me aprieta la mano con suavidad.

—El mismo.

Yo me lo quedo mirando, sin sentir nada y a la vez sintiendo todas mis emociones bullir.

—¿Qué estás diciendo?

—Tu madre intentó suicidarse a los dieciséis. ¿Lo sabías?

Mi cabeza asiente por sí sola. Cuando yo era pequeña, mamá siempre llevaba pulseras y brazaletes en las muñecas, hasta en casa, incluso mientras cocinaba, limpiaba y me bañaba. No fue hasta que cumplí los diez años y la sorprendí cambiándose de ropa cuando descubrí las tenues líneas blancas de sus muñecas. Ella me sentó y me explicó entonces que, de adolescente, había pasado por una época difícil que había culminado con que intentase quitarse la vida.

—Me dijo que había sido un error. —Tengo la garganta tan cerrada que cada palabra me la araña al salir—. Me contó que estaba contenta de haber fracasado en el intento, porque poco después supo que estaba embarazada. De mí.

Sus ojos se vuelven opacos.

—Ya veo.

¿Lo ve? ¿Qué ve el qué? Enfurecida de repente, aparto mi mano de golpe de la suya y me siento erguida del todo, ignorando la oleada de mareo y dolor que eso me produce.

—¿Qué estás tratando de decirme exactamente? ¿Qué tiene su intento de suicidio que ver con Bransford? ¿También intentó él asesinarla entonces? ¿Es ese su puto *modus operandi*?

—No, *zaychik*. —La mirada de Nikolai vuelve a inundarse con una desconcertante expresión de lástima—. Me temo que ese no fue un intento escenificado. Pero hay razones para creer que Bransford *fue* responsable. Según los registros del hospital que el equipo de mi hermano ha conseguido desenterrar, tu madre había ido a urgencias dos veces aquel año: una vez por el intento de suicidio y dos meses antes, como víctima de violación.

¿Víctima de violación? Yo me lo quedo mirando y unos puntitos negros empiezan a aparecer en los márgenes de mi visión.

—¿Me estás diciendo que fue Bransford quien la *violó*?

—Ella nunca presentó cargos ni nombró a su

agresor, así que no podemos saberlo con seguridad, pero su primera visita a urgencias coincidió con el último día en que trabajó como voluntaria en su campaña. Ella nunca regresó después de aquello... y nueve meses después, casi exactos, dio a luz a una niña. Tú.

Los puntitos negros se multiplican, nublándome más el campo de visión.

—No. No, eso no es... No. —Me tambaleo y la habitación se nubla frente a mis ojos.

Los fuertes brazos de Nikolai ya están rodeándome.

—Ven, recuéstate. —Me guía hacia el montón de almohadas—. Respira hondo un par de veces. —La cálida palma de su mano me aparta el pelo de la sudorosa frente—. Eso es, justo así —murmura él mientras yo trato de obedecer, inhalando respiraciones poco profundas en mis pulmones anormalmente tensos—.No pasa nada, *zaychik*. Solo respira...

El mareo va desapareciendo, de forma lenta pero segura, y para cuando Nikolai se aparta, mi cerebro vuelve a estar en funcionamiento... y empezando a procesar lo que él acaba de contarme.

Violaron a mamá.

Nueve meses después, nací yo.

Tengo ganas de vomitar.

Quiero frotarme la piel hasta quedarme en carne viva y hervir mi ADN en lejía.

—Ella nunca... —Se me quiebra la voz—. Ella nunca me habló de mi padre. Ni una sola vez. Y yo se lo pregunté, repetidamente.

Nikolai asiente, observándome con la misma inquietante lástima.

Las palabras no dejan de brotar de mi boca, como agua escapando de una tubería defectuosa.

—Me contó que había sido una época difícil en su vida. Dejó el instituto. Consiguió un trabajo de camarera y solicitó la emancipación legal a causa del embarazo y todo eso.

Él vuelve a asentir dejándome procesarlo por mi cuenta... y lo hago. Porque por primera vez, hay muchas cosas de mi madre que tienen lógica. Siempre me había preguntado cómo es que se había quedado embarazada tan deprisa, porque por lo que yo sabía, ella había sido lo diametralmente opuesto a una adolescente desbocada. Aunque mamá hablaba poco sobre sí misma, entendí lo bastante como para saber que había sido una estudiante de sobresalientes antes de dejar los estudios, demasiado callada e introvertida para ir a fiestas y flirtear con los chicos. Tampoco había mostrado ningún interés en salir con nadie de adulta; nunca había traído a casa ni a un solo novio, nunca me había dejado con una canguro para salir por ahí a divertirse. De niña, a mí eso me parecía normal, pero según fui creciendo me di cuenta de lo extraño que era que una mujer joven y hermosa se cerrara en banda de esa forma.

Es como si hubiese tomado un voto de castidad... *o nunca se hubiese recuperado del trauma de la violación.*

—¿Crees...?—Me trago la amarga bilis que tengo en

la garganta—. ¿Crees que sabía? ¿Sobre lo de su embarazo? ¿Sobre... mí?

Siempre pensé que mi padre simplemente se había negado a asumir la responsabilidad aunque mamá nunca me había dicho eso directamente, solo lo había implicado. Me figuré que él habría sido también un adolescente, alguien que no estaba preparado para ser padre. Pero esto... lo cambia todo. Puede que mamá ni siquiera llegase a informarle sobre mi existencia. ¿Por qué tendría que haberlo hecho, si él la violó?

Salvo que... ahora tiene que saberlo.

Porque la mató e intentó hacerme lo mismo a mí.

¡Oh Dios!

Apenas puedo contener una arcada.

Mi padre biológico no es solo un violador... es un asesino.

Nikolai vuelve a sostener mi mano en la suya y su contacto es sorprendentemente cálido contra mi piel helada.

—Creo que tenía que saberlo —dice, haciendo eco a mis propios pensamientos—. Tal vez no desde el principio, pero más adelante, seguro.

—Porque intentó matarnos.

—Sí... y por la beca que te dieron.

Yo pestañeo, sin comprender al principio. Luego sus palabras me llegan.

—Quieres decir... ¿que *él* me pagó la universidad?

—Konstantin está trazando el origen exacto de esos fondos, pero estoy casi seguro de lo que va a desenterrar.

—Los ojos de Nikolai se posan en mi cara, sombríos—. Era una beca privada, *zaychik*, destinada a un único receptor: tú. ¿Recuerdas cómo me contaste que tu amiga la solicitó y no la consiguió, a pesar de estar todavía más cualificada que tú? Eso es porque nunca estuvo disponible para ella. El dinero fue tuyo desde el principio.

Joder. Tiene razón. Mi amiga Tanisha había sido la mejor estudiante de nuestra clase, con puntuaciones perfectas en los test de acceso del SAT, pero no consiguió esta beca completa para Middlebury. La conseguí yo. Hasta le había dicho a Nikolai lo extraño que era eso. Salvo que...

—No lo entiendo. ¿Por qué haría eso? ¿Por qué iba a pagar mi educación si nos odiaba a mi madre y a mí? Si planeaba... matarnos. —Apenas puedo pronunciar las últimas palabras.

Nikolai me aprieta la mano.

—No lo sé con certeza, pero tengo una teoría. Creo que tu madre contactó con él en cierto punto y le habló de ti. Y creo que ella le amenazó. Probablemente sería algo por el estilo de «si no aportas los fondos para la educación de nuestra hija, haré pública mi historia».

—¿Crees que ella le hizo chantaje?

Cuando Nikolai asiente, me hundo más en las almohadas, meneando la cabeza.

—No. No, te equivocas. Mamá no habría hecho eso. Ella no es... Ella no era... —Para mi vergüenza, mis ojos se inundan de lágrimas y se me cierra la garganta, mientras una oleada de pena aplastante me pilla desprevenida.

—¿Una criminal? ¿Una chantajista? —La profunda voz de Nikolai suena dulce y su pulgar me masajea la palma de la mano dibujando unos círculos tranquilizadores. Con tacto, espera hasta que recobro el control de mí misma y luego dice con voz queda—: Tienes que recordar, *zaychik*, que primero, y por encima de todo, ella era una madre. Una madre soltera que trabajaba de camarera, y cuyo sueldo no podría haber cubierto ni una fracción del exorbitante coste de la educación universitaria en este país. ¿Qué habrías hecho *tú* para asegurar el futuro de tu hija?

Yo habría hecho lo que hubiese hecho falta... y muy probablemente, sería lo mismo para mamá.

—Si eso es verdad, ¿por qué esperó él? —pregunto, desesperada. Una parte infantil de mi sigue esperando que esto sea solo un enorme malentendido, que mi padre biológico no sea un monstruo total—. ¿Por qué pagar mi educación durante esos cuatro años y luego intentar matarnos? Si ya se había gastado el dinero...

—No se trata del dinero. Es lo bastante rico como para haber pagado por diez hijas ilegítimas. —El tono de Nikolai se endurece—. Se trata de su carrera. De su candidatura a la presidencia.

Por supuesto. Ahora había infinitamente más en juego, y mientras que algunos políticos prosperan cuando les envuelve el escándalo, Bransford es el perfecto icono americano de la moral y los valores de la clase media, con una límpida reputación que no sobreviviría a un golpe de este calibre.

Pero asumiendo que todo esto sea cierto, todavía

hay algo que no tiene sentido del todo. Puedo ver como mamá suponía una amenaza para él, ya que podía hacer pública su historia en cualquier momento. ¿Pero por qué tratar de matarme a mí?

¿Cuán malvado tienes que ser para enviar asesinos a sueldo a por tu propia hija? ¿Especialmente si ella no sabe nada de ti?

Luego, de golpe, caigo.

—Soy la prueba viviente de su delito, ¿verdad? —digo, mirando fijamente a Nikolai—. Un solo test de ADN, y estaría acabado. Aunque intentase afirmar que fue algo consensuado, mamá era aún una menor en el momento de mi concepción. Dieciséis, contra sus treinta y tantos.

Nikolai asiente.

—Como mínimo, es culpable de estupro. Este es el caso excepcional en el que no es solo su palabra contra la de ella. Da igual como intentase darle la vuelta, lo que hizo es un delito penal.

—Y probablemente tampoco sepa que mamá nunca me habló de él. Por lo que sabe, yo podría presentarme en público en cualquier momento, afirmando que él es mi padre.

—Eso me temo, *zaychik*. —Inclina la cabeza, estudiándome con atención—. ¿Estás bien?

Yo empiezo a asentir en piloto automático, y luego meneo la cabeza.

—No. No, no lo estoy. Necesito un minuto. —O diez mil minutos. O el resto de mi vida.

Mi padre biológico es un violador y un asesino que está intentando matarme.

No sé cómo empezar a procesar eso siquiera.

Con una mirada llena de empatía, Nikolai vuelve a apretarme la mano, luego curva la suya sobre mi cara y se inclina hacia mí, acariciando mi mejilla con el borde del pulgar.

—Te dejaré descansar, *zaychik* —murmura y siento su aliento cálido y sutilmente dulce contra mis labios —. Hablaremos más cuando te encuentres mejor.

Reduciendo la escasa distancia entre nosotros, me besa. Siento sus labios dulces y tiernos contra los míos y, sin embargo, puedo percibir la hambrienta posesividad que se oculta detrás de su autocontrol. Eso me aterroriza tanto como la respuesta instintiva de mi cuerpo.

Puede que consiga escapar de Bransford con su ayuda, pero no habrá forma de escapar de *él.*

No hay forma de escapar del diablo.

5

NIKOLAI

Cierro la puerta al salir y tomo nota mental de instalar unas cuantas cámaras en la habitación de Chloe, igual que lo he hecho en la de Slava. No porque sienta que no puedo dejar de vigilarla a todas horas, aunque ese deseo está decididamente presente, sino porque estoy preocupado por ella.

Yo he tenido toda la vida para digerir lo de mi jodida herencia familiar, y aún hay días en los que me siento tentado de cortarme la garganta. O eso, o hacerme la vasectomía, para que el error que cometí aquella noche con Ksenia jamás pueda volver a repetirse. Ni siquiera fui consciente de que el condón estuviera defectuoso, pero debió de estarlo.

Esa es la única explicación para la existencia de mi hijo.

Estaba planeando ir a mi despacho, pero en vez de eso, mis pies me llevan a su habitación, impulsados por la misma compulsión que estoy experimentando con Chloe.

Papi, me dijo cuando volví a casa anoche. He estado demasiado distraído por todo lo referente a Chloe para asimilarlo del todo, pero ahora no puedo evitar pensar en esa palabra y en la forma en que mi pecho se había henchido con un extraño, penetrante y dulce dolor. Y todo es gracias a ella.

Chloe Emmons no solo había sabido identificar mi deseo más profundo y secreto en lo referente a mi hijo: lo había convertido en realidad.

Sin hacer ruido, abro la puerta del dormitorio de Slava y entro. Como siempre, él está en el suelo, trabajando con diligencia en su castillo de LEGO. Lyudmila me dijo una vez que mi hijo gozaba de un periodo de atención remarcablemente largo para un niño que no ha cumplido los cinco años, y supongo que debe de ser verdad. Por lo que puedo recordar, a su edad mi hermano pequeño, Valery, siempre andaba correteando por ahí y metiéndose en líos. Slava, por otra parte, es tranquilo y centrado, mucho más de lo que Konstantin lo era de niño. Me pregunto si Slava habrá heredado también las aptitudes de mi hermano mayor para las matemáticas y la programación. Probablemente debería presentarle esas materias y averiguarlo.

Cuando entro, sus ojos, mis ojos en miniatura, se alzan rápidamente hacia mi rostro, con una mirada inquisitiva y preocupada a partes iguales. Se me tensa el pecho con el malestar habitual, pero ignoro el impulso de echarme para atrás y distanciarme de la inquietante emoción. En vez de hacer eso, me agacho delante de mi hijo y pongo toda mi atención a su creación de LEGO, igual que he visto hacerlo a Chloe.

—Es un castillo muy bonito —le digo en ruso, estudiando los bloques cuidadosamente montados que tengo delante. Aunque las habilidades de Slava con el inglés están mejorando rápidamente bajo la tutela de Chloe, todavía está lejos de dominar el idioma de nuestro país de adopción—. ¿Te ha costado mucho rato construirlo?

Él me mira y parpadea un par de segundos antes de que una tímida sonrisa florezca en su cara.

—¿Te gusta?

—Sí. —Y además, lo digo de verdad. El castillo muestra una admirable simetría y complejidad, especialmente dado el hecho de que ha sido montado por unas manitas tan pequeñas. Si al final resulta que las matemáticas y los ordenadores no son el fuerte de Slava, podría tener futuro en la arquitectura y el diseño de estructuras.

Es decir, si no es que se parece a Valery y a mí... y a todos los demás Molotov que nos precedieron.

Mi humor se torna más sombrío, pero me obligo a mantener una expresión tranquila y curiosa al preguntarle otra vez cuánto rato ha tardado en construir el castillo.

—He trabajado en él por la mañana y luego otra vez al volver del bosque —dice Slava, ahora visiblemente más cómodo conmigo. Está todavía lejos de mostrarse tan charlatán y animado como lo hace con Chloe, pero valoro este progreso. Antes, respondía a casi todas mis preguntas con monosílabos o se quedaba completamente en silencio.

Durante los siguientes minutos, me enseña los entresijos del castillo: tiene torreones, torres más altas y grandes ventanales, estos últimos parecidos a los de nuestra casa. Luego me pregunta con timidez dónde está Chloe y por qué no la ha visto en todo el día.

—Está descansando —le digo—. Se ha hecho daño en un brazo con una rama, así que hemos tenido que hacer venir a unos médicos hasta aquí para que se lo curaran. Ahora se encuentra mejor, pero va a quedarse en la cama un par de días mientras se le cura.

A medida que hablo, sus ojos se agrandan y se llenan de preocupación.

—¿Chloe se ha hecho daño?

—Solo un poquito. Pronto estará bien.

Él sigue pareciendo preocupado.

—¿No va a morirse como mamá?

Eso es como si una esquirla de hielo me atravesara el pecho.

—No, Slavochka. No permitiré que eso suceda. —Alina me había dicho que a veces preguntaba por Ksenia, pero esta es la primera que en que yo le he oído mencionar a su madre... y lo odio.

La odio a ella por haberle ocultado de mí todos estos años, y odio más aún que ella muriese en un accidente de coche, dejándole con su malvada familia.

Mis palabras hacen que Slava se anime.

—¿Podrá quedarse Chloe con nosotros para siempre?

Bueno, esta sí es una pregunta a la que me hace feliz responder:

—Sí. —Miro a mi hijo directamente a la cara—. Podrá, y lo hará.

No hay fuerza en este mundo lo bastante poderosa para apartarme de Chloe ahora que la he recuperado. Haré lo que haga falta para conservarla, tanto por Slava como por mí.

———

Ella está dormida cuando paso por su cuarto de camino a mi despacho, así que la dejo descansar. Es lo que necesita ahora mismo. Sus heridas físicas se curarán en cuestión de semanas, pero los daños emocionales son harina de otro costal. Pensé en no contarle lo que Konstantin había descubierto sobre Bransford y su relación con su madre, pero decidí que era importante que lo supiera, que entendiera el alcance real del peligro en que se encuentra.

Sin embargo, no se lo conté todo... como el hecho de que su madre adolescente se cortara las muñecas *después* de saber que estaba embarazada. O que tras ese intento fallido de suicidio, visitó dos veces una clínica de abortos, solo para rajarse las dos veces. Nada de eso es importante. Lo que importa es que después de que Chloe naciera, Marianna fue capaz de superar su trauma y convertirse en la madre cariñosa que Chloe había conocido y a la que había amado.

Lo primero que hago al entrar en mi despacho es llamar a Pavel y pedirle que venga. Lo segundo es videollamar a Valery.

—Necesito que me envíes aquí una docena de tus mejores hombres —le digo a mi hermano pequeño a modo de saludo—. Los necesito ya.

—En ello —dice Valery, tan frío y carente de emociones como siempre. Konstantin le debe de haber explicado mi situación—. ¿Algo más? ¿Armas? ¿Explosivos?

—Sí. De todo. —Ya tengo una gran reserva de eso aquí guardada en la finca, pero tener más no va a hacer ningún daño—. Además, envíame algunas drogas.

—Sin problemas.

Cuelga al mismo tiempo que alguien llama a mi puerta.

Me levanto para abrirle a Pavel.

Los ojos fríos como el acero de las armas de mi mano derecha me miran fijamente.

—¿Guerra?

—Guerra —le confirmo, sombríamente.

No voy a sentarme a esperar a que Bransford envíe a más asesinos a por Chloe.

Ahora que sé quién es su enemigo, vamos a llevar la lucha hasta su puerta.

6

CHLOE

Mis ojos se abren de golpe y me despierto sobresaltada, con el corazón acelerado y mi camisón de hospital empapado de sudor. Solo el dolor palpitante y sordo de mi brazo y el malestar paralizante que siento por todo el cuerpo me impiden sentarme sin más. En vez de eso, me obligo a quedarme tumbada y disfrutar de la maravillosa vista del sol poniéndose tras las cumbres de las lejanas montañas que se ve por el ventanal panorámico de mi habitación.

Lentamente, empiezo a tranquilizarme.

Una pesadilla.

Solo ha sido otra pesadilla.

A diferencia de los sueños vívidos y de película de terror que me han estado atormentando desde la muerte de mamá, este era más bien un batiburrillo de imágenes y sensaciones. El silbido de una bala pasando junto a mi oído, ramas que me golpeaban en la cara mientras corría por el bosque huyendo de algún tipo de bestia, un peso cayendo sobre mí y derribándome... no hace falta tener una licenciatura en psicología para saber que mi mente estaba reviviendo mi encuentro con los asesinos en un intento de lidiar con el terror residual.

Alguien llama a mi puerta suavemente, distrayéndome de las espectaculares vistas. Antes de que pueda decir nada, la puerta se abre y entra Nikolai. Sus labios sensuales dibujan una cálida sonrisa al verme despierta.

Mis latidos se disparan de nuevo, pero con una emoción mucho más compleja que el miedo. Ha vuelto a cambiarse otra vez de ropa, esta vez lleva uno de los trajes a medida que le gusta ponerse para la cena. El modelo formal lo completan una camisa blanca recién planchada y una fina corbata negra, disparando tanto su atractivo masculino que tendría que ser ilegal... aunque no es que a él le pudiera importar algo tan trivial como la legalidad.

Dado lo que le he visto hacer hace un rato, mi captor no es exactamente un fan de la ley.

Al menos, sospecho que es mi captor. Todavía tenemos que tener *esa* conversación.

—¿Qué tal te encuentras? —me pregunta con suavidad, deteniéndose junto a mi cama. Antes de que pueda responderle me pone el dorso de la mano en la frente y frunce el ceño. Luego se saca un termómetro del bolsillo interior de la chaqueta.

Vaya. Supongo que sí que me siento como si tuviese algo de fiebre.

—Abre —me indica, acercándome el termómetro a los labios, y yo le obedezco. De una forma algo incoherente, cuando me lo mete en la boca y me ordena que lo sujete, yo me siento como una niña. Unos segundos después el termómetro pita y él mira la pantallita que tiene en un lateral.

—Treinta y siete con siete —dice con aire aliviado mientras vuelve a meterse el dispositivo en el bolsillo y se sienta al borde de la cama—. El doctor me advirtió de que tendrías algo de febrícula antes de que los antibióticos hicieran efecto.

—¿En serio? ¿Así es como va? Nunca me habían disparado.

Sus dientes blancos me ciegan con una sonrisa deslumbrante.

—Así es. Lo sé por experiencia personal.

Mi corazón rebelde vuelve a acelerarse de nuevo, y mi piel se calienta de una forma que no tiene nada que ver con la febrícula.

—Genial. Supongo que ahora los dos tendremos nuestras batallitas que contar.

—Supongo que sí. —Su sonrisa se desvanece—. ¿Cómo te encuentras, aparte de la fiebre?

—Como si me hubieran usado de pelota de tenis en un partido contra Serena Williams —digo sin pensar, para arrepentirme cuando su expresión se oscurece, y su mandíbula se vuelve peligrosamente tensa.

—¡Esos hijos de puta! Si hubiese llegado antes... —Sus dedos se curvan amenazadoramente sobre su muslo.

—No, ni lo pienses. —De forma instintiva, pongo mi mano sobre la suya—. De no haber sido por ti, yo no habría... —Trago saliva mientras las imágenes confusas de la pesadilla me inundan la mente—. Yo no lo habría conseguido.

Y es verdad al cien por cien. No he tenido ocasión de pensar en ello de verdad, pero si él no hubiese venido tras de mí, si no hubiese empleado sus aterradores «recursos» para localizarme tan rápido como lo hizo, yo estaría a dos metros bajo tierra, después de haber sufrido una violación brutal.

Nikolai me salvó.

Por aterradores que sean sus métodos, me ha salvado la vida.

Su mirada desciende un instante hacia mi mano y su expresión vuelve a cambiar. La amenaza de sus ojos de tigre deja paso a un calor oscuro que siento que es infinitamente más peligroso.

—Zaychik...—Su voz se hace más suave y profunda —. Yo...

—Así que gracias —Suelto rápidamente, apartando mi mano. Salvador o no, no puedo permitirme volver a caer bajo su influjo mágico, no puedo permitirme olvidar lo que es y lo que ha hecho—. Siento no habértelo dicho antes, pero estoy muy muy agradecida. Sé que te debo la vida y más que eso. No tenías por qué haber salido a buscarme, pero lo hiciste y lo aprecio enormemente. De no haber estado tú ahí, yo...

Él me pone dos dedos contra los labios, deteniendo mis divagaciones.

—No tienes que darme las gracias. —Se inclina hacia mí, apoyando la palma de la mano en la almohada en la que me apoyo y rodeándome la mejilla con la otra. Su mirada está cargada de oscura intención, su tono es serio—. Yo siempre te protegeré, *zaychik*. Siempre.

Yo levanto la mirada hacia él, con el pecho henchido por una mezcla contradictoria de emociones. Alivio y preocupación, gratitud y miedo, alegría y dolor... es como si tuviese un péndulo dentro de mí, balanceándose entre ambos extremos, entre las dos versiones de Nikolai que existen en mi mente.

El de antes de la historia de Alina y el de después.

El amante cariñoso y el brutal asesino.

¿Cuál de ellos es el real?

Hago un esfuerzo por frenar la espiral de mis pensamientos y pestañeo para liberarme de la atracción hipnótica de esa mirada dorada. Lo más importante ahora mismo es averiguar en qué punto estamos.

—No tienes que protegerme —le digo, instilando mi tono con una confianza que estoy muy lejos de sentir de verdad—. Los asesinos de mamá están muertos, y aunque Bransford enviara a otros, no está garantizado que me encuentren. Podría irme del país y ya está, desaparecer y...

—No. —Suelta esa palabra con un tono cargado de áspera determinación, se endereza y aparta la mano. Su hermoso rostro dibuja un gesto de dureza e intransigencia—. No vas a ir a ninguna parte.

—Pero te pongo en peligro estando aquí. Tu familia está en peligro.

Ya había sacado este argumento antes, y es tan poco efectivo ahora como lo fue entonces. La expresión de Nikolai se endurece más, y una intensidad salvaje se apodera de su mirada.

—Tú no vas a marcharte. Los guardias te detendrán si lo intentas.

Entonces es cierto. No he interpretado mal su negativa a dejarme salir del coche. *Soy* su prisionera.

Esa certeza me inunda de miedo y de alivio a partes iguales. Ahora todo ha salido a la luz, hemos dejado de fingir. Por supuesto que no va a dejarme ir. Conozco el terrible secreto de su familia. Le he visto matar con mis propios ojos. Los crímenes que ha cometido harían que cualquier hombre normal acabase en la silla eléctrica, pero Nikolai Molotov es demasiado rico, demasiado poderoso... y lo que es más importante, demasiado despiadado, para pagar por lo que ha hecho.

Fueran las que fuesen sus intenciones con respecto a mí antes de las revelaciones que me hizo Alina, ahora solo hay una cosa que él pueda hacer.

Retenerme. Mantenerme donde nunca pueda contar lo que sé.

Al menos espero que esa sea la única medida que esté considerando tomar. Porque hay una manera mucho más eficiente de asegurar mi silencio, esa que mi padre biológico parece haber elegido.

Pero no. Puede que sea ingenuo por mi parte, pero no puedo obligarme a creer que Nikolai me mataría.

No con esa conexión tan potente y emocionalmente cargada que chisporrotea entre nosotros. No cuando ha llegado tan lejos para salvarme la vida.

Y esa es la cosa, decido, mirando fijamente su expresión implacable. Es por eso que, de alguna forma retorcida, supone un alivio saber que no puedo marcharme. Debería desear marcharme. Debería querer alejarme corriendo todo lo lejos que pudiera de este hombre peligroso y de la fijación que parece tener por mí. Pero no quiero. No en el fondo, donde importa. Y no es solo por el estúpido embobamiento que he desarrollado hacia él.

La verdad es que no soy fuerte ni valiente. Eso lo he aprendido hoy cuando me he encontrado cara a cara con la muerte, cuando he sentido la bala atravesando mis carnes y he mirado a los ojos vacíos del asesino. Ya había estado cerca de morir antes... la vez que me escondí en el armario de mamá después de encontrar su cuerpo, la noche en que me despertó el sonido de alguien arañando la cerradura de la puerta de mi Airbnb, el par de veces en que los asesinos casi me atropellan con su coche y la vez que me dispararon en Boise... pero nunca había sentido un terror tan prolongado y mareante como cuando estaba conduciendo mi desvencijado Toyota en esa carretera de tierra llena de baches mientras las balas pasaban silbando junto a mi cabeza.

No quiero morir. No estoy preparada para morir, ni de lejos... y sé que por despiadado y asesino que sea

Nikolai, él tampoco desea verme muerta. Todo lo contrario, en realidad.

Me está prometiendo que me protegerá.

Que me tendrá prisionera y me protegerá.

Trago saliva para humedecerme la seca garganta.

—¿Podría beber por favor un sorbo de agua? Estoy sedienta.

La fiera expresión del rostro de Nikolai se suaviza.

—Por supuesto, *zaychik*. Y también debes de tener hambre. Te traeré la cena en un momento. —Se inclina por encima de mí, dispone mis almohadas formando una montañita y me hace apoyarme suavemente contra ella.

Se me corta el aliento ante su proximidad, aunque los latigazos que siento en mi brazo se hagan más fuertes al moverme, haciéndome sentir contenta de no haber intentado hacer esto por mi cuenta.

Debo de haber hecho una mueca después de todo, porque él me aparta el pelo de la cara con gesto preocupado.

—¿Quieres un calmante? —me pregunta, y yo digo que no con la cabeza mientras él me acerca a los labios un vaso de agua con una pajita.

El dolor no es insoportable, y quiero mantener las ideas claras por ahora.

Me bebo el vaso entero, y cuando termino, otra urgente necesidad se me hace evidente.

—Ejem... —Me arde la cara mientras hago un esfuerzo y me incorporo más, ignorando la punzada de dolor que acompaña a ese movimiento—. En realidad, necesitaría...

— ¿Ir al baño? Por supuesto. —Él me coge en brazos y me lleva hasta el baño adjunto, donde me deja con cuidado sobre mis pies delante de la taza—. ¿Necesitas algo de ayuda con esto?

—Yo me apaño, gracias. —Podría haber caminado, o al menos cojeado, hasta aquí yo sola, pero probablemente sea mejor que descanse mi tobillo lesionado. Además, una parte débil y necesitada de mí está disfrutando de sus tiernos cuidados, deleitándose en su cercanía, su fuerza, su obvia preocupación por mí.

No puede ser un psicópata total si me cuida de esta manera, ¿verdad?

—Muy bien —asiente él, aunque su mirada sigue estando cargada de inquietud—. No cierres con cerrojo y llámame si necesitas algo, ¿vale?

Murmuro que sí y él me da un suave beso en la frente y sale, cerrando la puerta tras de sí.

Yo hago lo mío tan deprisa como puedo, lo que no es demasiado rápido, porque solo tengo un brazo con el que trabajar, y luego cojeo hasta el lavabo y me lavo las manos. Mi reflejo en el espejo me hace hacer una mueca. No me puedo creer que Nikolai quisiera besarme antes. Estoy hecha un desastre, toda arañada y llena de moretones, con el pelo lacio y enmarañado. Y... ¿no es una *ramita* eso de al lado de mi oreja?

Miro hacia la cabina de la ducha, luego miro mi brazo en cabestrillo, inmovilizado contra mi cuerpo.

¿Sería capaz de ducharme? Tal vez no un lavado de pelo a fondo pero sí al menos un lavadito rápido...

Mis divagaciones se ven interrumpidas cuando llaman a la puerta.

—*Zaychik*, ¿has terminado? ¿Puedo entrar?

—Sí, vale. —Intento no encogerme de vergüenza cuando él se me acerca, todo limpio, bien vestido y alucinantemente guapo. Por contra, yo llevo puesto un camisón de hospital todo sudado por culpa de mi pesadilla, y tengo pinta de no haberme duchado en semanas, y seguramente, también huelo igual.

Debo de haberme quedado mirando con anhelo hacia la ducha, porque Nikolai me pregunta:

—¿Te gustaría darte un baño?

¿Un baño? Eso suena a placer celestial más aún que la ducha. Solo la idea de sumergir mis moretones y mis músculos doloridos en agua caliente hace que me den ganas de gemir en voz alta.

Nikolai lee la respuesta en mi rostro.

—Te lo preparo mientras comes —dice con una sonrisa, y vuelve a cogerme en brazos para llevarme de nuevo a la cama, donde ya me espera una bandeja con platos cubiertos en la mesilla de noche.

Él me deja con cuidado sobre el colchón, me coloca contra la pila de almohadas y destapa uno de los platos. Un aroma sabroso y suculento llena la habitación, haciéndome salivar. Son patatas con ajo y champiñones al estilo ruso, de esas con las que me hincharía cada día si pudiera.

Mientras yo babeo expectante, él descubre el resto

de lo que ofrece la bandeja, incluyendo una ensalada griega con lechuga fresca y crujiente y unas grandes olivas negras, un plato de pato asado con peras pochadas, y unas rebanadas de pan francés con mantequilla y caviar negro.

Es oficial: Pavel ha vuelto a la cocina. La forma de cocinar de su mujer no es ni de lejos tan elegante ni tan buena.

Lo que me asombra es que Nikolai haya conseguido organizar todo esto y traerlo hasta aquí arriba mientras yo estaba en el baño. Debe de haber volado por las escaleras, en plan Superman.

—Te lo ha subido Pavel —dice, de nuevo leyéndome la mente. Es inquietante la forma en que hace eso. Cómo siempre es capaz de hacerlo. Desde el mismo instante en que nos conocimos, he tenido la turbadora sensación de que puede mirar directamente dentro de mi cabeza y ver mis miedos y mis deseos más privados.

Es como si estuviésemos de verdad conectados por esos hilos del destino de los que me habló, a un nivel que va mucho más allá que lo que la brevedad de nuestra actual relación podría permitir.

Pero no, no pienso creérmelo... especialmente, no ahora que sé qué clase de hombre es él. Ya resulta lo bastante malo que yo no pueda extinguir la química sexual que arde entre nosotros como un incendio forestal, ni olvidar el enamoramiento que he tenido con él antes de averiguar la verdad. Creer que de alguna forma estamos hechos el uno para el otro, que esto puede ser de algún modo algo duradero y real, sería algo más que estúpido.

No existe tal cosa como el destino, y aunque existiera, no puedo estar destinada a amar a un monstruo.

—Toma, *zaychik* —dice el monstruo en cuestión, poniéndome un plato lleno de un poquito de todo en el regazo y tendiéndome un tenedor. Su hermosísima boca se curva dibujando una sonrisa cálida—. Empieza a comer mientras voy preparándote el baño.

Se me encoge fuerte el corazón cuando él me acaricia levemente la oreja con los dedos al sacarme la ramita que yo había visto antes y luego sale del cuarto... supuestamente para prepararme un baño en su cuarto, donde hay una enorme bañera. Nos dimos un baño de burbujas allí anoche, después de que me dejase extenuada con el sexo más intenso y ardiente que he tenido en mi vida.

Una oleada de calor abrasador me recorre el cuerpo al recordarlo, sumándose a la dolorosa tensión de mi pecho. Cierro los ojos, intentando obligar a la sensación a que desaparezca, pero es fútil.

La excitación que electrifica mi cuerpo no es nada comparada con el desesperado anhelo de mi corazón.

Para cuando Nikolai regresa unos minutos después, he conseguido recobrar el control de mí misma y estoy en proceso de devorar toda la comida de mi plato. Resulta algo complicado comer con la mano izquierda, pero tengo tanta hambre que si tuviera que hacerlo, comería hasta con el pie izquierdo.

—Dame, *zaychik*, deja que te ayude —dice Nikolai, quitándome el tenedor después de que yo me eche un trozo de champiñón en el pecho. Ignorando mis objeciones, me da de comer como si yo fuese un bebé torpón. Que, para ser justos, puede que lo sea ahora mismo. Cuando estoy tan llena que no puedo tragar ni una sola migaja más, él me limpia los labios con una servilleta, se lleva la bandeja y vuelve un par de minutos después anunciando que el baño está listo.

Para mi sorpresa, Lyudmila entra tras él en mi cuarto y mantiene un rostro cuidadosamente neutro cuando Nikolai me coge en brazos y pasa conmigo a cuestas por su lado.

—Te cambiará las sábanas mientras te bañas —me explica él, recorriendo el pasillo con pasos largos y tranquilos, como si llevar mi peso en sus brazos no fuese nada.

Es fuerte, este captor mío.

Tan fuerte que debería estar mucho más aterrorizada de lo que lo estoy.

Él abre la puerta de su dormitorio empujándola con la espalda, y me lleva pasando por al lado de su cama de tamaño extra grande donde anoche me poseyó tantas veces. Al menos una parte de las molestias de mi cuerpo deben de ser por aquello. Me sonrojo al caer en la cuenta. Nikolai era insaciable, lo mismo que yo.

Perdí la cuenta de cuántos orgasmos me provocó.

Los recuerdos siguen pasando por mi mente como una película X cuando él me deja sobre mis pies delante de la bañera y se pone a desatarme el nudo de mi camisón de hospital. Esos recuerdos deben de ser el motivo por el que me quedo allí quieta como una niña obediente, dejando que él me quite el camisón y descubra mi cuerpo a su mirada de ojos medio velados, y por qué no pongo ni una sola objeción cuando él vuelve a cogerme y me mete en el agua caliente y llena de burbujas, teniendo cuidado de dejar mi brazo herido por fuera del borde de la bañera para que se mantenga seco.

Puedo sentir su tensión mientras sus manos me acarician la piel desnuda, la misma tensión que se acumula dentro de mí, haciendo que la piel me arda y el pulso golpetee con fuerza en mis oídos.

Asesino. Torturador. Monstruo. Esas palabras condenatorias flotan por mi mente, pero no hacen nada por enfriar el fuego que ruge en mi sangre. Después de haber experimentado el placer devastador y adictivo de su posesión, mi cuerpo ansía más, necesita más. Le da igual que las manos que me pasan la esponja enjabonada por el pecho y los hombros hayan acabado con dos vidas apenas hace unas horas, que yo no sea su amante sino su prisionera.

—Sumérgete un poco más —murmura él con su voz sensual y grave y yo obedezco sin pensar, disfrutando de la sensación de sus fuertes dedos masajeándome la nuca y manteniendo mi cara fuera del agua mientras mi pelo se empapa.

Debo de estar bajo la influencia de la droga que sea que hayan usado para mi anestesia, porque esto no me parece completamente real, especialmente cuando cierro los ojos para protegerlos de las salpicaduras de agua. Es como si estuviese dentro de un sueño, uno en el que nada importa salvo el cálido placer de su caricia, el relajante confort de su ternura. Debería de sentir que todo lo que a esto respecta está mal, es repelente, pero en vez de eso me siento como una mascota mimada cuando él me saca la cabeza del agua, me pone champú y luego hace espuma y me frota las raíces, haciendo la presión justa con los dedos, mientras sus uñas cortas me rascan el cuero cabelludo.

Es el mejor masaje en la cabeza que me han dado nunca, y lo único que puedo hacer es no suplicar que siga cuando, después de unos benditos minutos, él considera que mi pelo está lo bastante enjabonado y guía mi cabeza de vuelta al agua.

Por suerte, no ha terminado. Después me pone acondicionador y vuelve a frotarme las raíces. Le diría que no se hace así, pero estoy disfrutando de la experiencia demasiado para preocuparme de si el pelo me quedará lacio mañana ni de si se pondrá más graso antes. Eso último puede ser un plus positivo si le incentiva a volver a hacer esto pronto.

—Vuelve a meter la cabeza en el agua —me ordena con voz ronca, y yo le obedezco mientras él me pasa los dedos por los mechones, aclarando el acondicionador y desenredándolos al mismo tiempo.

Se le da bien esto, así que o tiene talento natural o ha tenido algo de práctica.

Una afilada punzada de celos me pilla desprevenida. Abro los ojos, con la relajación cálida que me engullía desvaneciéndome cuando le miro fijamente, con la cabeza aún sumergida a medias en el agua.

¿Con cuántas mujeres habrá hecho esto?

¿Cuántas habrán conocido este placer que te derrite hasta los huesos de sus atenciones?

—¿Qué te pasa, *zaychik*? —Sus oscuras cejas se juntan mientras me ayuda a sentarme más derecha—. ¿Te he hecho daño?

—No. —Sé que no debería decir nada, pero no puedo evitarlo—. Les has hecho esto a un montón de mujeres, ¿verdad?

Durante un instante, eso parece haberle pillado por sorpresa. Luego una sonrisa maléficamente sensual inunda su rostro.

—No, a muchas, no. Tú eres la única, en realidad.

—Oh. —Ahora me siento como una idiota—. Da igual, entonces. Yo solo...

Estoy a punto de cerrar los ojos y deslizarme dentro del agua otra vez para ocultar lo avergonzada que estoy cuando él me coge suavemente por la barbilla y me obliga a mirarle a los ojos.

—Pero aunque ese fuera el caso —me dice, suavemente—, cualquier otra mujer es cosa del pasado. Tú eres la única para mí de ahora en adelante. No lo olvides, *zaychik*. —Se acerca tanto a mí que puedo distinguir las pinceladas verde bosque del ámbar intenso de sus pupilas—. Ahora también yo también soy el único para ti. Ningún otro hombre volverá a tocarte jamás. Eres tan mía como yo soy tuyo.

Me quedo mirando esos ojos hipnóticos, embelesada y aterrorizada por la intensidad posesiva que hay en ellos. Lo dice de verdad, puedo verlo. Por la razón que sea, ha decidido que debemos estar juntos, y no hay nada que yo pueda hacer o decir que pueda alterar esa convicción suya... una convicción que sería peligrosa hasta si el tío no resultase ser la personificación misma de la oscuridad.

Es como si estuviese obsesionado conmigo... y no de una forma sana del todo.

Me sostiene la mirada unos instantes más y luego se inclina y me da un beso en la frente. El gesto debería resultar tierno, incluso paternal, pero en vez de eso es como el acto de dejarme una marca, una huella. Sus labios se quedan en mi piel un par de segundos de más, su mano en mi barbilla me sostiene con más fuerza. *Eres mía,* es lo que dice ese beso, y cuando él se aparta por fin, el mismo mensaje se repite en sus ojos y luego hace eco en sus caricias cuando coge la esponja y sigue lavándome, con sus manos recorriendo mi cuerpo con una contención platónica que solo enfatiza el deseo hambriento que está manteniendo cuidadosamente encadenado.

Noto que él cree que esa hambre es peligrosa. Demasiado peligrosa para ceder a ella mientras yo estoy débil y herida.

Haciendo un esfuerzo, aparto ese pensamiento y

cierro los ojos, permitiéndome a mi misma simplemente disfrutar del momento. Ya me preocuparé mañana por el futuro y por lo que significa la obsesión de Nikolai por mí. Por el precio que tendré que pagar por sus cuidados y su protección. Por esta noche, solo me deleitaré en el hecho de que soy su posesión preciada.

Que en los brazos del diablo estoy tan segura como es posible estarlo.

7

NIKOLAI

Son las dos de la mañana y sigo totalmente despierto, mirando al techo oscuro de encima de mi cama. En parte es porque mi cuerpo todavía está con la hora de Dusambé, pero sobre todo, porque estoy demasiado tenso, y mis ideas se mueven en círculos entre los planes para Bransford y los recuerdos cargados de adrenalina de ayer. Estos últimos son especialmente invasivos, llenando mi pecho con toda clase de emociones violentas.

Chloe huyó de mí. Casi la pierdo. Solo unos minutos más y...

Joder. ¡Ya está bien!

Me levanto de la cama como impulsado por un resorte y voy hasta mi vestidor a grandes zancadas para sacar mis pantalones cortos de correr. Ya he corrido antes esta noche. En cuanto terminé de bañar a Chloe y la arropé en la cama, me até las zapatillas y salí. Pero necesito volver a correr. O eso o una agradable sesión de pelea con Pavel o los guardias. O mejor todavía, correr *y* pelear, ya que también necesito librarme de una importante frustración sexual.

Tocar el cuerpo húmedo y desnudo de Chloe sin tirármela me ha obligado a servirme de toda mi fuerza de voluntad, y más.

Antes de salir de la estancia, conecto la imagen de vídeo a tiempo real de Chloe en el teléfono. Hice que Pavel instalara una pequeña cámara en la tele enfocando a su cama mientras yo la bañaba, para poder echarle un ojo sin entrar en su dormitorio ni perturbar su sueño.

Tal como esperaba, mi pantalla me la muestra acurrucada debajo de las mantas en la oscuridad, solo con el sonido de su respiración regular rompiendo el silencio. A diferencia de mí, ella duerme plácidamente, y yo me alegro. Necesita descansar bien para recuperarse, que es el motivo por el cual tengo que tener las manos apartadas de ella, por mucho que me duela.

Soy más fuerte que la bestia salvaje que llevo dentro.

Al menos, espero serlo.

Dejo el móvil en mi dormitorio, bajo las escaleras, y mi pecho se expande en cuanto pongo un pie fuera. La noche es oscura y fresca, el aire de la montaña límpido y puro.

Me dirijo hacia los árboles, corriendo montaña abajo dentro del bosque, como acostumbro. Pero esta vez, en lugar de volver a la casa después de haber quemado la mayor parte de mi energía nerviosa, me encamino hacia la parte norte de la finca, al bunker de los guardias.

No me sorprende encontrarme allí con Pavel, jugando a las cartas con Arkash and Burev junto a una hoguera. Igual que yo, debe de estar demasiado tenso para dormir, ni siquiera con Lyudmila a su lado.

Al verme, se pone en pie de golpe, y lo mismo hacen los demás.

—Todo bien —les digo, haciéndoles un gesto para que se relajen—. Solo necesito algo de ejercicio, eso es todo.

—Sin problemas —dice Pavel, con los ojos brillantes de expectación—. ¿Con o sin cuchillos?

—Con cuchillos, por supuesto.

Los guardias nos dejan sus armas y durante los siguientes cuarenta minutos, mi mente está dichosamente vacía de cualquier cosa que no sea el instinto primitivo de supervivencia, de evitar acabar cortado en pedazos por la hoja blandida sin piedad por Pavel. Casi acabo destripado dos veces; otras tres, me libro por un pelo de que me corte la yugular. Pavel no se guarda nada dentro, y para cuando por fin consigo ponerle el filo de mi arma contra la garganta, estamos los dos cubiertos de molestos pinchazos y cortes.

Jadeando, doy un paso atrás y le devuelvo el cuchillo a Arkash, quien me da una palmada en el hombro, felicitándome. Ninguno de los guardias es lo bastante bueno para luchar contra Pavel con un cuchillo y ganar, pero claro, tampoco ninguno de ellos ha sido entrenado por él desde que tenía la edad de mi hijo.

Dejándolos con sus obligaciones, Pavel y yo volvemos juntos hasta la casa. Al principio, los dos estamos demasiado cansados para hablar mucho —la pelea ha sido tan agotadora como yo esperaba que fuese—, pero cuando la casa aparece a la vista, Pavel me dice con voz queda:

—Deberías perdonarla, de verdad, ¿sabes?

Yo le miro, sorprendido.

—¿A Chloe? Ya lo he hecho. —Por mucho que me disguste que ella se escapara, comprendo por qué lo hizo. Lo que mi hermana le contó habría asustado a cualquiera, no solo a una joven vulnerable que ya había sido testigo de lo peor de la humanidad.

—No. A Alina. —Yuri me lanza una mirada de reojo—. Está disgustada. Lyudmila la ha pillado llorando.

Joder. Tendría que haber sabido que él se pondría del lado de mi hermana en esto.

—Debería estar disgustada. La ha jodido, a lo grande. —Mis palabras suenan más seca de lo que pretendía. He intentado no darle vueltas al papel de Alina en todo esto, pero el hecho es Cloe casi *muere*.

No sé si jamás seré capaz de perdonar a Alina por eso.

—Ella ya sabe que la ha jodido —dice Pavel con tono neutro—. Pero sigue siendo tu hermana.

—Y la sangre es más espesa que el agua, ¿no?

Él ignora mi sarcasmo.

—No es bueno para ella estar tan disgustada. Sus dolores de cabeza...

—Lo sé todo acerca de sus putos dolores de cabeza. —Tomo aire para serenarme—. Mira, no voy a mandarla lejos ni a castigarla de ningún modo. Seguiremos celebrando su fiesta de cumpleaños el viernes, tal como habíamos planeado. Pero no puedes esperar que yo simplemente perdone y olvide. Colocada o no, Alina sabía lo que hacía cuando abrió su bocaza y le dio a Chloe las llaves de ese coche.

—Pero ella no lo sabía. —La expresión de Pavel al colocarse delante de mí, bloqueándome el paso, es seria —. Tú no le habías contado que Chloe corría un peligro mortal. Y no te olvides de *por qué* estaba colocada anoche.

Me rechinan las muelas.

—Apártate de mi puto camino. Ahora. —Puede que él sea mi amigo y mi mentor, pero si ahora mismo yo tuviese mi cuchillo contra su garganta, eso me daría igual, con los oscuros recuerdos que brotan en mi mente, llenándome el estómago de una mezcla tóxica de rabia, horror, pena y culpa.

Que Alina necesite sus medicamentos *es* por mi culpa, lo sé.

Por grande que sea su cagada, no tiene punto de comparación con la mía.

Pavel debe de haberse dado cuenta de que ha llegado demasiado lejos, porque sabiamente se aparta de mi camino y deja el tema. Recorremos la distancia restante hacia la casa en un tenso silencio, y todo lo bueno que había conseguido nuestra pelea de cuchillos se esfuma tras esta breve discusión.

No habrá forma de que concilie el sueño.

No cuando puedo sentir de nuevo mi cuchillo hundiéndose en el vientre de mi padre y ver el monstruo que soy reflejado en sus ojos agonizantes.

8

CHLOE

Estoy a punto de meterme en la boca los huevos revueltos que Nikolai me sostiene delante con el tenedor, cuando escucho voces en el pasillo, seguidas por alguien llamando a la puerta. Mi mirada se desvía rápidamente hasta el rostro de Nikolai, y mis mejillas empiezan a arder al ver el brillo divertido en sus ojos.

Los dos sabemos que no estoy tan incapacitada como para que él me dé de comer en la boca; es solo una dinámica peculiar y ligeramente morbosa en la que hemos caído. Ni siquiera he intentado comer con la izquierda cuando él me ha traído el desayuno esta mañana: él ha empezado a darme de comer y yo le he dejado.

Hasta su hijo de cuatro años come sin ayuda, y sin embargo aquí estoy yo, con un brazo totalmente funcional y actuando como si no pudiese sostener un tenedor yo sola.

Mientras mi vergüenza se hace más profunda, le

quito el tenedor a Nikolai y lo dejo en la bandeja que hay sobre la mesilla de noche.

—¡Adelante!

Yo me esperaba a Pavel o a Lyudmila, pero es Alina la que entra en mi habitación, llevando a Slava por la manita.

Los ojos del niño se iluminan al verme.

—¡Chloe! —Soltándose de Alina, se lanza hacia mí, parloteando alegremente en ruso.

—Ha estado preocupado por ti —me traduce Nikolai, con una sonrisa incómoda, mientras Slava salta sobre mi cama con la inagotable energía de un cachorrito—. Aunque le dije que no ibas a morirte igual que su madre, tenía miedo de que lo hicieras, así que lleva pidiendo venir a verte desde que se ha despertado esta mañana. Lo cual, según él, hace un millón de años porque tú, cito: *has dormido hasta tan, tan tarde*.

—Oh, no, cariño, estoy estupendamente bien. —Le doy unas palmaditas en la espalda con la izquierda mientras él me rodea con un abrazo tan fiero como su fuerza de niño pequeño le permite—. Solo es mi brazo el que está herido, ¿lo ves? —Le enseño el cabestrillo cuando se aparta.

Él frunce el ceño y hace una pregunta que suena como una ráfaga de ametralladora.

—Está preguntando que si es solo tu brazo, entonces por qué estás en la cama —dice Alina, y al levantar la vista la veo al lado de mi mesilla. Su cara asombrosamente hermosa vuelve a estar bien maquillada y su figura esbelta vestida con un vestido amarillo sin mangas que parece haber salido directo de alguna pasarela de modas. No hay ni rastro de la mujer atormentada y deshecha que me lanzó ayer por la mañana aterradoras advertencias sobre el hombre que tengo sentado a mi lado.

Le dedico una cauta sonrisa antes de devolver mi atención a Slava.

—Eso es porque me duele también un poquito el tobillo —le digo, y Nikolai le traduce mis palabras. Yo noto que está evitando mirar a Alina; ni siquiera ha reconocido que ella está presente, de hecho.

Slava mira mis pies cubiertos por las mantas y hace otra pregunta.

—Quiere saber cómo te has hecho daño en el tobillo —dice Nikolai—. Voy a contarle que te lo torciste al tropezarte con la rama.

—Tiene lógica.

Mientras él habla con el niño, yo levanto la vista hacia Alina y le ofrezco una sonrisa más franca. Probablemente esté preocupada porque yo esté enfadada con ella, pero no lo estoy. De hecho, le estoy agradecida. No sé lo que habría pasado si yo no hubiese huido, pero supongo que, como mucho, eso solo habría retrasado la jodienda en la que me encuentro ahora mismo. Los asesinos me habrían localizado al final o en ese punto, o en algún momento después, yo habría averiguado de lo que es capaz Nikolai. Para entonces, sin embargo, podría llevar semanas o meses metida en una intensa relación con él, y habría sido mucho más devastador que mis ilusiones se hiciesen añicos.

O tal vez, solo tal vez, él habría conseguido mantenerme en la inopia, y yo nunca habría sabido que él asesina y tortura igual de fácil que otros hombres cortan el césped. Yo habría dormido entre sus brazos y lo habría tenido dentro, convenciéndome todo el tiempo de que mis instintos estaban equivocados, que el hilo de oscuridad que percibía en él no era más que mi imaginación hiperactiva.

¡Uf! Tal vez *sí* debería estar molesta con Alina. Esa clase de ignorancia suena como una bendición.

Visiblemente aliviada, Alina me devuelve la sonrisa y yo aparto a un lado las estúpidas ideas de lo agradable que hubiese sido no haberme enfrentado nunca a la verdad sobre Nikolai... ni sobre Bransford y todo lo demás. Si yo me permitiera ese tipo de pensamientos, también podría desear que mi madre siguiese viva, o mejor todavía, que ella nunca se hubiese topado con mi padre biológico para empezar.

En ese caso yo no existiría, pero habría valido la pena solo porque ella estuviese viva y feliz, llevando esa vida que se había malogrado cuando ella era adolecente.

Al darme cuenta de que estoy volviendo a caer en una espiral de inútiles «y si», levanto la vista, miro a Nikolai y digo con tono alegre:

—¿Qué tal si Slava y Alina se quedan conmigo un ratito? No quiero monopolizar todo tu tiempo. Estoy segura de que tienes trabajo que hacer, y yo puedo darle clase a Slava desde la cama igual que desde cualquier otro sito.

El rostro de Nikolai se tensa al notar claramente que yo quiero que se marche, pero se levanta y dice con calma:

—De acuerdo. Te veo en un rato. No te olvides de comer, ¿vale?

—Estoy en ello. —Cojo el tenedor y me llevo los huevos a la boca con exagerada torpeza. Mi intención es hacer que Slava se ría, y lo consigo.

Para cuando vuelvo a mirar, Nikolai ya se ha ido.

La cara de Alina se muestra sombría cuando ella se sienta en la cama, cogiendo el sitio de Nikolai.

—¿Qué tal te encuentras? —pregunta con voz queda, mientras Slava corre hacia la ventana, al parecer curioso por saber cuál es la vista desde mi habitación.

—Bien. En vías de recuperación. —Me meto un montón de huevos en la boca para demostrar lo rápido que me estoy curando. Tampoco es que mienta. El brazo todavía me duele, pero con el calmante que me he tragado al despertarme, es soportable, y soy capaz de poner algo de peso en mi tobillo sin que este proteste demasiado.

Alina sonríe, titubeante.

—Eso está muy bien. —Coge aire de forma audible—. Oye, Chloe... ayer por la mañana yo estaba mal. Mal de verdad. Puede que dijera algunas cosas sin sentido. Cosas que no eran... necesariamente ciertas.

Yo dejo el tenedor. Mi apetito se ha esfumado sin dejar rastro. Entiendo lo que está tratando de hacer, y lo odio.

—No tienes que mentirme. Él ya lo ha admitido. Y vi lo que les hizo a los hombres que me atacaron.

Una miríada de expresiones aletea rápidamente en el rostro de Alina antes de que vuelva a quedarse cuidadosamente neutro.

—Ya veo. ¿Y tú estás... bien?

¿Bien? ¿*No* saltar por la ventana y echar a correr hacia la puerta gritando significa estar bien? Si es así, estoy perfectamente, o al menos todo lo bien que puedes estar después de descubrir que tu padre biológico es un violador y un asesino que está intentando matarte, y que estás siendo retenida por un hombre que podría ser incluso más despiadado que el susodicho padre.

—Lo voy llevando —digo, y para mi sorpresa, no es del todo mentira. Tal vez sea por el mes que he vivido a la fuga, o por el horror de encontrarme con el cadáver de mamá y esconderme de sus asesinos en el armario de los abrigos, pero no estoy tan aterrorizada ahora como me habría cabido esperar. Por ninguna de esas cosas. Pero especialmente por el hecho de ser prisionera de Nikolai. Es como si mi mente hubiese construido un muro entre el presente y el pasado reciente, entre lo que estoy experimentando y lo que sé.

Ahora mismo, estoy cómoda y bien alimentada y mi seguridad está garantizada por las mismas medidas de seguridad que me impedirían marcharme si lo intentase. Y es posible centrarse solo en este primer aspecto de todo. Igual que es posible olvidarse de la auténtica naturaleza de Nikolai cuando él está siendo tan cariñoso y tierno... cuando mi sangre se vuelve melaza líquida a su contacto.

De alguna manera, soy capaz de meter todo el horror dentro de una cajita y archivarla en otra parte, de fingir que no está ahí.

—Estupendo —dice Alina—. Me alegro. Pero si alguna vez tienes problemas para llevarlo, o sencillamente necesitas a alguien con quien hablar, quiero que sepas que siempre podrás recurrir a mí. —Con sus ojos color jade brillando suavemente, añade—: Da igual por lo que estuvieses pasando, yo te entendería.

Y lo haría, lo sé. Se me atenaza la garganta al notar la empatía real de su mirada. Hasta este momento no sabía lo mucho que deseaba algo así: no una oferta de amistad, exactamente, pero algo que se le parece un montón.

—Gracias —digo con voz ronca—. Te lo agradezco... igual que agradezco lo que intentase hacer, advirtiéndome y todo eso.

Tal vez sea otra ilusión que esté destinada a ser destrozada, pero parece que tengo una aliada en la hermana de Nikolai. Que no estoy totalmente sola en este lío.

Ella sonríe con ironía y se pone en pie.

—Sí, bueno, eso no salió exactamente como esperaba. Yo... —Se interrumpe porque Slava exclama algo desde donde está, junto a la ventana, y vuelve corriendo hacia nosotras, parloteando a en ruso a todo trapo.

—Dice que hay una familia de mapaches en nuestro camino de entrada —traduce Alina con una sonrisa—. Al parecer, acaban de salir del bosque.

—¿En serio? Quiero verlos. Me siento más derecha e ignorando la punzada de mi brazo, bajo los pies al suelo. Con cuidado, me levanto, intentando no cargar demasiado mi peso en el tobillo que me torcí.

Por ahora, todo bien.

—Ven, apóyate en mí. —Alina me ofrece el codo y con su ayuda, voy cojeando hasta la ventana, desde donde los mapaches, una mamá y dos bebés, están de hecho divirtiéndose a plena vista.

Slava se ríe encantado cuando uno de los bebés salta sobre el otro jugando, y yo le revuelvo el sedoso cabello, con el pecho hinchiéndose cuando él me dedica una enorme sonrisa.

—Mapaches —le digo, recordando mi papel de profesora de inglés—. Esos se llaman *mapaches*.

Obediente, él repite la palabra después de mí y los tres miramos a los animales hasta que vuelven a desaparecer en el bosque. Cuando Alina me ayuda a volver cojeando hasta la cama, le pido que me traiga un libro que pueda leer con Slava.

—Ningún problema —dice ella, yendo ya hacia la puerta. Vuelve unos minutos después con una pila de libros infantiles que deja en la manta a mi lado. —¿Quieres que me lleve eso? —pregunta, señalando la bandeja de la mesilla, y yo asiento mientras Slava se acomoda junto a mi costado no herido.

Pronto será la hora de comer, y ya he comido bastante como para no tener hambre hasta entonces.

Ella coge la bandeja y se dispone a salir de nuevo. Solo cuando casi ha alcanzado la puerta me doy cuenta de que no le he preguntado algo importante.

—Alina, espera —le digo al tiempo que ella abre la puerta con un pie calzado con tacón de aguja.

Ella se da la vuelta, con expresión inquisitiva.

—¿Volverás dentro de un ratito? Me gustaría saber más de lo que pasó. —Mi voz me tiembla—. Con Nikolai y... y tu padre.

Ella se pone rígida y su rostro pierde toda expresión.

—Por favor, Alina. Necesito saberlo.

Necesito saber hasta qué punto es un monstruo el hombre del que me he enamorado.

Ella cierra los ojos y respira hondo. Luego vuelve a abrirlos.

—No es mi historia, no debo contarla yo. —Su voz es grave y tensa—. Nunca debí hacerlo. Es con Nikolai con quién deberías hablar.

Y antes de que yo pueda suplicarle más al respecto, ella sale y cierra la puerta.

9

NIKOLAI

Relajo mi puño apretado, hago clic para cerrar la imagen de vídeo de la habitación de Chloe y abro mi buzón. No sé qué le habría hecho a Alina si hubiese dicho que sí a lo que le ha pedido Chloe. Afortunadamente, mi hermana ha recuperado su buen juicio lo suficiente para darse cuenta de que tiene que tener la boca cerrada.

Es mi historia, soy yo quien debe contarla... y no estoy seguro de querer hacerlo.

Ayer, cuando Chloe me preguntó si lo que Alina le había contado era verdad, estuve tentado de mentir, de decirle que Alina se lo había inventado todo, que estaba delirando a causa de toda esa medicación. Pero por alguna razón, al mirar los dulces ojos castaños de Chloe, las palabras se negaron a salir de mi garganta. Por mucho que odie que mi *zaychik* me vea como alguien malvado, hay algo en lo más hondo de mi ser que desea que ella conozca mi verdadero yo.

Que me conozca y que a pesar de todo, me ame.

Joder. Esto es un problema... pero no uno tan grande como el correo de Valery que acaba de aparecer en mi buzón.

El asunto dice: LEONOV EN AMÉRICA, así, todo en mayúsculas, y cuando lo abro, me informa de que los contactos estadounidenses de mi hermano pequeño se han enterado de la presencia de Alexei Leonov en Nueva York. Nadie sabe qué estará haciendo allí, pero solo el hecho de que se encuentre en el mismo continente que mi hermana y mi hijo es una mala noticia. No he olvidado lo que me dijo en los lavabos de ese restaurante de Tajik, la amenaza que me lanzó sobre forzar a Alina a cumplir su arcaico acuerdo de compromiso matrimonial. En aquel momento, me imaginé que solo estaba intentando cabrearme, y sigo sospechando que así era. Pero hay alguna posibilidad de que lo dijera en serio.

Dile a Alina que ha llegado la hora. Ya me he cansado de ser paciente.

Aprieto los dientes, intentando librarme del recuerdo de esas palabras que dijo con un tono tan amable. Sea lo que sea que Alexei tenga planeado, no va a acercarse a Alina. Ya es bastante malo que mi hijo pasara casi dos meses bajo el tierno cuidado del más mayor de los Leonov antes de que yo pudiera rescatarle; lo último que necesito es que mi hermana emocionalmente frágil se vea arrastrada dentro de ese nido de víboras.

Puede que Alina y yo tengamos nuestras

diferencias, pero ella es mi responsabilidad, la cruz que tengo que llevar, y la protegeré de cualquiera que quiera hacerle daño... especialmente de su supuesto futuro marido.

Pataleo con fuerza contra el suelo para liberar la furia que arde en mi estómago mientras releo el mensaje. Nueva York... eso está tan lejos de Idaho como es posible. ¿Podría ser la presencia de Alexei justo después de nuestro encontronazo en Dusambé solo una coincidencia después de todo? Yo volé hasta Tayikistán en nuestro jet privado, y sé que el equipo de Konstantin activó una serie de medidas de seguridad para evitar que nadie averiguara mi plan de vuelo, así que es posible que la presencia de Alexei en Nueva York se deba a algún motivo sin relación alguna con mi familia.

También es posible que haya descubierto que yo estoy en América, pero que no sepa dónde, así que ha comenzado a buscar en el sitio más lógico: la Gran Manzana.

Sea como sea, es un dolor de cabeza que no necesito ahora mismo, especialmente teniendo ya en mi plato la tarea del nivel *Misión: Imposible* de asesinar a un candidato presidencial.

Centrando mi atención en eso, abro el correo con los detalles de los viajes y apariciones públicas que Bransford tiene previstas próximamente. El paso uno es verificar que de verdad sea el padre de Chloe. Para eso, necesitamos su ADN.

Hay un puñado de formas de hacerlo, pero la más

directa sería que yo fuese a uno de sus actos de recaudación de fondos fingiendo ser un donante potencial y me hiciese discretamente con una muestra... digamos, robando su copa de vino. El problema de esa estrategia es que esos eventos son mucho más públicos de lo que a mí me resulta cómodo, especialmente dada la inesperada llegada de Alexei a los Estados Unidos. Ahora más que nunca tengo que permanecer fuera del radar para evitar desvelar nuestra ubicación. Lo que también elimina otra solución sencilla: conseguir una cita privada con Bransford.

Dado su estatus como líder de las primarias en su partido, comprobarían exhaustivamente mis credenciales, y mi información personal acabaría en alguna base de datos a la que los *hackers* de Leonov podrían acceder. Además, no sería sensato entrar en el punto de mira de Bransford. Aun cuando los asesinos no hubiesen hecho la conexión entre Chloe y yo antes de que me los cargase, Bransford podría saber que el último sitio donde fue vista era esta zona de Idaho, y si averiguase de alguna manera que yo vivo aquí, sospecharía.

No, por cómodo y satisfactorio que pudiese resultar, no puedo conseguir su ADN, ni llevar a cabo su asesinato, en persona. No sin exponer a mi familia y a Chloe en un peligro todavía mayor. Pero el reloj sigue corriendo. Si los asesinos le contaron a su jefe que Chloe había preguntado en la gasolinera local por el trabajo que yo ofrecía, solo será cuestión de tiempo que algún otro sicario suyo se presente delante de mi puerta.

Tengo que eliminar la amenaza de Bransford, y deprisa.

Tomo una decisión y escribo rápidamente un email pidiendo a una de las nuevas adquisiciones de Valeri que haga de camarera en el próximo evento, para que pueda conseguir el ADN de Bransford de alguna copa o cubierto. En este punto es una mera formalidad: sé que tengo razón sobre él. Puedo sentirlo en las tripas. Sin embargo, dada la magnitud de lo que estoy planeando, necesito evidencias irrefutables, y esta es la mejor forma de hacerlo. Si quiero tener pruebas todavía más claras, haría falta una confesión directa de culpabilidad, y no sé cómo podría conseguir eso a menos que secuestrara a ese tío... una tarea todavía más complicada que matarlo sin más.

Por ahora, me conduciré según la premisa de que es culpable, y planearé el asesinato. De esta manera, en cuanto el análisis de ADN confirme su parentesco con Chloe, yo podré apretar por fin el gatillo... No literalmente, lo digo en plan figurado. Un francotirador generaría mucho jaleo, así que nuestra mejor baza es usar una de nuestras sustancias químicas cuidadosamente confeccionadas o escenificar algún tipo de accidente.

Sea como sea, él pagará por matar a la madre de Chloe e intentar hacerle lo mismo a ella.

Puede que Tom Bransford todavía no lo sepa, pero es hombre muerto.

Me paso las dos horas siguientes ocupándome de varios aspectos logísticos, y luego vuelvo a mirar la imagen de la cámara de la habitación de Chloe.

Sigue con Slava. Él ha acampado en su cama, con sus libros y sus piezas de LEGO esparcidas por toda la manta. Parecen estar jugando a un juego en el que ella le enseña algo de un libro y él lo representa actuando para ella. Mientras yo miro, él salta de la cama y se pone a dar saltos por la habitación, imitando a un conejo.

—Eso es un *zaychik*, ¿verdad? —dice ella, sonriente, y los ojos de Slava se agrandan antes de que una enorme sonrisa invada su carita.

—¡*Da*!

—Sí —le corrige ella, sonriendo todavía más—. En mi idioma decimos *sí*.

Mi hijo menea la cabeza con energía, asintiendo.

—¡Sí, sí, sí! —Ahora está dando botes, demasiado excitado para estarse quieto, y yo tomo nota mentalmente de enseñarle a Chloe algunas palabras más en ruso. De esa manera, ella puede volver a sorprenderle de esa forma cuando quiera, y a mí me encanta escuchar su adorable ruso con acento americano.

Ahora que lo pienso, debería enseñarle también algunas palabras guarras, para poder escuchar su voz suave y sedosa susurrándomelas cuando estemos en la cama.

Mi cuerpo se pone duro al visualizarlo, y tengo que respirar hondo para poder controlarme. Ya la he poseído una vez, o más bien, varias veces en una noche, y eso está muy lejos de bastarme. Me siento como un hombre hambriento al que le han permitido darle un solo lametazo a un helado.

Quiero más. Quiero follármela cada noche, penetrar todos sus orificios, y darle placer de todas las formas imaginables. Quiero dormirme abrazado a ella, y despertarme clavado en lo más hondo de su cuerpo. Quiero hacerle toda clase de cosas oscuras y depravadas y quiero abrazarla tiernamente mientras se le baja el subidón de placer y dolor.

Quiero poseerla tan completamente que se olvide del todo de querer dejarme.

Pronto, me prometo a mí mismo mientras apago el portátil y me levanto. Pronto estará mejor, y yo podré tenerla.

Mientras tanto, tengo que hacer todo lo que haga falta para mantenerla a salvo.

10

CHLOE

Unos minutos antes del almuerzo oficial de las doce y media, Lyudmila viene para llevarse a Slava abajo.

—Nikolai viene con comida pronto —dice con su inglés cargado de acento ruso, deduciendo correctamente que los rugidos que vienen de mi estómago indican hambre. Le dedico una sonrisa tímida, pero ella ya está apresurándose a llevarse a Slava del cuarto mientras le habla a toda velocidad en su idioma.

Efectivamente, a las doce y media en punto aparece Nikolai con una bandeja.

—¿De qué va esta puntualidad militar a la hora de las comidas? —le pregunto mientras él se sienta a mi lado y coloca la bandeja en la mesilla, antes de destapar los platos que tan bien huelen.

Es algo que me he estado cuestionando desde hace días pero que no he tenido ocasión de preguntar...

supongo que esta pregunta es mucho más fácil de responder que todas las demás que tengo preparadas.

Una sonrisita irónica eleva una de las comisuras de los sensuales labios de Nikolai.

—Tú misma lo has dicho. Es una reminiscencia militar. Para ser más específicos, del tiempo que Pavel sirvió en el ejército. Ha estado llevando la casa desde que se licenció hace unos treinta años, y esta es una de sus reglas. A mí no me importa. Como he crecido así, lo encuentro un ritual reconfortante.

—¿Y qué hay de lo de ponerse elegantes para cenar? ¿También es cosa de Pavel? —Eso sería raro, dado que nunca he visto al ruso con pinta de oso llevar puesto nada que se parezca a un traje o a un esmoquin, pero en esta casa pasan muchas cosas raras.

Los músculos más pequeños de los ojos de Nikolai se tensan, aunque su sonrisa sigue presente en sus labios.

—No exactamente. Eso es algo en lo que insistía mi madre. Decía que necesitábamos algo bello en nuestras vidas para tapar toda la fealdad.

—Oh, ya veo. —La expectación me acelera el pulso. Esta es la primera vez que me ha hablado de su madre... o de cualquiera de sus progenitores, en realidad. Lo único que yo sabía antes de las aterradoras revelaciones de Alina es que sus padres estaban muertos.

—Toma —dice Nikolai, acercándome a los labios un pedazo de pan francés untado de mantequilla y con caviar—. Abre.

Yo muerdo obediente el bocado gourmet como la inválida que ambos fingimos que soy. Sin embargo, no tengo la cabeza puesta del todo en nuestro jueguecito; todas estas preguntas no dejan de dar vueltas. Todavía hay demasiadas cosas que no sé sobre mi peligroso protector, y necesito saber más.

Necesito saberlo todo, porque una diminuta e irracional parte de mí sigue esperando que la oscuridad de su interior no sea tan abismal como aparenta ser.

Dejo que me dé de comer el resto de aperitivos de la bandeja, y también el pescado blanco cocinado con salsa de limón y patatas gratinadas que se deshace en suaves piezas con forma de hojuelas y que es el plato principal, y cuando cambia al postre —peras cocinadas con pasas negras y nueces garrapiñadas con miel—, me armo de valor y me lanzo al interrogatorio que tengo planeado.

—Entonces —digo con el tono más despreocupado que puedo—. ¿Sois de la mafia?

Estoy bastante segura de conocer la respuesta a eso, pero tampoco estará mal escucharlo de primera mano, de esa mano tan atractiva.

Para mi sorpresa, en vez de ofenderse o enfadarse, la boca que va con esa mano se estremece con la sombra de una risa.

—No, *zaychik*. Al menos, no de la manera en que tú imaginas. No traficamos con drogas ilegales ni con armas, ni nada de eso... eso es más bien territorio de los Leonov. La inmensa mayoría de nuestros negocios son legítimos y legales, y los pocos que no lo son entran dentro del dominio de Konstantin: la web oscura, *bots* en redes sociales y todo ese tipo de cosas tecnológicas.

Yo le miro incrédula, pestañeando, con la imagen de una pistola en su mano fresca y clara en mi mente. No es posible en absoluto que un hombre de negocios adinerado, ni siquiera uno con entrenamiento militar, sea capaz de matar y torturar con tanta facilidad como él.

—Pero yo te vi... Y a tus hombres... Y...

—Tampoco te he dicho que seamos unos ángeles. Abre. —Me acerca una cucharada de pera con pasas a los labios y espera a que empiece a masticar antes de proseguir—. En Rusia, para conseguir y conservar el poder, tienes que ser despiadado. Tienes que estar dispuesto a hacer lo que haga falta. Siempre ha sido así, desde tiempos inmemoriales.

Abro la boca para hablar, pero él me mete otro pedazo de pera y continúa con un tono ligero y neutro, como si me estuviese leyendo un cuento para dormir.

—Mi familia siempre ha entendido eso —dice él—. Lo cual es la razón de que hayamos prosperado desde los tiempos del imperio mongol. De hecho, nuestro primer antepasado conocido era uno de los hombres de confianza de Gengis Kan... un encantador y amable caballero que arrasó, quemó y violó por toda Siberia y la región de Moscú allá por el siglo trece. Sus hijos siguieron sus pasos, y para cuando Pedro el Grande estaba construyendo su ciudad, los Molotov, o los Nebelevsky, como se llamaban entonces, eran una presencia fija en la corte zarista, guiando y dirigiendo la política del país entre bambalinas. También eran asquerosamente ricos y poseían miles y miles de siervos. Lo que hace que sea todavía más irónico que durante la Revolución, mi bisabuelo fuese uno de los que llevaron a juicio a los «despreciables nobles» y a la «malvada burguesía» por crímenes contra el pueblo. Hasta cambió su apellido a Molotov, que viene de la palabra «martillo» en ruso... un apellido mucho más cercano a la ideología comunista que Nebelevsky. Pero así es como funcionamos. —Un atisbo de amargura retuerce los labios de Nikolai—. Hacemos lo que haga falta para prevalecer: ya sea llevar los campos de trabajo de los gulags durante la era de Stalin, o liderando la maquinaria propagandística del Partido Comunista en los años cincuenta y sesenta... o lanzándonos a por las subvenciones al petróleo y al gas durante la Perestroika y luego diversificando las inversiones para conservar nuestros miles de millones de riqueza. Somos como las cucarachas... solo que del tipo que sabe no solo cómo sobrevivir sino también cómo gobernar su rincón del mundo.

Yo me he quedado tan turbada como fascinada. Tanto, que me olvido de masticar el siguiente mordisco del postre antes de preguntar:

—¿Así que no sois mafia de verdad?

Tengo la boca tan llena que farfullo las palaras, pero Nikolai me entiende y sonríe.

—No. Pero eso no significa que nos achantemos a la hora de mancharnos las manos. Mantenerse en la cima en Rusia es igual que construir una casa en una playa de arena: el suelo que hay por debajo desaparece con cada marea, y siempre hay una tormenta fraguándose en el horizonte. Mi difunto abuelo, por ejemplo, el padre de mi padre, casi fue ejecutado en los cincuenta cuando un rival de alto rango del Partido le acusó en falso de deslealtad al régimen comunista. Se pasó dos años en uno de los gulags de Siberia que él mismo había estado supervisando, y cuando consiguió salir, lo primero que hizo fue plantar pruebas falsas en contra de su rival y hacer que *él* fuese enviado a los gulags, a la vez que hacía que el gobierno le transfiriese todas sus propiedades. Luego, más adelante, mi padre... —Se interrumpe y su expresión se oscurece.

Yo me siento más derecha.

—¿Tu padre qué?

La cara de Nikolai se vuelve impasible.

—Nada. Los noventa en Rusia fueron una época particularmente corrupta y volátil, así que mi familia tuvo que ser extra vigilante y despiadada.

—Para ser más específicos, tuvo que serlo tu padre. —No voy a dejar que cambie de tema, no cuando por fin estoy obteniendo algunas respuestas.

—Y su hermano, Vyacheslav, mi tío. Su hijo Roman es ahora casi tan rico como nosotros.

—Ajá. —En cualquier otro momento, me lanzaría ante la ocasión de averiguar más cosas sobre el resto de parientes de Nikolai, pero ahora mismo solo me quiero centrar en su padre. Le dejo que me dé un par más de cucharadas del postre y después de tragar, pregunto con cautela—: Entonces, ¿qué clase de cosas tuvo que hacer tu padre para mantenerse en la cima en los noventa?

Los ojos de Nikolai adquieren un tinte más verdoso de ámbar.

—Nada peor que lo que hicieron el resto de oligarcas de su generación: un montón de sobornos, algo de chantaje y extorsión, un poco de coacción física y, cuando hizo falta, la eliminación forzosa de los obstáculos. Unas tácticas que creerías que entran en el dominio del crimen organizado, salvo porque eran estrategias de negocios estándar en Rusia en aquel momento. Y no solo lo hacían los oligarcas: el gobierno empleaba las mismas técnicas. Sigue siendo así hasta cierto punto. La legalidad y la criminalidad son dos conceptos muy flexibles, en constante evolución en mi país, cada uno de ellos con amplio espacio libre para su interpretación.

Yo hago lo que puedo por mantener una expresión neutral, aunque siento un escalofrío que me pone el vello de los brazos de punta. «Coacción física y eliminación forzosa». Esos son eufemismos obvios para la tortura y el asesinato. ¿Y esto es lo que su educación le ha hecho ver como estrategias empresariales estándar?

Puede que los Molotov no sean mafia en el sentido estricto del término, pero en algunos sentidos, son todavía más peligrosos.

—¿Por eso te has traído a Slava aquí? ¿Porque Rusia es un sitio sin ley? —pregunto, incapaz de contenerme. Este es otro misterio que me ha estado reconcomiendo, y aunque quería mantener este interrogatorio centrado en su padre, no puedo perder la ocasión de conseguir algunas respuestas en ese frente.

Después de lo que acaba de contarme acerca de su casa, no puedo culparle por querer criar a su hijo todo lo lejos de Rusia que le sea posible.

—No, *zaychik*. —Su hermosa boca adopta la curva cínica que luce tan a menudo. No soy tan buen padre, me temo.

—¿Entonces, por qué *estáis* aquí? Me prometiste contármelo. —En realidad, no hizo tal cosa. Lo único que me dijo en la videollamada en la que le pregunté al respecto es que era una larga historia.

Él también debe de acordarse porque sus ojos chispean divertidos.

—Buen intento. —Mira a mi bandeja ahora casi vacía—. ¿Estás llena o querrías comer algo más?

Estoy tan llena que mi estómago está a punto de reventar, pero no quiero que él se vaya todavía. No cuando estamos llegando a las cosas que me muero por saber.

—Me encantaría tomar algo de fruta —digo, esperanzada—. ¿Unas fresas o frambuesas si tenéis? Y café. Me encantaría un poco de café.

Él parece todavía más divertido, pero se pone en pie sin rechistar.

—Vale. Enseguida vuelvo.

Me da un beso en la frente, coge la bandeja y sale del cuarto.

11

NIKOLAI

TODAVÍA SIGO SONRIENDO CUANDO ENTRO EN LA cocina. Mi *zaychik* es tan maravillosamente transparente en sus intentos de manipulación... *Me prometiste*. Apenas pude evitar agarrarla y besarla allí mismo, especialmente porque al decir eso, sacó su labio interior haciendo un pequeño puchero como una niñita pidiendo mimos.

Me encanta que ya tenga menos miedo de mí, que en vez de terror, sus bonitos ojos castaños exhiban curiosidad. He estado haciendo todo lo que he podido para mantener a la bestia que llevo dentro encadenada en su presencia, para hacerla sentirse cómoda y segura, y parece que lo estoy consiguiendo... lo que hace que mi contención valga la pena. ¿Y qué si mis manos casi tiemblan por el deseo de tocarla, de apretarla con fuerza contra mí mientras me adentro en lo más profundo de su cuerpo resbaladizo y caliente?

Puedo ser paciente.

Puedo ser dulce.

Puedo cuidar de ella como si fuese un puto eunuco si eso es lo que hace falta para borrar de su mente el recuerdo de la historia que le contó mi hermana.

Aunque no es probable que eso ocurra. Sé a dónde quería ir a parar Chloe con todas sus preguntas. Quiere conocer toda la historia, y yo no puedo culparla. El café, la fruta... esos son solo pretextos. Lo que ella quiere es pasar más tiempo conmigo, más tiempo para indagar, y yo tengo que decidir qué parte de la verdad estoy dispuesto a contarle, en caso de que lo esté.

—¿Cómo está? —me pregunta Lyudmila cuando dejo la bandeja en la encimera, yo la pongo al día sobre el estado de Chloe, es decir, le digo que está mejor. Le he cambiado las vendas esta mañana y parecía que la herida se estaba curando muy bien. También he contado disimuladamente las pastillas de su mesita de noche, y parece que de momento solo se ha tomado un par... otra buena señal.

Racionalmente, sé que no es probable que Chloe se sumerja en una espiral de adicción con solo unos cuantos analgésicos, pero después de haber presenciado los problemas de Alina, no puedo evitar preocuparme.

—Es bueno que tenga tanto apetito —dice Lyudmila cuando yo le traslado las peticiones de Chloe—. Aunque sería mejor si bebiese té.

—Tienes razón. Pero démosle el café que quiere.

Lyudmila gruñe afirmativamente y prepara una bandeja de fresas, frambuesas y arándanos artísticamente dispuestos, junto con una taza de café muy caliente. Le doy las gracias y me apresuro a subir arriba, donde mi *zaychik* me espera.

He decido que *sí* hay una pregunta suya a la que puedo responderle hoy, un fragmento de la verdad que puedo darle.

Sus ojos brillan inquisitivos cuando entro en su cuarto y me siento en el borde la cama, dejando la bandeja en su sitio en la mesilla.

—Así que —empieza ella—, acerca de...

—Abre —le ordeno suavemente, cogiendo una fresa por el rabito, y cuando sus turgentes labios se separan obedientes, le meto dentro la jugosa fruta y observo como hunde sus blancos dientes en la carne, de la misma forma que yo quiero clavar en ella los míos.

La oleada de lujuria que me invade es tan repentina, tan potente, que tengo que tensar todos los músculos de mi cuerpo para reprimirme y no actuar en base a ese impulso. Hay algo casi caníbal en la forma en que la deseo, en cómo mi boca se hace agua al pensar en probar su piel suave y bronceada y lamer las gotitas de sudor de su cuerpo desnudo después de habérmela follado de nuevo hasta dejarla agotada. Recuerdo la sensación de sus pezones en mi lengua, la esencia salada y frutal de ella, y el control del que justo acababa de vanagloriarme, de repente me parece tan frágil y fino como, una cuerda antiquísima.

Ella también se tensa, con sus ojos clavados en los míos, y su esbelto cuerpo se pone rígido con el instinto primitivo de la presa. Una gotita de jugo de fresa se escapa de su boca, y yo la atrapo instintivamente con el pulgar, mientras el corazón me martillea violentamente al sentir el tacto de su cálida piel y la turgencia de su labio inferior, teñido de rojo brillante y pegajoso por el jugo. Le mantengo la mirada, me llevo el pulgar hasta la boca y lo chupo para limpiarlo, del mismo modo que chuparía esos labios suyos, ahora dulces y pegajosos por la fruta, si pudiese confiar en que sería capaz de detenerme allí.

Sus ojos se agrandan y su respiración se hace entrecortada, mientras su mirada desciende hasta mis labios por un instante antes de volver a mirarme a los ojos de nuevo. Está tan excitada como yo, puedo verlo, y la tensión abrasadora hace temblar el aire entre nosotros, calentando la habitación hasta que siento que hasta mis huesos están en llamas, y mi polla tan dura que la cremallera va a dejarle una marca en toda su longitud. Apenas puedo evitar sentir su flexible carne bajo las palmas de mis manos, apenas puedo evitar probar esos labios brillantes y teñidos de rojo...

Una distante carcajada infantil me hace recuperar la cordura, y me doy cuenta de que me estaba inclinando hacia ella, con un puño agarrando fuerte su manta. *Joder.* Suelto la mano, me pongo en pie de golpe y me alejo hacia la ventana. Respiro unas bocanadas profundas y limpiadoras mientras miro a mi hijo correteando por el camino de acceso con Arkash persiguiéndole. Se está riendo tan fuerte que puedo oírlo incluso desde el otro lado del cristal antibalas, y el sonido aclara todavía más la neblina de lujuria que envuelve mi cerebro.

Joder, joder. Pensaba que tenía control sobre mí mismo... estaba seguro de eso después de haberla bañado ayer y haber mantenido un autocontrol férreo. La deseaba, sí, pero me pude distanciar de ese deseo y centrarme únicamente en su bienestar, en el hecho de que acababa de pasar por una cirugía y necesitaba que yo fuese su cuidador. Sin embargo, hoy se encuentra mejor... y mi autocontrol es mil veces peor.

—Ejem, Nikolai... —El tono de Chloe es titubeante, su voz suave y ligeramente ronca. Escucharla me hace estremecerme de hambre una vez más. Esta vez, sin embargo, no la tengo justo delante, y me resulta más fácil recomponerme, coger las riendas de mi salvaje deseo.

Suavizo mi expresión, me cojo las manos a la espalda, y me vuelvo a mirarla.

—¿Sí, *zaychik?*

Su delicada garganta se mueve arriba y abajo cuando ella traga saliva.

—¿Qué está haciendo Slava ahí fuera?

—Jugando al pilla-pilla con uno de mis guardias. — Vuelvo hasta la cama y me siento en los pies, lo más lejos posible de ella que puedo aunque sigamos ocupando la misma pieza de mobiliario—. Pavel debe de haberle pedido que vigile a Slava mientras limpia la cocina después de hacer la comida.

Sus pequeños dientes blancos mordisquean su labio inferior.

—Vale. Vale. —Mientras me observa intensamente, coge la taza de café y sopla en el líquido caliente. Puedo imaginarme lo que le está pasando por la cabeza... se está decidiendo sobre la mejor manera de introducir el tema de más interés para ella. Así que decido echarle una mano.

No estoy preparado para hablarle de mi padre, pero puedo contarle la verdad sobre mi hijo.

Le sostengo la mirada y digo con tono neutro:

—Hace cinco años, mi hermano Valery celebró su veintidós cumpleaños en un club nocturno de Moscú. Era la fiesta del año. Todos los que eran alguien en nuestro rincón del mundo estaba allí, incluyendo, como averigüé más tarde, Ksenia Leonova, la poco conocida hija del enemigo y rival ancestral de nuestra familia.

Chloe frunce el ceño, confundida.

—¿Leonova? O sea, ¿de los Leonov que mencionaste antes? ¿La familia de la mafia rusa?

—Ellos rechazarían esa etiqueta, pero sí. Ellos faenan en aguas mucho más turbias. En cualquier caso, a diferencia de su hermano Alexei, Ksenia siempre se había mantenido apartada del ojo público, así que cuando se me acercó yo no tenía ni idea de quién era. —Respiro hondo para controlar la furia habitual que se despierta dentro de mí—. Pensaba que sería otra aspirante a modelo o a la alta sociedad, así que bailamos, nos bebimos unas cuantas copas y luego nos fuimos a un hotel a echar un polvo.

Chloe da un ligero respingo y la taza de café se

desequilibra en su mano. Yo me muevo rápidamente, se la quito y la coloco de nuevo en la bandeja antes de que se derrame ni una gota del oscuro líquido. Luego me siento más cerca de ella.

Lo bueno de acordarme de Ksenia es que resulta fatal para mi libido.

—Yo llevaba condón, siempre lo hago —prosigo, y los ojos de Chloe se agrandan. Debe de figurarse a dónde está yendo a parar la historia—. Sí —le digo antes de que lo pregunte—: Se rompió. O eso o ella lo manipuló de algún modo... todavía no sé si fue lo uno o lo otro. Yo no noté nada en ese momento. Había bebido un poco y la noche no fue especialmente memorable. De hecho, yo la había olvidado por completo hasta hace un poco más de ocho meses, cuando recibí una llamada de una amiga de Ksenia contándome que Ksenia había muerto en un accidente de coche, dejando un hijo, *mi* hijo, según dejó escrito en su diario.

—¡Oh Dios mío! —exclama Chloe, con gesto horrorizado—. Entonces la madre de Slava era...

—Alguien a quien yo no habría tocado ni llevando un traje de protección contra materiales biológicos peligrosos de haber sabido quién era, sí. Las relaciones entre nuestras familias llevaban décadas siendo tensas, por decir algo.

—¿Décadas? ¿Por qué?

—¿Te acuerdas de la historia que te he contado hace un rato, la de cuando enviaron a mi abuelo al gulag?

Chloe asiente y vuelve a coger su café con gesto cauteloso.

—El hombre que le acusó de deslealtad con el Partido fue Matvey Leonov, el abuelo de Ksenia.

Ella se queda paralizada con la taza a medio camino de su boca.

—Oh. ¡Guau!

—Sí. Era una serpiente venenosa, igual que todos los Leonov, pero especialmente Ksenia. —Sin poder evitarlo, mi voz está impregnada de amargo odio—. Hasta el día de hoy, no sé si planeó joderme todo el tiempo o si se trató de un accidente el que se quedase preñada. Sea como fuere, no me contó que tenía un hijo. Probablemente, no iba a contármelo nunca. Si no hubiese muerto, puede que nunca me hubiese enterado de la existencia de Slava... al menos no hasta que él fuese lo bastante mayor para presentarse en nuestros círculos. En ese momento, el parecido habría dado pistas a todo el mundo sobre su parentesco con los Molotov, aunque no necesariamente sobre quien era su padre. —Aprieto los labios—. No has visto a mis hermanos ni a mi primo, pero todos nos parecemos mucho.

Chloe vuelve a dejar el café en la mesilla sin haberle dado ni un sorbo.

—¿Por qué crees tú que se acercó a ti aquella noche? Ella tenía que saber quién eras *tú*, ¿verdad?

—Claro que lo sabía. —A diferencia de ella, yo era bien conocido en la alta sociedad moscovita—. Con respecto a por qué, sigo sin tener ni idea. Tal vez lo planeara todo, hasta lo del condón roto, o tal vez solo fuese joven y estúpida y quisiese juguetear con el peligro. Ni siquiera sé por qué estaba en la fiesta ni cómo consiguió entrar... por supuesto, ninguno de los Leonov estaba invitado. De cualquier forma, el resultado final es el mismo: Tengo un hijo cuya existencia desconocía hasta hace ocho meses. Un hijo que es medio Leonov.

Chloe ahoga una exclamación.

—Espera un segundo. ¿Es por eso que estás...?

—¿Aquí? —Cuando ella asiente, le sonrío sin pizca de diversión—. Lo has adivinado, *zaychik*. La familia de su madre no me lo entregó exactamente. Supe de la existencia de Slava una semana después de la muerte de Ksenia, y para entonces, él ya estaba viviendo con Boris Leonov, el padre de Ksenia... un hombre conocido por sus inclinaciones crueles y violentas. Yo nunca había querido niños, ni planeaba tenerlos, pero no podía dejar a mi hijo en sus garras, no podía abandonarlo para que creciera en ese nido de víboras.

—Entonces ¿qué? ¿Se lo robaste?

Yo asiento.

—A mi hermano y a mí nos costó casi dos meses encontrar una forma de atravesar su seguridad, pero lo sacamos y yo le traje aquí, donde nadie sabe quiénes somos y no puede informar a los Leonov que de repente yo tengo un niño.

Su frente suave se arruga con gesto de confusión.

—No lo entiendo. ¿Por qué no utilizaste los canales legales? Eres el padre de Slava. ¿No podías haber solicitado su custodia con un simple test de paternidad?

—Podría... y lo habría hecho así de haberse tratado de cualquier otro excepto los Leonov. Odian a nuestra familia tanto como nosotros les odiamos a ellos, y harían cualquier cosa para detenernos... para detenerme *a mí*. En el mismo instante en que solicitase la custodia, en el momento en que se dieran cuenta que yo sabía de la existencia de Slava, él se habría esfumado, lo habrían escondido en algún sitio, y yo jamás le habría encontrado. Tal vez hubiesen fingido su muerte para satisfacer a los tribunales... o tal vez le habrían matado de verdad. Cualquier cosa para privarme de la oportunidad de criar a mi hijo.

Chloe hace un mudo gesto de horror.

—¿Crees que le habrían...?

—Yo no descartaría nada si hablamos del mayor de los Leonov. —Ni de Alexei y Ruslan, los dos hermanos igualmente despiadados de Ksenia.

Chloe parece horrorizada.

—Eso es terrible. —Luego sus ojos se agrandan, y vuelve a contener una exclamación—. ¡El abuelo pato! ¡Ay, Dios...! ¿Crees que el padre de Ksenia le hizo daño a Slava mientras estuvo viviendo con él?

—No me sorprendería. —Intento mantener un tono neutral, pero la oscura rabia se cuela en mi voz, haciéndola sonar dura y gutural—. Slava nunca me ha hablado del tiempo que pasó con su abuelo, pero la forma en que se comportaba cerca de mí y de Pavel al principio... la forma en que sigue comportándose conmigo, hasta cierto punto... Me detengo cuando se me cierra la garganta en un golpe de furia.

Las vagas sospechas que yo había albergado con respecto al trato que Boris Leonov le dio a mi hijo se habían cristalizado en casi certezas cuando Chloe me habló de la extraña reacción de Slava hacia el abuelo pato del cuento infantil. La única razón de que el padre de Ksenia todavía siga vivo es que el equipo de Konstantin ha destapado el hecho cuidadosamente oculto de que tiene cáncer pancreático en estadio avanzado y que no esperan que viva más de un par de meses cargados de agonía.

Matarle ahora sería un acto de misericordia que no estoy dispuesto a llevar a cabo.

Chloe me pone una mano en la rodilla.

—Cuánto lo siento, Nikolai. —Sus dulces ojos castaños están cargados de simpatía y de un eco de la misma rabia que arde dentro de mí.

Ella también querría despedazar a cualquiera que hubiese hecho daño a Slava, puedo verlo.

Hago un esfuerzo, y aplaco mi furia. La naturaleza ya ha creado la tortura más exquisita para Boris Leonov, y tengo que contentarme con eso. Lo único que conseguiría pagando para que asesinaran al padre de Ksenia es acortar su sufrimiento y desatar una guerra total entre nuestras familias. Ahora mismo tenemos, si no exactamente una tregua, al menos un alto el fuego. No ha habido derramamiento de sangre desde hace muchos años, a pesar de la constante fricción a nivel tanto personal como de negocios.

Eso cambiaría si yo me cargase a Boris... o si averiguaran que estoy detrás del secuestro de Slava.

Puede que ahora tengan sus sospechas en ese frente... Alexei me lanzó varias indirectas durante nuestro encuentro en Dusambé. Pero no actuarán en base a esas sospechas a menos que estén seguros. No solo porque hacerlo significaría empezar esa guerra, sino porque si se equivocan y yo no sé nada de Slava, su ataque me daría pistas y abriría todo un melón enorme y lleno de gusanos.

Por mi parte, he hecho lo que he podido para asegurarme de que lo único que tengan sean dudas. Me fui de Rusia tres semanas antes de que extrajéramos a Slava de su finca, para que los tiempos no coincidieran demasiado exactamente, y la amiga de Ksenia, la que me llamó después de encontrar su diario, se ha mudado a Nueva Zelanda con un millón de dólares y una nueva identidad, más la promesa de que si se pone en contacto con cualquiera de los Leonov para contarle nuestra conversación, su familia en Rusia pagará el precio.

Ahora mismo no entro en todos esos detalles con Chloe. No es necesario. Ella puede extraer sus propias conclusiones de lo que le he contado. En vez de eso, pongo mi mano sobre la suya y le digo con tono serio:

—Gracias, *zaychik*. —Su empatía y su ira en lo concerniente a Slava aplacan mi furia. La calidez de su pequeña palma me traspasa la piel a pesar del grueso tejido de mis vaqueros.

Ella traga saliva y aparta la mano, desviando la mirada. Ella tiene miedo de eso. Me doy cuenta con una punzada. Tiene miedo de compartir intimidad emocional conmigo. Es tanto descorazonador como alentador. Descorazonador porque quiero que dejemos esto atrás, que volvamos a donde estábamos antes de las revelaciones de Alina. Y alentador porque me dice que hay esperanzas para nosotros... que no importa lo mucho que le gustaría sentir rechazo y terror hacia mí: sus sentimientos son mucho más complejos que eso.

Refreno mi frustración y espero a que ella vuelva a mirarme, y cuando lo hace, cojo el café y se lo doy.

—Toma, *zaychik*. —Mi tono es tranquilo y suave—. Deberías bebértelo antes de que se enfríe.

La dejaré esconderse de la verdad por ahora, la dejaré alzar sus escudos y sus defensas. No la salvarán de mí. Nada lo hará.

Le guste o no, la haré mía.

De corazón, mente, cuerpo y alma.

12

CHLOE

A PESAR DE HABERME BEBIDO TODA LA TAZA DE CAFÉ, ME duermo justo después de comer y mi siesta dura hasta que Nikolai me trae la cena. Creo que habrán sido los calmantes los que me han hecho estar tan adormilada. O eso, o es que mi cerebro está utilizando el sueño como una forma de procesar las revelaciones más recientes mientras se esconde de la ansiedad causada por las preguntas sin respuesta.

Secuestraron a Slava. Se lo quitaron a la familia de su madre. Supongo que tendría que estar conmocionada, pero no. Creo que en cierta medida ya sospechaba algo por el estilo. Era parte de la sensación de que algo no andaba bien que estaba notando, de esa inquietante vibración que estaba recibiendo de esta familia, especialmente de mi oscuramente hipnótico captor.

Quiero condenar sus actos, pero en vez de eso no puedo evitar aplaudirlos. Para sacar a su hijo de una situación de abusos potenciales, Nikolai ha puesto totalmente en suspenso su vida, marchándose de su país y dejando su papel como cabeza del conglomerado Molotov. No todos los padres harían eso por su hijo, especialmente por un hijo al que él no conocía.

Un hijo que afirma no haber deseado nunca.

Se me encoge el corazón cuando recuerdo esa confesión que hizo de forma tan indiferente, tan poco trascendente, como si no importara. No se explicó, no entró en detalles, pero yo pude leer entre líneas.

No partía de un deseo de vivir con más libertad, o dedicarse a su carrera, o evitar la sobrepoblación, ni se debía a ninguna otra de las razones que la gente normalmente da para elegir no tener hijos. En el caso de Nikolai, él no quería ser padre porque no creía que fuese a ser uno bueno... y porque no quería que su estirpe continuase. Hay una parte de mi captor que se desprecia a sí mismo, o bien por lo que ha hecho o por lo que es.

Un Molotov.

He estado pensando sobre la historia que me ha contado, sobre la historia de su familia y la forma en que le educaron. No dijo mucho sobre esto último, pero sus omisiones fueron tan reveladoras como los detalles que sí incluyó. Resultaba obvio que le enseñaron a ver la vida como una batalla interminable por la supervivencia y el dominio, una lucha que solo los más despiadados pueden ganar.

Apostaría cualquier cosa a que su crianza en manos de su padre no se alejaba mucho de la forma en que su ancestro mongol podría haber criado a su hijo allá por el siglo trece, habilidades de tortura incluidas.

Intento indagar un poco más durante la cena, pero Nikolai ya no está de humor para hablar sobre sí mismo. En vez de eso, mientras me da de comer venado estofado al vino con salsa de setas y puré de boniatos, mantiene la conversación centrada en mí: en lo que me gusta y lo que no, en mis películas favoritas, en mis amigos de la universidad. Como lo hace con gran habilidad, me encuentro hablando con él sin reservas, sonriendo y riendo al contarle lo de esa vez que el gato de mi compañera de piso se meó en mi cama, y cómo uno de mis amigos confundió a mi madre con una estudiante e intentó ligar con ella durante la orientación de nuestro primer curso.

Es como si hubiésemos vuelto a nuestras conversaciones de las videollamadas, como si todo lo que ha surgido desde su regreso no hubiese sido más que un terrible delirio febril.

No es hasta que la cena se acaba y él me da un beso de buenas noches, con unos labios frescos y suaves contra mi frente, cuando me doy cuenta de que he perdido mi oportunidad de conseguir las respuestas para el resto de mis ardientes preguntas.

El patrón se repite a la mañana siguiente cuando Nikolai me trae el desayuno. Él esquiva hábilmente mis intentos de hacer girar la conversación en torno a su padre... o a *mi* padre. En vez de eso, me da de comer *grechka*, el trigo sarraceno asado que Alina prefiere a la avena y hablamos sobre el progreso de Slava y las siguientes lecciones que he planeado. Luego él me ayuda a ducharme, me cambia las vendas y, ante mi insistencia, me viste con unas mallas de yoga y una camiseta suave.

Mi tobillo está mejor, lo mismo que mi brazo, así que pretendo levantarme.

—No te fuerces —me advierte él mientras yo cojeo con determinación camino del cuarto de Slava en vez de dejar que él me lleve en brazos hasta allí—. Todavía necesitas tiempo para que se te cure.

—Me lo tomaré con calma, no te preocupes —le digo, dejándome caer en la cama de Slava, para el regocijo del niño—. Vamos a leer libros, construir castillos... nada extenuante, te lo prometo.

Nikolai sigue pareciendo preocupado, así que le sonrío alegremente.

—Estoy mejor, de verdad que sí. Esta mañana ni siquiera me ha hecho falta el calmante.

—Esto último no es del todo cierto. Decididamente, no me iría mal un calmante para ese dolor incómodo y sordo de mi brazo, pero he decidido no tomarlo, para ver si puedo resistirlo por mi cuenta.

De cualquier manera, mis palabras funcionan como yo quería. El rostro de Nikolai se hace menos serio.

—Vale entonces —dice, y se marcha después de dirigirle unas palabras en ruso a su hijo, dejándonos dar nuestras clases.

Hacia media mañana, me duele más el brazo. Slava me dio un golpe sin querer en el cabestrillo al subirse a mi regazo, así que al final cojeo de vuelta a mi habitación para tomarme ese calmante.

En el pasillo, me encuentro con Lyudmila, que lleva un enorme ramo de flores: de todo, desde suntuosas rosas hasta girasoles y tulipanes.

—El cumpleaños de Alina —me informa cuando le pregunto para qué es—. Uno grande. Hoy tiene veinticinco.

¡Oh, miércoles! Alina mencionó que su cumpleaños era esta semana cuando estuvimos fumando porros. Pero yo no tenía ni idea de que fuese hoy.

Pensando deprisa, le pregunto a Lyudmila:

—¿Dónde está Nikolai?

Necesito alguna clase de regalo, y lo único que se me ocurre es hacerle un ramo por mi cuenta: flores silvestres recogidas en el bosque cercano. Durante mis paseos, vi algunos lugares donde crecen en abundancia.

El truco será llegar a uno de esos sitios sin que mi tobillo me la fastidie, pero ahí es donde, espero, entra Nikolai.

Lyudmila hace un gesto con la cabeza en dirección a su despacho.

—Él trabajando.

Pasa rápidamente por mi lado en dirección hacia la habitación de Alina y yo me muerdo el labio, mirando la puerta cerrada de la oficina de Nikolai. ¿Me atrevo a interrumpir?

El sonido agudo de una risa femenina y de una conversación animada en ruso proveniente del cuarto de Alina toma la decisión por mí.

No puedo no tener al menos *algo* para la hermana de Nikolai.

Cojeo hasta su despacho y llamo a la puerta suavecito.

—*Da* —responde su voz profunda: *sí* en ruso.

Yo respiro hondo.

—Soy Chloe. Me estaba preguntando si...

La puerta se abre y las palabras mueren en mis labios cuando unos asombrosos ojos verdes y dorados se encuentran con los míos, quitándome el aliento y haciendo que mis latidos se aceleren.

Maldición.

¿Dejará alguna vez mi cuerpo de responder a él con tanta intensidad? En este punto, ya hemos follado y él me ha bañado varias veces. Aun así, su belleza masculina sigue pillándome por sorpresa cada vez que pasamos un par de horas separados.

—¿Qué pasa, *zaychik?* —me pregunta, con sus oscuras cejas juntándose, mientras me da un repaso rápido y cargado de preocupación. Antes de que pueda responder, me agarra por las manos—. ¿Va todo bien?

—Sí, todo va bien. Yo solo... —Echo un vistazo rápido por encima del hombro. El pasillo está vacío, pero aun así bajo la voz, por si acaso—. Necesito un regalo para Alina.

—¡Ah! Entra. —Me conduce dentro de su oficina y me guía hasta una silla, en la que me hundo, agradecida. Puede que hoy me haya pasado con lo de andar... mi tobillo está mejor pero decididamente, no está bien del todo. Tampoco mi brazo.

Ese calmante se está haciendo más necesario a cada minuto que pasa.

—Toma —dice Nikolai, abriendo un cajón de su escritorio. Saca una cajita negra y me la pasa—. Puedes darle esto.

Confusa, la abro... y me quedo mirando boquiabierta la pulsera engastada de diamantes que hay dentro.

¿Qué diablos...?

Mis ojos saltan a su rostro.

—¿Qué quieres decir con lo de darle esto?

—Puede ser tu regalo —dice Nikolai, sin darle importancia—. Yo ya le regalaré alguna otra joya.

¿Habla en serio?

—De ninguna manera puede ser mi regalo —digo cuando recupero el habla—. *Tú* se lo has comprado, no yo. No podría permitirme ni una sola de las piedras de ese brazalete y Alina lo sabe.

Él se encoge de hombros.

—¿Y qué? Lo disfrutará igualmente.

Oh, Dios mío. Cojo aliento y cuento hasta tres.

—No, no lo hará. Porque voy a darle otra cosa... algo que de verdad sea de mi parte.

—¿Cómo qué?

—Flores. Me gustaría hacerle un ramo. He visto algunas muy bonitas que florecen no muy lejos de aquí.

Sus cejas vuelven a juntarse.

—De ninguna manera vas a irte de paseo con ese tobillo.

—No están muy lejos. Puedo hacerlo. Sobre todo si tú vienes conmigo y me ayudas.

Un brillo peculiar asoma en sus ojos de tigre.

—¿Quieres que te lleve a coger flores?

Ahora que lo ha dicho, me doy cuenta de lo ridículo que suena, y de la petición tan grande que supone. ¿Pero en qué diablos estaba pensando? Él no es mi novio. Es mi captor. Un hombre poderoso y peligroso que tiene cosas más importantes que...

—Vale —dice antes de que yo pueda echarme atrás —. Dame un minuto para terminar esto y nos vamos.

13

NIKOLAI

Ignoro las quejas de Chloe de que puede caminar «perfectamente bien» sola y la llevo en brazos hasta su cuarto. Luego regreso a terminar el mensaje que estaba escribiendo, instruyendo a la nueva adquisición de Valery de cómo y cuándo quiero que recoja la muestra de ADN. Mi hermano no me envía a un hombre para esta misión, sino a una mujer... lo que es incluso mejor.

Abre la puerta a algunas posibilidades interesantes con respecto a acercarse a Bransford.

Después respondo unos cuantos mensajes urgentes y voy a recoger a Chloe para nuestra expedición de recogida de flores.

Mi corazón golpetea con fuerza por la expectación mientras me acerco a su cuarto. Tal vez esté dándole demasiada importancia a esto, pero me siento alentado porque ella me haya buscado de forma activa, porque quiera pasar tiempo conmigo, aunque sea sirviéndose de este pretexto de mierda.

Mi estrategia de no ser más que su cuidador paciente y platónico está funcionando. Es lenta pero segura: mi *zaychik* está perdiéndome el miedo, bajando sus defensas. Y eso es bueno... porque no sé cuánto más tiempo podré seguir siendo paciente.

Cuanto mejor se encuentra ella, más difícil me resulta controlar a la bestia que llevo dentro, evitar poseerla como me exigen mis instintos.

Cuanto entro en su cuarto, ella está viendo las noticias. Al verme, apaga la tele y se pone de pie con una radiante sonrisa en el rostro.

—Estoy lista.

Algo en lo más hondo de mi pecho se expande y se contrae de forma simultánea.

—Vamos a por esas flores, entonces.

La dejo caminar hacia mí por su cuenta, solo para ver cómo se le está curando el tobillo. Sin embargo, en cuanto llega a mi lado, la levanto, ignorando una vez más sus objeciones. No puedo verla cojeando, me duele demasiado a mí, así que la única forma en que este paseo puede ocurrir es con ella en mis brazos.

—No estarás planeando en serio llevarme a cuestas todo el camino hasta allí —dice ella cuando salimos de la casa.

Yo le sonrío.

—¿Por qué no, *zaychik*?

Me encanta sostenerla, sentirla apretada contra mí. Hasta que se le cure el tobillo pretendo llevarla en brazos todo lo posible... y tal vez también después.

—Para empezar, al menos hay un kilómetro hasta el

sitio que tengo en mente —dice ella con total seriedad, como si un kilómetro fuese algún tipo de distancia real —. Solo déjame cogerte del brazo y yo podría llegar despacito hasta allí.

—Eso no va a ocurrir.

—Pero yo peso. De ninguna manera...

—Te estás quedando conmigo, ¿verdad? —Sonrío mirando su rostro pequeño e indignado—. *Zaychik*, he caminado un día entero llevando mochilas más pesadas que tú.

Ella parpadea.

—Quieres decir... ¿cuándo estabas en el ejército?

—Y ahora. Pavel y yo nos entrenamos con los guardias con frecuencia para seguir en forma.

—Ajá. Pero aun así...

—¿Qué tal esto? Te prometo que si me canso, tú andarás. —O más bien, si me muero. Esa es la única manera en que ella va a poder caminar por el bosque con ese tobillo suyo.

Ella da un resoplido.

—Vale. Sé todo un macho, ya verás lo poco que me importa cuando se te caigan los brazos. Las flores están por ahí. —Señala un pequeño sendero de tierra que conduce a los bosques al este de la casa, y luego apoya su cabeza en mi hombro, como si planeara echarse una siesta.

Yo me echo a reír y tomo el camino que me ha indicado, teniendo cuidado de protegerla de las ramas bajas y los arbustos. No soy capaz de recordar la última vez que me sentí tan ligero, tanto física como mentalmente. En vez de hacer que me canse, ese peso tan liviano en mis brazos me anima, y la sensación de su cuerpo contra el mío evoca no solo el habitual deseo carnal sino también algo cálido y puro... algo casi como la alegría.

Es como si los oscuros nubarrones que he tenido encima durante los últimos años se hubiesen disipado por un instante, mostrando un atisbo de cielos soleados.

La sensación persiste todo el camino hasta nuestro destino, ayudada por sus gruñidos ocasionales sobre los machos estúpidos y sus egos. Estoy seguro de que pretende que eso sea un insulto, pero lo único que yo siento es regocijo mezclado con alivio. Me gusta que ella se ponga mordaz y gruñona. Eso significa que se siente segura conmigo, olvidando las cosas que me ha oído y me ha visto hacer.

Olvidando que soy un monstruo.

Cuando llegamos a un prado pequeño y moteado con flores silvestres, la dejo en el suelo para que recoja unas cuantas. A pesar del cabestrillo, es rápida y eficiente en su tarea. Sus delicados dedos arrancan las desordenadas plantas y las organizan para crear algo bello. Para cuando termina, tengo que admitir que *ha sido* una buena idea de regalo. A mi hermana le encantará este ramo tan poco convencional y con olor a bosque.

—Ya estoy preparada para que me lleves a casa —dice con fingida arrogancia, y yo me echo a reír y la levanto, cuidando de no aplastar las flores que tiene en la mano. Su aroma se mezcla con el olor fresco y embriagador de su pelo, mi cuerpo entra en ignición con un subidón de excitación, y mi polla se pone dura cuando ella apoya la cabeza en mi hombro y su nariz me roza el cuello.

—Es más difícil cuesta arriba, ¿no? —dice ella con regodeo cuando emprendo el camino de vuelta que conduce a la casa. Luego levanta la cabeza, me apoya una mano en el pecho y sonríe—. El corazón ya te está latiendo más deprisa.

Es verdad. Pero no por la razón que ella cree. Apenas puedo evitar clavarla contra el árbol más cercano y sumergirme hasta adentro en su pequeño y prieto cuerpecito. Su contacto, su olor, esa traviesa chispa de sus ojos... todo añade leña al fuego que arde dentro de mí, al hambre violento que estado intentando reprimir con todas mis fuerzas.

Mis pasos se ralentizan mientras mi mirada se posa en sus labios, tan bonitos y carnosos, curvados con esa sonrisa alegre y juguetona.

No lo hagas.

Los latidos de mi corazón se intensifican y noto un rugido en mis oídos.

No lo hagas, joder.

Tengo visión de túnel, y el mundo se desdibuja a nuestro alrededor. Solo puedo ver su sonrisa, tan brillante y cálida como el sol. Solo puedo sentir el calor carnal que me abrasa las venas.

No lo hagas, joder.

Su sonrisa se desvanece y sus ojos se inundan de

preocupación cuando me detengo del todo, mirándola fijamente.

—Nikolai, no pretendía...

Mis labios cubren los suyos, tragándose el resto de sus palabras. *Joder, qué bien sabe.* Como a manzanas y fresas y flores, a algo puro, salvaje y fresco. El embriagador sabor alimenta el hambre oscura de mi interior, sumándose al deseo feroz que retumba bajo mi piel.

Sus labios se abren al notar la presión de los míos y mi lengua invade las húmedas y cálidas profundidades de su boca, en busca de hasta la última gota de ese sabor, de su esencia dulce y limpia. Respiro con voracidad inhalando sus jadeantes exhalaciones, deleitándome en el gemido que vibra en su garganta cuando atrapo su labio inferior con los dientes, casi rompiendo la frágil piel al hacerlo.

Mía. Ella es mía, joder. Quiero consumirla, devorarla, marcarla, tomarla, atacarla, destruirla. No, destruirla no. Poseerla. Aunque siendo yo un Molotov eso es básicamente la misma cosa. El deseo que siento por ella es obsesivo y oscuro, peligroso para ambos. Pero me niego a pensar en eso ahora mismo, me niego a recordar las peleas de mis padres y las advertencias de mi abuela. El destino me ha traído a Chloe, y el destino decidirá nuestro camino. Por ahora, ella es mía, para reclamarla, para poseerla.

Profundizo el beso con voracidad, y ella responde con idéntico ardor. Su lengua se bate en duelo con la mía mientras su brazo izquierdo me rodea el cuello.

Mis brazos se tensan, aplastándola contra mi pecho... y arrancando un grito de dolor de su garganta.

Joder. El cabestrillo.

¿Pero qué estoy haciendo?

Con un esfuerzo sobrehumano, aparto mi boca y la dejo sobre sus pies. Respirando con dificultad, me aparto mientras ella me mira fijamente, con los ojos muy abiertos y los labios entreabiertos e hinchados por el beso.

Sorprendida. Ella está sorprendida por lo que ha pasado, lo mismo que yo. Sorprendida porque la haya soltado, porque haya encontrado la fuerza para dejarla ir cuando la bestia dentro de mí está rugiendo y aullando, pidiéndome que la posea aquí y ahora, sin importar sus heridas ni lo frágil que sea.

—Nikolai, yo... —Ella traga saliva y se lleva la mano izquierda al pecho. El ramo que sostiene está estropeado, con algunas flores rotas y dobladas—. No creo que sea una buena idea. Quiero decir, tú y yo...

—Sé lo que quieres decir. —Mi tono es tan cortante como el deseo, igual que una daga que se retuerce dentro de mí, recortando mi autocontrol.

He estado tan cerca de follármela... Un minuto más y habría estado entrando hasta el fondo en su calor húmedo y prieto, olvidándome del todo de sus heridas.

Es oficial. Soy un puto salvaje.

En mi mente, ya no hay duda al respecto.

Ella se muerde su voluptuoso labio inferior, lo que me hace desear hacer lo mismo.

—Yo no estoy...

—Deberías arreglar eso. —Cuando me mira sin comprender, gruño—: Las flores. Están aplastadas.

Ella pestañea y mira hacia abajo como si acabase de darse cuenta justo ahora de que siguen estando en su mano.

—Cierto. —Da un paso atrás poco firme—. Déjame hacerlo.

Se arrodilla para recoger unas cuantas flores silvestres de las que crecen a lo largo del camino y yo me doy la vuelta, respirando hondo varias veces. Para cuando me llama, ya he recuperado el control de mí mismo. *Casi del todo.*

Me vuelvo a mirarla y suavizo mi expresión.

—Vámonos.

Ella se acerca a mí cojeando y yo aprieto los dientes al tiempo que la agarro y la levanto del suelo. Tenga o no tenga problemas de autocontrol, no pienso dejarla volver caminando por su cuenta.

La sujeto con fuerza contra mi pecho y alargo mis pasos hasta que casi voy corriendo. Ella se queda en silencio, aunque debe de estar escuchando como mi respiración se hace más rápida por el esfuerzo. No me hace más bromitas sobre machos ni vuelve a protestar diciendo que puede caminar sola. No quiere atraer ninguna atención hacia ella, y menos mal.

Mi contención pende de un hilo.

Solo cuando ya estamos llegando a la casa vuelve a hablar.

—Gracias —dice con voz queda, obligándome a

mirarla a los ojos, algo que llevo evitando hacer todo el camino de vuelta—. Te lo agradezco de veras.

—No hay problema. Encantado de poder ayudar. —Mi tono es despreocupado y tranquilo, como si estuviésemos hablando de llevarla a recoger las flores. Pero ambos sabemos que no es así.

Lo que ella agradece es el hecho de que no me la haya tirado... que por ahora, ella sigue manteniendo sus barreras y fingiendo.

14

CHLOE

En cuanto Nikolai me deposita en mi habitación, yo voy en busca de Alina. La encuentro en la cocina, charlando con Lyudmila, y le doy las flores al tiempo que la felicito por su cumpleaños.

—Gracias. —Ella acepta el ramo con una enorme sonrisa—. ¿De dónde demonios las has sacado? Son muy bonitas.

Le devuelvo la sonrisa.

—Oh, de por aquí cerca.

—¿En serio? ¿Con el tobillo así?

Mis mejillas se sonrojan al recordar lo que casi ha ocurrido en el bosque.

—Puede que Nikolai me haya ayudado.

Su sonrisa se apaga ligeramente, pero no me dice nada. En vez de eso, se vuelve hacia Lyudmila, que está cortando verduras en el fregadero, y le dice algo en ruso. La rubia se apresura a llenar un bonito florero con agua, y Alina pone las flores en él y las arregla antes de sacarlo al comedor, donde se une al otro ramo que decora la mesa.

—¿Qué tal te encuentras? —le pregunto, siguiéndola. La mesa ya está dispuesta con un surtido de aperitivos; parece que hoy tendremos un almuerzo extra-lujoso—. ¿Has tenido más dolores de cabeza?

—Soy yo la que debería estar preguntándote eso. —Ella me mira, con sus ojos color jade resplandecientes—. ¿Qué tal está tu brazo? ¿Y tu tobillo?

—Todo mejor. —El tobillo no demasiado ahora mismo, decididamente me he pasado hoy, pero no pienso decirle eso.

—Me alegro. —Titubea, y luego pregunta con voz suave—: ¿Has hablado con Nikolai?

Se me acelera el pulso.

—Me ha contado lo de Slava y los Leonov. —¿Estará ella a punto de contarme más? ¿Habrá decidido revelarme la historia entera después de todo?

Su cara adopta la expresión de una esfinge.

—Ya veo.

Supongo que la respuesta es no. Estoy tentada de presionarla pero no quiero sacarle un tema traumático en su cumpleaños... aunque se podría argumentar que acaba de sacarlo ella misma.

—¿Te gustaría pasar un rato juntas esta noche después de la cena? —pregunto, impulsivamente—. ¿Con un par de juegos de mesa y unas cervezas? Obviamente, Lyudmila también es bienvenida.

Mi oferta viene motivada en parte por mi deseo de intentar sacarle más información. Pero sobre todo, solo quiero llegar a conocer a Alina mejor, porque me está empezando a caer bien de verdad.

Ella parece sorprenderse, pero se repone enseguida. Con una cálida sonrisa, me responde:

—Eso suena genial. Veamos cuánto dura la cena y luego decidimos qué hacer.

Como ya estoy abajo, me uno a los demás para almorzar en vez de que Nikolai me tenga que dar de comer en mi cuarto. No solo me encuentro lo bastante bien para volver a ser una adulta funcional, sino que después de lo que casi acaba de pasar en el bosque, quedarme a solas con Nikolai me parece una empresa peligrosa... especialmente cerca de una cama.

Estoy segura de que él solo se detuvo porque estaba preocupado por hacerme daño en el brazo, algo que supondría una preocupación mucho menor si lo tuviese cómodamente apoyado en una almohada.

Se me acelera el corazón al pensar en eso, y le lanzo una furtiva mirada por debajo de mis párpados entornados. Todavía puedo sentir sus labios devorando los míos, notar el sabor de su aliento cálido y mentolado. Noto los pezones excesivamente sensibles, y mi labio inferior palpita donde él me lo ha mordido, con las pulsaciones haciendo un eco profundo en mi interior.

Le deseo. Y no de forma casual, en plan «estaría bien hacerlo». Hasta sabiendo lo que es, me muero por él tan desesperadamente que es como una enfermedad, una adicción tan dañina y peligrosa como la dependencia de los heroinómanos. Cerca de él no tengo fuerza de voluntad ni capacidad de resistirme a su contacto. Tendría todo el derecho a sentirme aterrorizada y repelida por él, pero en vez de eso, me siento atraída hacia él tanto como antes, si no más.

Es retorcido. Está mal Lo sé, pero no puedo evitarlo.

Mi corazón y mi cuerpo se niegan a ponerse en sintonía con mi cabeza.

Él me pilla mirándole, y entrecierra sus ojos de tigre, cargados de un obvio calor oscuro. Aparto la vista, mientras se me acelera todavía más el pulso y mi respiración se hace más rápida. Por mucho que yo le desee, él me desea a mí todavía más. Y su deseo no es del tipo dulce y amable. Hoy siento el impulso salvaje dentro de él, la necesidad de dominar y conquistar. De no haber sido por mis heridas, él me habría poseído allí mismo, sobre la tierra cubierta de hojas. Y no habría sido en plan suave, tampoco.

Cuando volvamos a practicar sexo, será algo devastador para mí, tanto física como mentalmente, y la única manera de evitar que eso suceda es mantenerme lejos de su alcance... algo imposible en mi estado actual. Aunque estuviese dispuesta a arriesgarme a volver a toparme con un nuevo equipo de esbirros de Bransford, Nikolai no me dejaría marcharme.

Por primera vez, me permito a mí misma pensar en

el futuro y en lo que este me deparará. ¿Me dejará Nikolai marchar alguna vez? Y si lo hace, ¿volveré a estar segura alguna vez? Si Tom Bransford quiere de verdad verme muerta, ¿qué podría frenarle de ir a por mí una y otra vez? A juzgar por las encuestas, lo más seguro es que sea el candidato de su partido. Si luego gana las elecciones generales, su poder será casi ilimitado... aunque no es que tenga demasiados límites ahora.

Unas voces en tono elevado me sacan de mis oscuras reflexiones. Son Alina y Nikolai, manteniendo lo que parece una bronca en ruso. Estaba tan ensimismada que no había notado la atmósfera tensa en la mesa, pero ahora ya no hay forma de evitar verla.

Hermano y hermana están claramente picados por algo, y Slava les observa con sus ojos dorados muy abiertos por la curiosidad... y con un poco más que un atisbo de preocupación.

Yo le tiro de la manga.

—Oye. ¿Cómo llamamos en inglés a esto? —Señalo el tomate de su plato.

Él pestañea.

—Lo hemos aprendido esta mañana, ¿recuerdas? —Sigue sin tener ni idea, así que decido darle una pista—. Es un vegetal al que llamamos to...

—¡Tomate! —exclama, sonriéndome.

—Correcto. —Yo le devuelvo la sonrisa y le revuelvo el sedoso cabello. Mi objetivo era distraerle de la discusión de los adultos, pero parece que mi intervención ha detenido dicha discusión por completo, y ahora Alina y Nikolai han trasladado su atención hacia nosotros.

—¡Qué rápido aprende! —digo, y Slava hincha el pecho, ufano, cuando Alina le dedica una cálida sonrisa y le dice algo que parece como un cumplido en ruso.

—Deberíamos hablarle en inglés. —El tono de Nikolai sigue sonando con una pizca de amargura—. Al menos cuando Chloe ande cerca. Así aprenderá todavía más deprisa.

Alina aprieta los labios, pero asiente.

—Como digas. Es tu hijo.

Me siento más que curiosa por saber de qué iba su discusión, pero no creo que sea una buena idea entrar en ello. En vez de eso, le pregunto a Alina como celebra normalmente su cumpleaños, y ella se explaya con descripciones de viajes a lugares exóticos y lujosas fiestas en Moscú, a las que asisten toda clase de celebridades.

—Espera, rebobina —le digo cuando menciona como quien no quiere la cosa cómo cierta estrella de cine se desmayó en su yate durante una fiesta de cumpleaños en Mikonos—. ¿Conoces a gente famosa de Hollywood?

Ella se echa a reír.

—No a toda, obviamente, pero a algunos sí. También son gente, ¿sabes? Nada especial dentro del esquema general de las cosas.

Nada especial para *ella*, quizás, pero yo estoy fascinada. Hago que me lo cuente todo sobre sus amigos y conocidos famosos, y antes de que pueda darme cuenta, hemos acabado de cenar. Lo cual es bueno, porque ni siquiera sus historias de famosos portándose mal dignas de aparecer en la web TMZ han logrado que desaparezca mi conciencia de Nikolai y de su intensa e inquebrantable concentración en mí.

Lleva toda la comida vigilándome con la paciencia letal de un depredador, uno que sabe que solo es cuestión de tiempo que devore a su presa.

Cuando nos levantamos de la mesa, nuestros ojos se encuentran y la piel me hormiguea mientras se me acelera el pulso.

Esto es malo. Había estado contando con que tenía al menos unos cuantos días más de Nikolai controlándose, pero no pienso que tenga todo ese tiempo ni mucho menos. Otro día, quizás, si tengo suerte.

Si no, esta noche acabaré en su cama.

—Vámonos a tu habitación —le digo a Slava, intentando ignorar la oleada de calor que recorre todo mi cuerpo—. Podemos jugar a Batman y Robin, o a Batman y Superman.

El niño me coge de la mano con entusiasmo y salimos juntos del comedor mientras Nikolai y Alina empiezan con lo que suena como otra discusión en ruso.

15

NIKOLAI

—Te digo que no puedes seguir manteniéndola en la ignorancia —vuelve a decirme Alina mientras Chloe y mi hijo desaparecen de mi vista. Es su padre. Merece saber lo que estás planeando.

Puto Pavel. Le ha hablado a Lyudmila de Bransford y ella, por supuesto, no ha podido resistirse a irse de la lengua con mi hermana... que vuelve a estar decidida a meterse en asuntos que no le conciernen.

Yo la miro fijamente.

—Tienes que mantenerte apartada de esto, joder. Es algo entre Chloe y yo, ¿entiendes?

Los ojos verdes de Alina pestañean con un gesto de inocencia herida.

—No pensaba interferir. Solo te digo que si quieres una oportunidad de tener una relación de verdad con ella, tendrás que...

Yo resoplo.

—¿Qué sabrás tú de relaciones de verdad?

Ella coge aire y endereza los hombros.

—Mira, hice mal en meterme antes. No puedo disculparme suficiente por ello. Pero este sigue siendo el hecho: Chloe no es como nosotros. No importa lo que Bransford haya hecho, él sigue siendo su padre bio...

—Solo es el violador de su madre, nada más. —Ni siquiera puedo forzarme a llamarle donante de esperma. Eso es lo que *yo* fui para Slava durante los primeros cuatro años de su vida, pero en cuanto supe de su existencia, me resultó inimaginable tocarle un solo pelo de su cabeza, y mucho menos ordenar que le matasen... ni siquiera aunque algún día él fuese a ordenar que me matasen a mí.

Mi tono cortante hace que Alina dé un respingo.

—Lo sé. No estoy diciendo que ella le considere familia ni nada. Pero aun así se merece que lo consultes con ella.

—¿Por qué? ¿Para poder tener cargo de conciencia por su muerte?

—¿Y si ella no le quiere muerto?

—Esa no es su decisión. —De ningún modo voy a dejar que ese hijo de puta siga vivo, ni siquiera aunque Chloe me lo suplique.

—Pero debería serlo —dice Alina, frustrada—. Si se tratase de mí...

—Tampoco pondría esa carga sobre tus hombros. —La llevaría yo mismo, igual que estoy haciendo ahora.

Sus ojos se oscurecen.

—Kolya...

—No lo hagas. —La muerte de nuestro padre no es un tema del que quiera hablar con ella. Jamás—. Solo deja de meter las narices en mi relación con Chloe. ¿Entendido?

Y antes de que pueda sacarme más de quicio, me voy.

<hr>

Paso la tarde poniéndome al día con los negocios. Aunque mis hermanos estén asumiendo la mayor parte de las responsabilidades de nuestro conglomerado de empresas familiar, hay montones de cosas que tengo que hacer. Luego abro la imagen de vídeo de la habitación de Chloe, donde ella debería estar arreglándose para la cena.

Y eso es lo que hace. La pillo saliendo de su vestidor, ya con un traje de noche puesto. Durante un instante me pregunto cómo habrá conseguido cambiarse de ropa sin ayuda. Yo estaba planeando ir a ayudarla en unos minutos. Pero entonces mi hermana aparece a la vista de la cámara.

—Ponte aquí —le dice a Chloe, guiándola hasta la ventana—. Como tienes el brazo fuera de servicio, yo te maquillo.

Yo me reclino en mi silla, observando divertido cómo empieza a pintar la cara de Chloe con diversos tubos y brochas que saca de una bolsita. Me acuerdo de cuando era pequeña y pintaba a sus muñecas más o menos de la misma forma; supongo que nunca ha acabado de dejarlo atrás. No me importa. Chloe no necesita maquillaje, es preciosa sin él, pero esto es algo que las mujeres hacen cuando se visten bien y me gusta mi *zaychik* cuando va bien vestida. O mal vestida. O mejor aún, totalmente desnuda.

Mi cuerpo se pone duro de pensarlo y tengo que respirar hondo unas cuantas veces para poder controlar mi pulso acelerado. No puedo tenerla. Todavía no. Da igual lo mucho que me duela físicamente negármela.

Por ahora, solo puedo observar y planear lo que le haré cuando esté recuperada del todo.

16

CHLOE

Para mi alivio, el ambiente en la cena no es en absoluto tenso, en parte porque Pavel y Lyudmila cenan con nosotros en vez de quedarse en la cocina. Su presencia aumenta la sensación festiva de la comida tanto como todos los coloridos y exóticos platos que abarrotan la mesa.

Hoy Pavel se ha superado a sí mismo. Parece más un banquete de bodas gourmet que una celebración de cumpleaños doméstica.

Aparte de la deliciosa comida bellamente decorada, hay cantidad de alcohol: de todo, desde vino hasta vodka, pasando por coñac. Cada pocos minutos, Pavel o Lyudmila, o Nikolai hacen un brindis por la cumpleañera y todos bebemos... en mi caso, yo tomo un sorbito de vino. Es imposible que pueda seguirles el ritmo con la tremenda cantidad de licor de alta graduación que los rusos están consumiendo. Bueno, todos menos Slava. Él está engullendo un montón de refresco de naranja, algo que supongo que le está reservado para las ocasiones especiales, ya que es la primera vez que veo al niño bebiendo algo que no sea agua.

Cuando sale el plato de carne, el volumen y la frecuencia de los brindis aumenta hasta que parece como si todo el tiempo hubiese alguien levantando su copa por la salud, la belleza, la inteligencia y el futuro éxito de Alina, sin parar. La conversación es una bulliciosa mescolanza de ruso e inglés, este último probablemente solo por mí. También hay muchas risas, junto con unos chistes que no parecen tener siempre mucho sentido al traducirlos del ruso. Nikolai los llama «anécdotas». Son del tipo de: «un burro y un caballo entran en un bar… », pero bastante más creativos y elaborados. Él me explica que contar esas anécdotas divertidas en las reuniones sociales es una tradición de su país, y que todo ruso que se precie tiene un repertorio que renueva constantemente buscando en internet y comprando libros especiales.

Para cuando Pavel desaparece en la cocina y vuelve a emerger con una bandeja que sostiene un pastel decorado con velitas, yo me estoy riendo tanto que estoy convencida de que he al final me he emborrachado a pesar de todas mis precauciones. El Nikolai chistoso y gracioso no es algo que haya visto antes, y me encuentro indefensa frente a su encanto incisivo e ingenioso. Lo mismo que el resto de la mesa, me parece. Slava, con un colocón de azúcar y diversión adulta, se olvida del todo de mantener las distancias con su padre y trepa hasta subirse en su regazo, mientras que Alina rodea el cuello de Nikolai en plena efusión alcohólica y le planta un besazo que le deja un marca de pintalabios en la mejilla... es la primera vez que la he visto actuar como una bromista hermana menor.

Eso me hace darme cuenta de lo reservados que son normalmente tanto ella como el resto de la casa, de las escasas dinámicas familiares normales que he observado entre ellos.

Esta reflexión me hace volver a la tierra, y que mi cautela se reactive. Pero entonces Alina sopla las velas en medio de una ruidosa algarabía y yo olvido que no estoy en una típica fiesta de cumpleaños, que el hombre guapísimo y elegantemente vestido que se ríe con su familia es tanto mi captor como mi protector.

Nikolai es peligroso, y no solo porque le he visto matar con mis propios ojos.

También porque es un hombre mucho más complicado de lo que debería serlo alguien que no tuviese conciencia.

Al observarle de cerca, me doy cuenta de que, a diferencia de los demás, no parece estar borracho. Hay una cierta calidad meditada en su risa y en sus bromas, en el personaje encantador y alegre que ha asumido. Me hace recordar la afirmación de Alina de que su hermano no hace nada por accidente, de que sus acciones siempre están planificadas.

Aun así, ni eso puede evitar que mi corazón se encoja de ternura al notar la auténtica dulzura de sus ojos al abrazar con cuidado a su hijo, que ahora mismo está gorjeando en ruso entre risitas y dando botes en su regazo. Pillo la palabra «Papa» en la rápida retahíla de palabras y mi pecho se hincha con una emoción tan intensa que las lágrimas hacen que me escuezan los párpados.

Papi, es como Slava le ha llamado en ruso, de forma espontánea.

Por fin están creando vínculos de padre e hijo.

Pestañeando para librarme de la irritante humedad, bajo la mirada hacia mi postre a medio comer... solo para notar un familiar cosquilleo en el cuello. Y por supuesto, cuando levanto la vista, me encuentro con la mirada de Nikolai clavada en mí, con sus ojos de tigre cargados de una intensidad inquietante.

Yo estaba en lo cierto. No está borracho en absoluto. Por contra, el alcohol le ha vuelto más intenso, más centrado.

—¿No te gusta la tarta, *zaychik?* —murmura, en un tono de voz tan bajo que no se puede escuchar en el resto de la mesa, donde Pavel y Lyudmila vuelven a brindar ruidosamente por Alina—. ¿O solo es que estás demasiado llena?

Mi cara se calienta. ¿Por qué esa sencilla pregunta me suena como una insinuación sexual? No debería, ni siquiera con ese tinte seductor e íntimo de su tono de voz.

¡Tiene a su hijo en brazos, por el amor de Dios!

—Estoy llena —digo, solo para desear retirarlo de

inmediato, cuando su boca se curva en una maléfica media sonrisa.

Es Slava el que viene al rescate.

—¡Papi! —dice en inglés con voz potente, retorciendo sus cuerpecito para poder rodear el cuello de Nikolai con sus brazos—. *Mi* papi.

La mirada de Nikolai se desvía hacia su hijo y el brillo travieso de sus ojos desaparece, reemplazado por una expresión tan dolorosamente tierna que mi corazón parece fundírseme en el pecho. Esto es mucho más que el que el niño suelte un «papa» sin darse cuenta.

Slava está aceptando oficialmente a Nikolai como su padre, abrazándole con todo el afán de posesión de su pequeño corazoncito Molotov.

Me cuesta sacar las palabras a través del nudo creciente de mi garganta.

—Sí, cariño. Este es *tu* papi. Muy bien. —Las estúpidas lágrimas vuelven a quemarme en las pestañas, y me doy cuenta de que mi alegría al ser testigo de esto es agridulce, empañada por la envidia.

De niña, soñaba con conocer a mi padre... y abrazarle exactamente de esta forma.

Por suerte, Nikolai no me está mirando. Toda su atención está centrada en su hijo. Murmurando algo en ruso, alisa suavemente el pelo de Slava, y mi corazón amenaza con sofocarse del todo cuando percibo un diminuto temblor en su gran mano callosa.

Lo que estoy viendo en el rostro de Nikolai es solo la punta del iceberg emocional. Este hombre poderoso y despiadado que tengo delante ha sido totalmente desmontado por su hijo.

Trago saliva con fuerza y me obligo a apartar la mirada antes de desmontarme yo también. Ya es bastante malo que mi cuerpo se derrita por él: ahora mi corazón se está uniendo a la fiesta. De ahora en adelante, no me va a ser posible tacharle de psicópata, fingir que el cruel asesino del que me he enamorado es incapaz de sentir emociones verdaderas.

Sienta lo que sienta Nikolai por mí, está perdidamente enamorado de su pequeño.

17

CHLOE

La cena festiva se alarga hasta altas horas de la noche, así que no tengo ocasión de pasar un rato con Alina después. Para cuando Nikolai me sube en brazos a mi habitación y me ayuda a ducharme y a cambiarme, estoy tan borracha y exhausta que casi me duermo en sus brazos.

Hasta que no llega la mañana siguiente no me doy cuenta de que, contradiciendo mis temores, no terminé en la cama de Nikolai. Una vez más, se ha comportado como el perfecto enfermero, cuidándome sin pedirme nada a cambio. Ni siquiera la copiosa cantidad de alcohol ha conseguido minar su autocontrol. Aunque supongo que el hecho de que yo estuviera más o menos desmayada cuando me subió al piso de arriba le ayudó a conservar su determinación.

Después de verle con su hijo, recurrí al alcohol para controlar mis desbocadas emociones y entre eso, el calmante que me había tomado unas horas antes y mi cuerpo todavía en proceso de curación, me convertí básicamente en un tronco con aspecto de humana.

Por fortuna, no tengo demasiada resaca, así que llego a tiempo a desayunar. Para mi alivio, y bastante más que ligera decepción, Nikolai no está allí.

—Tiene una llamada con Rusia —me explica Alina. Igual que yo, no parece visiblemente afectada por las celebraciones de la madrugada, y después de desayunar, se reúne con Slava y conmigo en nuestras lecciones lúdicas, yendo tan lejos como para correr tras su sobrino jugando al pilla-pilla a pesar de llevar su atuendo habitual de vestido elegante y tacones altos.

—No tengo ni idea de cómo no se te caen los dedos de los pies —le digo, mirando sus tacones de aguja. Ella se echa a reír, explicándome que está tan acostumbrada a llevar ese tipo de zapatos que se siente rara llevando zapatillas de deporte.

—Las mujeres rusas se enorgullecen de ser capaces de tolerar cualquier clase de incomodidad en el nombre de la belleza —me dice con ironía—. Está en nuestra naturaleza sufridora y masoquista. Así que aunque los *leggings* y demás han hecho avances en mi tierra natal, todavía tendrías que arrancarnos los tacones de nuestros pies muertos y fríos.

Yo me echo a reír y dejo el tema. Alina me cae realmente bien. Su belleza me intimidaba tanto al principio que me costó un poco ver más allá. Ahora que lo he hecho, me doy cuenta de que gran parte de su reserva inicial era una forma de autoprotección. Siendo su familia como es, necesita su fachada reluciente y cubierta de espinas para ocultar su vulnerabilidad, y el trauma del que todavía se está recuperando.

Durante los siguientes días, mi deseo de conocer mejor a Alina se cumple, en parte porque Nikolai ha delegado a ella gran parte de mis cuidados. Ahora es ella quien me ayuda a vestirme y a ducharme, aunque él sigue siendo quien me cambia las vendas del brazo cuando hace falta.

Sospecho que eso es porque, a medida que yo voy mejorando, él no confía en que su autocontrol se mantenga.

No me importa. Esto no solo me permite mantener algo que se parece al equilibrio emocional cuando le veo, sino que Alina y yo estamos desarrollando una auténtica relación. Con mi tobillo mejorando rápidamente y mi brazo por fin libre del cabestrillo, damos pequeños paseos por los alrededores de la casa, durante los cuales ella cambia sus tacones altos por unas elegantes botas, y pasamos gran parte del tiempo con Slava, cuyo inglés está mejorando a la velocidad del rayo.

Creo que le ayuda escucharme hablando con Alina. Está empezando a captar palabras y frases que yo no le he enseñado formalmente.

La única sombra en el panorama es la negativa de Alina de hablar sobre lo que le pasó a su padre... o de explayarse sobre su familia o su pasado en general. Da igual cuánto escarbe o lo mucho que intente sonsacarla: ella no suelta prenda. Y con Nikolai evitándome excepto para cambiarme las vendas y a las horas de las comidas, no estoy más cerca de conseguir respuestas.

En cierto modo, tampoco me importa. Por mucho que me esté muriendo por entender como un hombre que se está volviendo tan abiertamente cariñoso con su hijo podría cometer el terrible crimen del parricidio, el hecho de no conocer todos los detalles me obliga a apartarlo de mi mente. Lo mismo ocurre con la situación con Bransford; sin tener noticias de ninguna novedad, puedo pasarme horas, e incluso días, sin obsesionarme por el peligro que supone mi padre biológico y por lo que pueda depararme el futuro.

Estos días tranquilos y relajados parecen un interludio donde no transcurre el tiempo, un respiro de la aterradora realidad que es mi vida.

Un respiro que termina con la llegada de la chica misteriosa.

18

CHLOE

S̲lava y yo estamos delante de la casa̲, observando a tres ardillas que se persiguen de árbol en árbol, cuando la camioneta pickup negra llega por el camino de entrada. No tiene las ventanillas tintadas de un color tan oscuro como las del vehículo de los difuntos asesinos, pero aun así me hace quedarme paralizada, asaltada por un flashback tan intenso que hace que me entren sudores fríos.

—¿Chloe? ¿Chloe, quién es? ¿Quién es, Chloe?

Yo parpadeo en dirección a Slava, que está tirando insistentemente de mi manga, y me obligo a sofocar los horribles recuerdos de mi Toyota siendo aplastado contra el árbol. Creía que estaba superando lo que ocurrió... hasta mis pesadillas se han reducido de intensidad durante estos días idílicos, pero supongo que solo me engañaba a mí misma.

No estoy más recuperada de mi trauma de lo que Alina lo está del suyo.

—¿Quién es? —Vuelve a preguntar Slava, balanceándose adelante y atrás sobre sus talones mientras la furgoneta se detiene a pocos metros de nosotros. Como tanto su inglés como su relación con Nikolai han mejorado, se está volviendo un niño mucho más asertivo, y en ocasiones molesto, para mi gran alegría.

Logro lanzarle una cálida sonrisa.

—No lo sé, cariño. Vamos a verlo.

Los dos nos quedamos mirando fijamente al coche mientras la puerta del conductor se abre y una joven menuda, vestida con unos vaqueros, una camiseta blanca y ajustada y unas desgastadas botas de senderismo salta del asiento. De constitución fina pero a la vez sutilmente provista de curvas, con unas facciones delicadas y simétricas y un denso cabello rubio recogido en un moño informal y revuelto, aparenta diecisiete o dieciocho años, y me hace pensar en un cruce entre Saoirse Ronan y Marilyn Monroe, si cualquiera de ellas estuviese colocada con speed.

Como un vendaval, se lanza hacia nosotros.

—¡Holaa! Tú debes de ser Chloe. —Antes de que pueda responder, me agarra una mano y la agita arriba y abajo con entusiasmo. Luego se deja caer sobre sus rodillas y sonríe a Slava.

—*A ti Slavochka, da?*

Su cambio súbito al ruso me pilla desprevenida. Conmigo ha hablado en puro inglés con acento americano. Slava también parece haberse quedado sorprendido. Ninguno de los adultos que le rodean son normalmente tan dicharacheros y llenos de energía.

—Hola —digo yo mientras ella se incorpora de un salto. Literalmente, de un salto, como una niña pequeña. ¿Tal vez sea más joven de lo que yo había creído? —*Soy* Chloe. ¿Y tú eres...?

Su amplia sonrisa muestra unos hoyuelos y sus ojos grises brillan exudando atractivo.

—Puedes llamarme Masha.

—Encantada de conocerte, Masha. ¿Eres...?

—¿Dónde está Nikolai? —me interrumpe—-. He venido aquí para verle.

Algo me da una punzada dentro, una fea sospecha que se despierta en mi mente.

—Tendría que estar en su despacho. ¿Quieres que te acompañe hasta allí?

—No hace falta —dice ella, despreocupada, y sale corriendo hacia la casa.

La punzada se transforma en un remolino que me revuelve el estómago. Esta chica es bonita... más que bonita. Es arrebatadora, hasta con su ropa informal. Si le pones uno de los vestidos de Alina, podría desfilar por una pasarela... o al menos por una alfombra roja, ya que ni siquiera es tan alta como yo. Y aunque sea joven, no es nada infantil; de hecho, la seguridad que demuestra me hace pensar que tal vez no sea en absoluto ninguna adolescente. Mientras la veo desaparecer dentro de la casa, no puedo evitar acordarme de que antes de conocerme, Nikolai tenía por costumbre hacer traer en avión toda clase de mujeres hermosas. Lo que, por lo que yo sé, podría incluir a esta Masha.

¿Cómo si no es que parece saber a dónde ir? ¿O cómo es que ha oído hablar de Slava?

¿O de mí?

Eso último no encaja en mi teoría, debo admitir. Si es el ligue de Nikolai, presente o pasado, ¿por qué le hablaría a ella de mí? A menos, por supuesto, que tengan algún arreglo en marcha del tipo amigos con derecho a roce y, a diferencia de mí, ella no tenga ni pizca de celos.

—¿La habías visto antes? —le pregunto a Slava, haciendo lo que puedo por mantener un tono despreocupado—. ¿Es decir, antes de hoy?

Slava me mira y pestañea. Ahora entiende parte de lo que le digo, pero no todo.

Dejando brotar un suspiro, le cojo de la mano y le conduzco hasta la casa. No entiendo por qué estoy tan ansiosa por averiguar quién es esta joven... si Nikolai está perdiendo interés en mí, eso solo puede ser para bien. Pero da igual lo que diga mi mente racional: la mera idea de que él esté con Masha hace que me entren ganas de romperle todos los huesos de su diminuto cuerpo de Marilyn Monroe.

19

CHLOE

Tras dejar a Slava con Lyudmila en la cocina, me encamino hacia el despacho de Nikolai. Al subir las escaleras, noto mi caja torácica tensándose.

Es estúpido estar celosa. Irracional. Pero no puedo evitar tener a ese monstruo verde con las uñas clavadas en mi pecho. ¿Y si he malinterpretado por completo que Nikolai me haya estado evitando durante las últimas dos semanas? Tal vez en lugar de luchar contra su deseo por mí, sencillamente él haya dejado de desearme. Después de todo, cuidar de mis heridas puede haberle hecho ver mi cuerpo bajo un prisma diferente.

Nunca he sido particularmente insegura sobre el mencionado cuerpo, pero tampoco había mantenido nunca una relación con un hombre tan tremendamente atractivo como Nikolai.

Espera, no. Nosotros no tenemos ninguna relación. Eso podría haber ocurrido antes, cuando yo creía que era un hombre normal, respetuoso con la ley, aunque asquerosamente rico. Ahora no sé cómo llamarlo. Si la persona con la que te has acostado te mantiene prisionera mientras a la vez te protege de alguien que intenta matarte, ¿se considera eso una relación? ¿Al menos una que no entre en los parámetros del síndrome de Estocolmo? Sin mencionar que, técnicamente, sigue siendo mi jefe. Los sobres con dinero han seguido apareciendo en mi dormitorio cada martes sin falta.

Apartando esas cavilaciones de mi cabeza por ahora, me acerco a la puerta de su despacho. Está cerrada, y cuando apoyo la oreja, puedo oír unas voces que hablan en ruso. Mientras escucho, puedo distinguir los tonos brillantes y femeninos de la recién llegada, junto con los tonos profundos, suaves y peligrosamente seductores de Nikolai.

—¿Qué estás haciendo?

Sobresaltada, me giro de golpe y me encuentro con Alina, allí de pie en el pasillo, con la cabeza inclinada con gesto inquisitivo.

—Ejem...

Sus ojos brillan divertidos.

—¿Estás espiando a mi hermano?

—No, por supuesto que no. —Siento cómo me arde la cara mientras intento infructuosamente encontrar una buena explicación—. Yo solo...

—Ven. —Me agarra por el brazo y me arrastra por el pasillo hasta su habitación, donde poco menos que me empuja dentro antes de volverse a mirarme—. Vale, ahora cuéntamelo. ¿Qué está pasando?

—Nada.

Ella arquea una ceja, lo que le hace parecerse a su hermano de forma desconcertante.

Yo me rindo.

—Vale, de acuerdo. Hay esta chica joven que acaba de llegar, y...

—¿Te refieres a Masha?

Se me encoge el corazón de golpe.

—¿La conoces?

—Es el nuevo hallazgo de Valery. —Como la miro sin pinta de comprender, me dice—: Mi hermano pequeño colecciona gente con una variedad de habilidades útiles. No tengo ni idea de cuáles serán las suyas, pero me topé brevemente con ella en su casa antes de que nos fuésemos de Moscú, y a diferencia de sus otras mascotas, esta se presentó.

—¿Sus mascotas?

Ella asiente.

—Así es como yo las llamo. Él inspira una lealtad casi patológica en esa gente.

Vale, bien. Tal vez no sea el ligue de Nikolai... o al menos, no solo eso.

—¿También la conocía Nikolai? ¿De cuando estabais en Moscú? ¿O...?

—Chloe... —Alina titubea. Luego dice con suavidad —: No creo que tengas que preocuparte por ella en ese sentido.

El calor vuelve a inundar mi cara.

—Yo no estoy...

—Lo estás, y lo pillo. Es extraordinariamente bonita. Pero no está aquí para calentarle a Nikolai la cama.

—¿Así que tú sabes para qué ha venido? —Mi alivio se ve rápidamente eclipsado por una curiosidad teñida ligeramente de ansiedad. Por alguna razón, la llegada de esta Masha me parece ominosa, como un mal presagio.

Alina titubea de nuevo y luego menea la cabeza.

—La verdad es que no. Deberías hablar con Nikolai de todo esto.

—¿Todo qué? ¿Tiene que ver con tu padre?

Su respingo es casi imperceptible, igual que su sorpresa que oculta rápidamente.

—No podría decirlo —dice ella, con una expresión cuidadosamente neutra—. Mi hermano es quien tiene todas las respuestas.

Yo me la quedo mirando, con la cabeza a mil. Si esto no va de su padre...

—¿Tiene algo que ver *conmigo*?

Ella suspira.

—Habla con Nikolai, por favor, Chloe. Solo habla con él.

Y antes de que pueda presionarla más, ella me acompaña fuera de su habitación.

———

No tengo ocasión de hablar con Nikolai hasta esa noche. Él se pasa toda la tarde en su despacho con Masha. Lo sé porque yo paso por su puerta docenas de veces. En algún momento, Pavel se une a ellos, y el murmullo de dos voces se torna el de tres, con su gruñido de oso fácilmente identificable.

A la hora de cenar, Masha se va. Slava y yo vemos alejarse su camioneta por la ventana de su dormitorio. Pero una comida familiar no es un buen momento para taladrar a Nikolai sobre un asunto potencialmente incendiario, así que me trago mis ardientes preguntas y espero.

Mi momento llega después de cenar, cuando Lyudmila recoge la mesa y todos suben a sus habitaciones. Durante toda la cena, he estado sintiendo la intensa mirada de tigre de Nikolai clavada en mí, y he notado la especulación que hay en su mirada.

Lo que sea que esté pasando me concierne a mí. Casi estoy segura de eso ahora.

Como si estuviese conchabada conmigo, Alina coge a Slava y desaparece escaleras arriba a velocidad de record, dejándonos a Nikolai y a mí solos en el comedor.

—¿Podemos tomarnos una copita antes de irnos a dormir? —pregunto yo cuando él se da la vuelta para marcharse también. Mi voz es firme, aunque mi corazón late sin control. Esto es peligroso en más de un sentido. No solo me estoy arriesgando a terminar con la paz y la tranquilidad que han regido mi vida durante las últimas dos semanas, sino que mi herida de bala está casi totalmente curada.

Si Nikolai sigue estando interesado en mí de esa forma, hay poco que pueda detenerle de llevar su deseo a la práctica.

Él se vuelve hacia mí. Su mandíbula está tensa, y sus ojos resplandecen como ámbar antiguo.

—¿Una copita? Pensaba que no te iban mucho los licores, *zaychik*.

Trago saliva para librarme de la sequedad mi garganta.

—Estoy de humor para un poco de coñac.

Aunque solo sirva para al menos darme valor.

La voz de Nikolai se hace más ronca.

—Vale. Dame un minuto. —Desaparece en la cocina y regresa con una bandeja de botellas de cristal rodeadas de copas. Pavel debe de librar esta noche. O eso, o Nikolai también quiere privacidad.

Mientras él nos sirve una copa a cada uno, yo me siento y me seco con disimulo las palmas sudorosas en la falda de mi traje de noche. Está hecho de un tejido de seda con un tono coral-melocotón que, según Alina, hace que mi complexión parezca dorada y resplandeciente. Me pregunto si Nikolai también piensa eso, o si lo único que ve al mirarme es a la profesora de su hijo.

Lo cual estaría bien. Fantástico, en realidad. No debería querer que un hombre tan peligroso estuviese obsesionado conmigo, y haciendo todo tipo de inquietantes afirmaciones sobre los hilos del destino y...

—¿De qué querías que hablásemos, *zaychik*? —La voz de Nikolai vuelve a ser terciopelo cepillado mientras se deja caer en el asiento frente al mío. Hace girar el coñac en su copa y me observa por encima del borde, con los párpados a media asta—. Estoy suponiendo que no estás aquí porque de repente te mueres por estar en mi compañía.

Toda mi piel enrojece. De hecho me muero por su compañía, a pesar de que sea reluctante a admitirlo. Desde nuestra expedición de recogida de flores no hemos pasado mucho tiempo juntos... al menos no a solas. Durante las comidas, Alina y Slava nos frenan, y Lyudmila y Pavel siempre están por aquí. Hasta los cambios de vendaje, el único momento en el que él entraba solo en mi cuarto, se detuvieron en cuanto mi herida cicatrizó y no hizo ya falta cubrirla.

La verdad es que apenas he interactuado con él últimamente, y lo he echado de menos. He echado de menos nuestras conversaciones, su tenaz foco en mí... hasta la forma en que me hace sentir como un ratón con el que juega un gatazo sexy y aterrador. Por supuesto, no puedo dejar que él sepa eso. No cuando todavía tenga una brizna de esperanza de que algún día mi vida vuelva a la normalidad. Una normalidad que no incluirá hombres peligrosos que torturan y matan.

Respiro hondo y me lanzo de cabeza.

—¿Por qué ha estado ella aquí? ¿Quién es?

Él se queda callado unos instantes, estudiándome de

esa forma tan intensa suya mientras sostiene el coñac sin tocar en la mano.

—Ella es un activo —dice por fin—. Mi hermano Valery me la mandó cuando le expliqué tu situación.

Mi corazón da un bote y se me seca la boca de golpe. Después de la conversación con Alina, me preguntaba si ese sería el caso, pero oír cómo se confirma tan abiertamente... Temblorosa, cojo mi coñac y bebo un sorbito, dejándole dibujar un reguero de fuego hasta mi estómago.

—¿Qué clase de activo? —pregunto cuando se me pasa el impulso de toser.

—Originalmente, gubernamental. Ahora nuestro.

Entonces, una espía o algún otro tipo de operativo... y no tan joven como yo pensaba en absoluto si tiene ese tipo de historial. Supongo que puedo verlo. Si me hubiese encontrado con Masha por la calle, jamás habría sospechado que fuese ningún tipo de «activo», pero probablemente esa es la cuestión. Ese exterior juvenil y alegre constituye una máscara efectiva.

Antes de que yo pueda preguntar cuál es su papel en lo referente a mi situación, Nikolai vuelve a hablar:

—*Zaychik...* —Su tono es de nuevo desconcertantemente dulce—. Está confirmado. Bransford es tu padre biológico.

Mi corazón late todavía más rápido, y un escalofrío hace que se me ponga la piel de gallina en los brazos.

—¿Quieres decir...?

—Masha ha conseguido una muestra del ADN de Bransford. Coincide con el tuyo.

Coincide con el mío. Se me retuerce el estómago, siento náuseas y el escalofrío se expande para invadir el resto de mi cuerpo. Sabía que ese era el caso desde que Nikolai me contó lo que había descubierto su hermano mayor, pero una parte de mí debía de estar todavía agarrándose a la última brizna de esperanza.

Una esperanza que ahora se ha aplastado y convertido en polvo.

—¿Por qué...? —Me detengo para carraspear y aliviar la ronquera de mi garganta—. ¿Por qué querías confirmarlo?

No quiero pensar en cómo habrá obtenido esta Masha una muestra de Bransford, o mía. En realidad, la mía debe de haber sido cosa fácil: mi cepillo de dientes, unos cuantos cabellos sueltos sobre mi almohada, la copa de la que he bebido... Sin embargo, con un candidato presidencial y todo el dispositivo de seguridad que le acompaña...

—Porque tenía que estar seguro.

Pestañeo y me doy cuenta de que he dejado que mis pensamientos se alejaran de la cuestión principal.

—¿Pero por qué? Es decir, no me entiendas mal, te lo agradezco. —Al menos, eso creo. ¿Es mejor saber que eres la hija de un violador y asesino o tan solo tener serias sospechas?

Nikolai deja su copa, con el líquido que hay dentro todavía intacto.

—Te prometí protegerte, *zaychik.*

El escalofrío vuelve a recorrer mi cuerpo, y mi

mente se aventura por un camino por el que desearía que no fuera.

—Lo hiciste. Lo has hecho. Aquí estoy segura, ¿no? —Al menos de Bransford.

Él se inclina hacia adelante, cubriendo con sus grandes y cálidas manos las mías heladas.

—Lo estás. Y lo estarás todavía más cuando él no suponga ninguna amenaza para ti.

Me quedo mirando fijamente sus iris hipnóticos, todo ese potente y profundo dorado salpicado de verde.

—¿Que no suponga una amenaza cómo? —He evitado pensar en el futuro precisamente por esta razón: porque no puedo imaginarme uno en el que Bransford *no sea* una amenaza. Como una tortuga, me he contentado con esconderme dentro de mi concha, viviendo día a día, hora a hora, todo el tiempo diciéndome a mi misma que al final, conseguiré resolverlo y llevar al asesino de mamá frente a la justicia.

Pero sin embargo, no es eso lo que ha hecho Nikolai. No se ha estado ocultando de la realidad: ha estado haciendo planes. Y es la naturaleza de esos planes la que hace que unos dedos helados bailoteen por mi espina dorsal.

Tengo la sensación de que la idea de Nikolai de la justicia difiere drásticamente de la mía.

Él sonríe como si yo fuese una niñita ingenua.

—No tienes que preocuparte, zaychik. Me estoy encargando de ello.

Por un instante breve y cobarde, estoy tentada a hacer justo eso: no preocuparme, dejar el asunto en sus manos capaces y despiadadas... las mismas que están sujetando las mías tan posesivamente, tan dulcemente.

Las mismas manos que han arrebatado dos vidas delante de mí sin titubear.

Es ese recuerdo, esa imagen vívida de los gritos del asesino al ser torturado, lo que decide por mí. Puede que haya desarrollado la capacidad de evitar la realidad, pero ni yo puedo cerrar los ojos y fingir que estoy ciega.

—¿Qué vas a hacerle? —Mi voz está tan inestable como mi pulso—. Nikolai, por favor, necesito saberlo. ¿Qué es lo que vas a hacer?

Los diminutos músculos que rodean sus ojos se tensan... ese es el único cambio en su expresión.

—Nada que no se merezca.

Yo me aparto y suelto mis manos de las suyas.

—No puedes matarle.

—¿Por qué no? —Su voz es neutra, su tono tan carente de inquietud como si estuviésemos hablando de ir a una fiesta. Se reclina, vuelve a coger su coñac y esta vez se bebe un sorbo, degustándolo, antes de volver a dejarlo.

Me lo quedo mirando, incrédula.

—Porque es una *persona*. —¿Cómo no es eso algo evidente en sí mismo?—. Una persona malvada, claro, pero no puedes ir matando a cualquiera que...

—¿Que esté intentando matarte? Puedo, y lo haré.

Mi corazón se detiene un instante. Lo dice en serio,

puedo verlo, y ser consciente de eso me llena de todo tipo de jodidas emociones: gratitud revestida de terror, esperanza bordada de horror, y lo que es más perturbador, alguna clase vengativa de júbilo.

Quiero a Bransford muerto por lo que le hizo a mi madre. Lo deseo tanto que casi puedo sentir su sabor en mi lengua. Y también lo quiero para mí. Quiero recuperar mi vida, mi libertad, mi paz mental. Quiero dormir toda la noche sin tener pesadillas y andar por la calle sin miedo. Quiero dejar de ver peligro en cada furgoneta, en cada rostro desconocido.

Quiero a Bransford a dos metros bajo tierra, y si Nikolai hace que eso suceda, seré libre... y tan asesina como lo es él.

Es ese último pensamiento el que aplasta mis oscuros deseos. Por mucho que yo desee la libertad y la venganza, estamos hablando de asesinato. Asesinato premeditado y a sangre fría. Una cosa fue que Nikolai se cargara a los dos asesinos armados en el bosque. Por perturbador que fuera ser testigo de eso, lo que él hizo al final no fue muy distinto de lo que habría hecho un poli en su situación, salvo por lo de la tortura. Lo que estamos discutiendo es una mierda totalmente de otro nivel, y aunque una parte de mí no puede más que regocijarse por el deseo de Nikolai de protegerme hasta este punto, no puedo quedarme ahí parada y dejar que ocurra.

Como apelar al sentido común y a la moralidad no ha funcionado, intento un enfoque diferente.

—Nikolai, por favor. Sé razonable. Es una

importante figura de la política. No puedes matarle sin más. Sería un magnicidio, uno con ramificaciones importantes a nivel global. El FBI, la CIA, los medios...

—Lo sé. Por eso tenía que estar seguro de su culpabilidad.

Otro escalofrío me recorre la espalda. Su rostro es implacable y su voz todavía alarmantemente neutra. Lo ha estado pensando con detenimiento. No es algo fruto de ningún impulso repentino por su parte.

Para protegerme, va a eliminar a un candidato presidencial, y no hay nada que yo pueda hacer para que cambie de idea.

Igualmente lo intento, aunque solo sea por protegerle a *él*.

—¿Y qué hay de tu familia? ¿De la vida que estás construyendo aquí con Slava? Si descubren que tú estás detrás...

—No lo harán.

—¿Cómo puedes estar tan seguro? Habrá una búsqueda del culpable a nivel global, a un nivel que no se ha visto desde...

—*Zaychik...*—Él vuelve a inclinarse hacia adelante y a cogerme las manos, haciendo que me dé cuenta de que las he estado apretando y retorciendo allí sobre la mesa. Su voz es suave y su tono escalofriantemente dulce al mirarme a los ojos—. Sé lo que hago. Bransford morirá, y será por causas naturales. Su partido lo llorará, la nación le llorará y luego pasarán al siguiente juguetito brillante, algún otro político con pico de oro.

—¿Por causas naturales? ¿A los cincuenta y cinco?

—Un defecto cardíaco, no diagnosticado hasta ahora. Será apropiadamente trágico. —Él se reclina hacia atrás y coge su vaso—. Cuando se quiere de verdad hacer algo, se encuentra la vía de hacerlo... y nosotros, los Molotov, sobresalimos a la hora de encontrar esas vías.

20

NIKOLAI

Ella se pone en pie temblorosa, mirándome, y yo me resisto al impulso de cogerla en mis brazos. Me resisto porque por debajo de mi deseo de consolarla existen impulsos más oscuros y peligrosos, nacidos de un hambre tan profunda y salvaje que me asusta hasta a mí.

Una vez ceda a ellos, una vez libere la bestia que ruge en mi interior, no habrá vuelta atrás.

Le he concedido dos semanas. Durante dos semanas que se me han hecho como dos siglos, he hecho lo imposible para mantenerme alejado. Bueno, no del todo. Me he pasado un montón de horas observándola a través de las cámaras del cuarto de Slava y de su dormitorio, pero eso y nuestras breves interacciones durante las comidas solo han aumentado mi tormento.

Nunca me había visto como un masoquista pero debo de serlo, porque me he abrazado voluntariamente la exquisita tortura de tenerla al alcance de mi mano pero no permitirme poseerla.

Y esta noche, parece, es la última prueba para mi autocontrol. Porque por fin ella me ha buscado, pero no por los motivos que yo hubiese querido. Una parte de mí esperaba que ella me echase de menos, que viniese a mí porque me desea con la misma desesperación que yo la deseo a ella.

Porque está preparada para ser mía, con todo lo que eso implica.

—Debería irme a la cama —dice, con voz temblorosa, y yo tengo que reprimir un acceso de decepción. ¿Qué me esperaba? Está en shock, y por buenos motivos. Pocos ciudadanos de a pie son conscientes de lo fácil que resulta hacer que un asesinato parezca otra cosa... si es lo que uno desea. Todos los asesinatos en las altas esferas y envenenamientos por radiación que aparecen en las noticias lo hacen porque eso se pretendía. Son un mensaje, una advertencia a otros que podrían intentar ir en contra del sistema.

Por cada veneno exótico que clama a gritos que el gobierno está implicado, hay docenas de fallos cardíacos y accidentes rutinarios que eliminan los obstáculos en el camino de la gente poderosa y sin escrúpulos... como mi familia.

Este no es el primer magnicidio encubierto que he tenido que planear.

Inicialmente no iba a contarle nada a Chloe. Se habría enterado de la muerte de Bransford por las noticias, igual que todo el mundo, y fueran cuales fuesen las sospechas que albergara en ese punto, no habrían tenido ni punto de comparación con la carga que está llevando por todo lo que sabe ahora. Pero ella se ha acercado esta noche a mí exigiendo respuestas, y no he podido obligarme a mentirme. De alguna forma, también es culpa de mi hermana. Aunque Alina ha mantenido la boca cerrada alrededor de Chloe, ha estado acudiendo a mí casi cada día, insistiendo en que Chloe tiene derecho a saber lo que estoy planeando, que debería ser su decisión.

Y discrepo totalmente con eso último, pero he llegado a ver las ventajas de lo anterior. No quiero que mi *zaychik* se estrese a causa de su situación, preocupada porque en cualquier momento aparezcan más sicarios en nuestra puerta. No es que pudiesen llegar a entrar, pero aun así, tiene que pesarle el saber que alguien ahí fuera la quiere muerta.

Que su padre biológico la quiere muerta.

No, ha sido mejor que se lo contara. Masha necesita al menos unas semanas para completar su misión y de este modo, Chloe sabe que me estoy encargando de ella y que no tiene de qué preocuparse.

Después de haber formulado sus objeciones, puede relajarse con la conciencia tranquila. Es mi decisión, mi pecado, no el suyo.

Me pongo en pie y le sonrío, esperando que no pueda leer en mis ojos mi hambre retorcida, el deseo oscuro que burbujea por mis venas como lava líquida.

—No hay problema. Si estás cansada, vete a la cama, *zaychik*.

Por mucho que desee poseerla, hoy no es la noche. Tengo demasiada hambre, estoy demasiado al límite, y aunque sus heridas están casi curadas, ella no está para nada en el punto en el que debería estar para poder lidiar conmigo.

Ella se echa para atrás, como si me hubiese leído la mente, pero entonces endereza los hombros y saca su delicado mentón.

—No —dice con firmeza, rodeando la tabla hacia mí—. No pienso irme hasta que me prometas encontrar otra de esas «vías».

CHLOE

SÉ QUE ESTA ES UNA MALA IDEA. TAMBIÉN SÉ QUE NO puedo ser una cobarde y escabullirme como si él no acabase de admitir ahora mismo que planea asesinar a un hombre por mí. Un hombre terrible, malvado, pero aun así un hombre... que casualmente es mi padre biológico.

Una sombra oscurece rápidamente los ojos de Nikolai al mirarme, y demasiado tarde, noto la peligrosa tensión de su mandíbula.

—*Zaychik*...—Su voz es un suave gruñido—. Deberías marcharte. Ahora. Mientras todavía puedas.

Mi aliento se entrecorta cuando de golpe me doy cuenta de lo que quiere decir, acelerándome el pulso y paralizando mis músculos.

Él me sigue deseando, y mucho. Pero por la razón que sea se está conteniendo.

Debería hacerle caso. Debería retroceder y marcharme mientras me esté dando la ocasión. Si no lo hago, eso cambiará todo, pondrá fin a este interludio donde no transcurre el tiempo, reducirá la distancia entre nosotros que me ha estado manteniendo tan segura.

Porque el mayor peligro para mí no está ahí afuera.

Está aquí.

Siempre ha sido él.

Intento obligar a mis músculos a moverse, a obedecer las órdenes frenéticas de mi cerebro. Pero es lo mismo que si les pidiera que levantaran un coche. Solo puedo mirarle fijamente, con la boca seca y el corazón al galope, mientras una pulsante tensión se genera en mi bajo vientre, haciendo que mis pezones se endurezcan y dando lametazos de calor por mi piel.

Puedo ver la salvaje tormenta que se gesta en sus ojos, sentir el chisporroteo de esa carga eléctrica en el aire, pero sigo quedándome quieta, paralizada y muda: la presa perfecta para ser cazada.

—Chloe… —La palabra pronunciada con voz ronca es una advertencia y una capitulación a partes iguales. Lentamente, con exagerada dulzura, él me coge la cara entre las manos, abrasando mi piel helada con el calor de sus amplias palmas. Sus ojos son el oro hipnótico de un alquimista cuando me susurra—: Mi dulce *zaychik*, aquí se termina todo. Has perdido tu última oportunidad de escapar.

CHLOE

Yo sigo clavada en el sitio cuando sus labios descienden sobre los míos, inevitables y violentos como un rayo que golpea al único árbol de la llanura. Es una descarga que sacude todo mi cuerpo, quemando a su paso cada una de mis células.

Su beso no tiene nada de delicado, nada de suave. No pide, toma. Sujetando mi cabeza inmovilizada entre sus manos, él explora cada milímetro de mi boca, absorbiéndome en un vórtex de deseo salvaje, de una lujuria tan oscura y volcánica que me abrasa desde lo más profundo de mí.

Él sabe a coñac y a peligro, como cada uno de mis deseos retorcidos y secretos. El embriagador sabor me emborracha, las notas sensuales de su colonia de cedro y bergamota hacen que me dé vueltas la cabeza. Cualquier idea de resistencia que pudiese haber albergado se evapora. Mi fuerza de voluntad se está disolviendo como un grano de azúcar en té caliente.

Con un gemido de impotencia, me arqueo contra él, con el vientre apretándose contra su entrepierna mientas mi mano se agarra de su costado.

A él se le ha puesto dura del todo, y el grueso bulto en sus pantalones presiona contra mis partes suaves, recordándome como fue tenerle dentro. El recuerdo evoca tanto excitación como inquietud: no había sido fácil meterme algo de ese tamaño. Pero hasta esa idea desaparece pronto, abrasada por el fiero calor del deseo, destrozada por la seducción brutal de su beso despiadado.

Me olvido de dónde estamos. Me olvido de todo, tanto que me sobresalto cuando él se aparta y me coge en brazos, apretándome contra su pecho. Solo es cuando empieza a subir las escaleras, de dos en dos, que mi cabeza se aclara lo suficiente para dejar entrar un resquicio de pensamiento racional.

¿Qué demonios estoy haciendo? Esto no era lo que pretendía. Está en las antípodas de lo que pretendía, en realidad. Mi objetivo era hablar con él, convencerle de que no...

Con un gruñido ronco, me clava contra la pared del pasillo de arriba y se apodera de mi boca, como si no pudiese resistir todo el camino hasta su cuarto sin probar mi sabor, y yo me olvido del todo de mis objetivos. Me olvido de que existo más allá de este instante, de que haya nada ahí fuera excepto él.

Nos fundimos en uno, o al menos yo siento que es así. Su boca está fusionada con la mía, tengo su aliento en mis pulmones, su aroma en mis fosas nasales. Su poderoso cuerpo me rodea, todo calor, dureza y masculinidad cruda y primaria. Ahora estoy en posición vertical, de puntillas, mientras él me devora los labios y sus manos se mueven por mi espalda, mis costados, mi trasero, y lo aprietan y masajean, subiéndome el vestido largo por los muslos. Sin aliento, me agarro de los mechones fríos y sedosos de su pelo mientras él me levanta hasta que tengo las piernas rodeando sus caderas y mi pelvis montada en la suya, con mi sexo palpitante frotándose contra su erección.

Nos besamos, en un duelo de lenguas, hasta que nos quedamos del todo sin aire. Luego su boca desciende hacia mi cuello, en una lluvia de besos calientes y me da mordisquitos en el sensible hueco cerca de mi oreja. Gimo, arqueo la espalda hacia atrás y me froto contra él con más fuerza. He perdido la noción de todo excepto del oscuro y abrasador placer. La tensión dentro de mí se está enroscando y creciendo. Mis terminaciones nerviosas están tan sensibles que siento el movimiento del aire como una caricia sobre mi piel.

Me doy cuenta, con una sorpresa apagada, de que voy a correrme follándomelo en seco.

Va a volver a pasar.

Cuando lo hace, el orgasmo es tan sorprendente como bienvenido. Mis dedos se agarran convulsivamente a su pelo y mis tengo espasmos en los músculos internos cuando el éxtasis recorre mi cuerpo, curvando los dedos de mis pies y forzando un grito de mi garganta. Solo que él no se detiene: continúa meneando las caderas contra mi pelvis, intensificando las réplicas que estallan en mi interior. Aprieto los ojos con fuerza y vuelvo a gritar, y como un animal reclamando a su compañera, él me muerde en el cuello mientras mete su mano grande y encallecida por debajo del corpiño, estrujando mi seno desnudo mientras con el pulgar, me araña...

—¿Chloe? Nikolai, ¿que estáis...?. ¡Ay, joder! Da igual.

La voz de Alina me arranca de mi delirio ardiente, me pongo firme y abro los ojos de golpe. En efecto, por encima del hombro de Nikolai, la veo retrocediendo, con su pálido rostro sonrojado de una forma poco típica de ella. Antes de que yo pueda decir nada, o procesar el hecho de que esta es la segunda vez que nos ha pillado casi follando, se da la vuelta sobre sus talones y desaparece de nuevo en su cuarto.

Que está justo al final del pasillo.

El pasillo de paso público donde cualquiera podría habernos visto... y haberme escuchado correrme.

Siento que mi cara, mi rostro, y hasta las raíces de mi pelo han estallado en llamas cuando Nikolai se aparta para mirarme. Sus ojos dorados están entrecerrados. Su pelo, con mis manos todavía agarradas de él, está revuelto. Sus labios sensuales están húmedos e hinchados, abiertos con un gesto de pura lujuria.

Es el aspecto que podría tener un ángel caído después de cometer su primer pecado... salvo que este ángel jamás ha conocido una existencia inocente.

Ha sido el diablo todo el tiempo.

Me humedezco los labios.

—Tu hermana...

—¡Que le den a mi hermana!

Antes de que pueda abordar ese sentimiento gruñido con furia, él me coge en sus brazos poderosos y me lleva hasta su dormitorio con zancadas largas e impacientes.

23

NIKOLAI

Debería parar, o al menos ir más despacio, pero no puedo. Ahora que he vuelto a probar su sabor, el hambre que llevo dentro es demasiado fuerte, demasiado feroz. Igual que un alcohólico que se ha bebido el primer trago de la noche, no puedo ni imaginarme la moderación. Esa necesidad oscura palpita en mis venas, un ritmo de tambor de deseo sexual y un anhelo más profundo y menos definido, una sed que parece emanar del alma misma.

Con los raídos harapos de mi autocontrol, la tumbo en la cama, teniendo cuidado de no hacerle daño en el brazo. Ahora hay allí una costra, estropeando su piel sedosa y dorada. Verla alimenta a la fiera salvaje que llevo dentro, llenando mi pecho de sentimientos de posesión y de rabia a partes iguales.

Ella es mía, y aniquilaré a cualquiera que le haya hecho daño.

Nadie le pondrá jamás un dedo encima... salvo yo.

Mis manos están ya, sin yo quererlo, sobre su vestido, destrozando el bonito y delicado tejido, arrancándolo de su cuerpo en una furiosa lucha por desnudarlo para poder verlo. Primero son sus pechos los que se salen del corpiño: dos pequeños y deliciosos globos rematados por unos pezones marrones y erectos, seguidos de su estrecha caja torácica y su vientre plano, todos cubiertos por esa piel bronceada y resplandeciente que me hace pensar en el sol, en calidez, en luz y en pureza... en todo lo que ansío, todo lo que deseo.

La parte inferior de su cuerpo viene después, su tanga apenas perceptible se desintegra en mis manos para exponer un coñito tan delicado y suave como yo lo recordaba. Se me hace la boca agua al pensar en su sabor rico y suave, en la sensación de esos tiernos pliegues en mis labios, bajo mi lengua, apretados en torno a mis dedos... unos dedos que no pueden evitar agarrarla por los muslos, abriéndolos.

Sus suaves ojos castaños se encuentran con los míos, entrecerrados por el deseo y con ese provocador recelo suyo y las últimas briznas de mi autocontrol se desvanecen. Como un animal hambriento, caigo sobre ella, enterrando la cara entre sus piernas, lamiendo su humedad, deleitándome en su esencia de fruta y sal, en la calidez y el sol que es ella.

Ella contiene un gemido y me agarra la cabeza, estrujando mi pelo mientras se arquea por debajo de mí, retorciéndose con cada ávido lametazo de mi lengua. Pronto, mis dedos se unen también, jugando con su clítoris mientras lamo su entrada, regocijándome con la humedad que me encuentro allí. Es tan deliciosa como yo recordaba, toda seda y calor y miel fundida, y aunque mi polla está a punto de estallar, no puedo apartarme de lo que estoy haciendo, no puedo parar hasta que sienta como vuelve a correrse.

Y lo hace. Con un grito ahogado, corcovea por debajo de mí, con la espalda arqueada por encima de la cama y apretando los dedos que retuercen mi pelo, casi arrancándomelo mientras más de esa deliciosa humedad me cubre la lengua y los labios.

La oleada de satisfacción que siento es tan intensa como breve. Mi lujuria solo se ha intensificado con su orgasmo. Sangre caliente palpita en mis sienes, mis pelotas se aprietan y cada músculo de mi cuerpo se tensa de deseo. No queda en mí nada de dulzura, de paciencia. Solo un hambre primitiva y cruda de poseer y reclamar, de hundir mi polla palpitante en su cuerpo caliente.

Movido por el puro instinto animal, le doy la vuelta y le paso un brazo por debajo de las caderas, levantando su precioso y bien formado culito hacia mí hasta que la tengo a cuatro patas. Sus suaves nalgas están un poco más llenas, son más redondeadas que la última vez que la vi desnuda. El capullito de rosa de su esfínter es un punto diminuto y tentador, y mi apetito se intensifica hasta estar afilado como una cuchilla, con mi cuerpo tenso hasta un límite intolerable. Apenas soy consciente de mis actos cuando me abro la bragueta, saco mi polla, y luego la coloco contra su reluciente abertura.

Tengo que poseerla. Ahora.

El ritmo de tambor de mi deseo se hace ensordecedor, apagando todo lo demás, haciendo que el mundo alrededor de nosotros se vuelva borroso. Ya no soy un hombre. No soy más que un hambre primitiva, un deseo salvaje y atávico.

Agarrándome a sus esbeltas caderas, me lanzo dentro de ella, disfrutando del resbaladizo ajuste de sus paredes internas, de la deliciosa tirantez de su estrecho canal. Ella grita. Es un sonido de dolor, pero no puedo detenerme, no puedo hacer nada salvo empujar todavía más adentro, poseyéndola, reclamándola, satisfaciendo la lujuria fiera que me abrasa por dentro.

Mía. Joder, toda mía. Mis caderas se mueven adentro y afuera salvajemente. Mi corazón late como si me diesen puñetazos contra el pecho. Como a lo lejos, soy consciente de que lo estoy haciendo demasiado duro, pero no puedo detenerme, igual que no puedo dejarla marchar. Ella es todo seda, carne prieta y calor húmedo, lo más cerca del cielo que un hombre podría estar. Sus gemidos y gritos rogándome solo logran espolearme, aumentando mi lujuria, alimentando la bestia dentro de mí.

Me la follo como si no hubiese un mañana, como si nada importase aparte del aquí y el ahora. Manteniendo mi sujeción con una mano, estiro la otra hasta enroscarla en su pelo y tiro de él, haciendo que arquee la espalda mientras yo empujo dentro más duro, más profundo, dejando mi marca en sus tiernas carnes. Puedo sentir el orgasmo preparándose dentro de mí, mis pelotas tensándose hasta que están casi tan duras como mi polla palpitante, y cuando ella grita mi nombre y empieza a convulsionar alrededor de mí, la liberación me golpea como un tsunami, enviando el éxtasis explotando en mis terminaciones nerviosas y pintando el mundo a mi alrededor de un blanco brillante.

24

CHLOE

ATURDIDA, ME DEJO CAER SOBRE MI BARRIGA EN CUANTO Nikolai suelta mi pelo y sale de mis carnes hinchadas y que siguen teniendo pequeños espasmos. Aun con las réplicas del orgasmo todavía atravesándome en oleadas, siento el sexo machacado, y mi zona interna dolorida. Mis pensamientos también están enmarañados, mi mente tan lenta como si estuviese emergiendo de un sueño profundo.

A pesar de eso, cuando él me recoge, me atrae contra él y empieza a murmurar dulces naderías, de nuevo experimento esa inusual sensación de paz, la que solo he conocido estando entre sus brazos. Se me cierran los ojos y me sobreviene una sensación de estar flotando mientras él me acaricia y me mima, regando con una lluvia de besos tranquilizadores toda mi cara y mi cuello, haciéndome masajes para que desaparezcan los dolores y moratones fruto del tratamiento duro al que me ha sometido. Al final, mis pensamientos descoordinados se agrupan para formar algo coherente, y yo me obligo a abrir los párpados para encontrarme con sus ojos hipnóticos mirando a los míos, con el ámbar dorado de sus iris moteados con el más oscuro de los verdes.

—*Zaychik*... —Su voz es suave y su expresión difícil de interpretar cuando me pone una gran mano curvada alrededor de la mejilla—. No he usado condón.

Durante un instante, no les encuentro ningún sentido a esas palabras. Entonces, con un subidón de adrenalina, noto una cálida humedad entre mis piernas y sobre mis muslos.

Un montón de humedad. Más de la que haya notado jamás.

Mis latidos se aceleran, y la sensación de estar flotando desaparece. Me aparto de golpe y me siento en la cama.

—¿Qué quieres decir? Yo no estoy tomando nada. Hace semanas que me he quedado sin píldoras. Creía... creía que siempre te ponías condón. —Lanzo una mirada fugaz al espeso líquido blanquecino de mis muslos desnudos e intento no entrar en pánico mientras cuento frenéticamente los días.

¿Cuándo he tenido el periodo? ¿Fue esta semana o la anterior? ¿Por qué no me he preocupado de llevar la cuenta? Sé que han pasado bastantes días desde que dejé de sangrar, pero quizás...

—Así es. —Nikolai se sienta también, y los poderosos músculos de su pecho y su brazo se flexionan cuando él se pasa los dedos por el pelo, revolviéndose los negros bucles todavía más—. Al menos lo había hecho hasta hoy.

Por fin recuerdo cuando empezó mi periodo: a principios de la semana pasada, hace casi doce días. El lunes pasado fue cuando tuve que pedirle suministros a Alina.

Estoy más o menos en la mitad de mi ciclo.

Debo de demostrar el pánico que siento porque Nikolai inclina la cabeza a un lado, mirándome con esa misma expresión indescifrable.

—La elección del momento es la mejor, ¿verdad? O más bien, la peor.

Yo asiento, y mi mano se va instintivamente hacia mi estómago.

—¿Por qué...? —me detengo para hacer que mi voz deje de temblar—. ¿Por qué no has usado condón?

El brillo enigmático de sus ojos se agudiza cuando él mueve hacia mí.

—¿Por qué no nos limpiamos un poco y luego hablamos más?

Debo de seguir en estado de shock, porque no verbalizo ninguna objeción cuando él me coge en brazos y me lleva hasta el baño. En vez de eso, le permito que se encargue de mí en la ducha igual que hacía cuando yo estaba herida. Su contacto vuelve a ser suave, tranquilizador y tierno, aunque su polla se haga más grande a cada movimiento de sus grandes manos encallecidas sobre mi cuerpo húmedo y desnudo.

Para cuando ha acabado de lavar las pruebas de nuestro error, vuelve a estar totalmente erecto, y sus manos se mueven sobre mí con una intención cada vez más clara, cogiendo mis pechos y jugueteando con mis pezones, aventurándose entre mis piernas para encontrar mi clítoris. Debería ser demasiado, y demasiado pronto, pero mi cuerpo responde como si no acabase de sobrevivir a una agitación cataclísmica de sus sentidos, como si el polvo salvaje que me ha dejado tan abrumada no hubiese sido nada más que el anticipo del plato principal.

Mi respiración se acelera y la tensión se acumula en lo bajo de mi vientre cuando sus labios cubren los míos con un beso profundo, exploratorio y luego se aventuran hacia mi oreja, mi cuello, mi hombro. Jadeante, me agarro de sus hombros cuando él se enrolla mi pelo mojado en el puño y me inclina hacia atrás sobre su brazo de músculos poderosos, levantando mis pechos hacia él como una ofrenda sacrificial. Sus amplias espaldas me tapan del chorro de agua al inclinarse él hacia mí, primero enganchándose a un pezón y luego al otro, con la poderosa y caliente succión de su boca enviando tirones de sensaciones directamente a lo más profundo de mí, aumentando mi creciente excitación.

Aun así, sigo estando dolorida por dentro. Demasiado dolorida para sentir placer cuando dos de sus dedos entran en mí, obligando a los tejidos hinchados y sensibles a separarse. Es decir, eso es hasta que esos dedos se curvan dentro de mí, encontrando un punto que hace que salten chispas por detrás de mis párpados cerrados, y que me hacen cruzar el punto de no retorno tan deprisa que apenas puedo exclamar su nombre.

Los espasmos siguen recorriendo mi cuerpo en oleadas cuando él suelta mi pezón con un húmedo *pop* y me guía hasta ponerme de rodillas mientras sigue escudándome del chorro del agua con su cuerpo. Atontada, miro hacia arriba y pestañeo, para darme cuenta de lo que quiere solo al notar como me planta la columna enorme y dura de su polla contra la mejilla y luego me mete la punta dentro de la boca.

Por instinto, me agarro con las manos de sus muslos musculosos y abro los labios, dejándolo entrar tanto como puedo. He hecho mamadas antes, pero esto me resulta diferente. Nada parecido a esos ratos de jugueteos despreocupados con mis exnovios. Yo no tengo el control, lo tiene él; y no hay nada de juguetón en la forma despiadada en que se folla mi boca. Sus manos me agarran la cabeza, sosteniéndome quieta y en posición para sus empujones lentos y profundos, y lo único que yo puedo hacer es intentar que no me entren náuseas cuando él entra cada vez más adentro de mi garganta con cada movimiento.

Esto no debería ser excitante, me está utilizando únicamente para su placer, pero hay algo acerca de ser tratada como una muñeca hinchable que envía impulsos de calor directamente a mi clítoris. Está tomando lo que quiere de mi cuerpo, y es a la vez degradante y perversamente liberador. No hay nada complicado en este intercambio; le doy placer meramente por existir, siendo solo una boca cálida y mojada para su uso. Mis ojos se cierran con fuerza, y las lágrimas se me escapan por las comisuras cuando él acelera el paso, metiendo su gran polla por mi garganta dolorida. Sin embargo la compulsión de la náusea sigue inactiva, aunque mi boca se inunde de la saliva suficiente para poder llenar un lago. Me gotea por la barbilla, el cuello, el pecho... pero nada de eso importa porque puedo sentir la tensión que aumenta en su cuerpo, puedo sentir como su gruesa verga crece todavía más dentro de mi boca. Con un gruñido, se mete tan adentro que pierdo la capacidad de respirar, y un líquido caliente sale disparado por mi garganta, mientras sus dedos se agarran con fuerza de mi pelo, tirando de las raíces con suficiente fuerza como para que yo haga una mueca.

Cuando sale de mi garganta, estoy tan desesperada por respirar que mis uñas se están clavando frenéticamente en sus muslos. Pero al abrir mis ojos llorosos y miro hacia arriba para encontrarme con los suyos, me estremezco al notar la cálida posesividad reflejada en ellos.

—*Zaychik...* —Su voz es ronca, oscura y aterciopelada cuando me pasa las manos debajo de los brazos y me pone de pie, y luego espera a que recupere el equilibrio. Sosteniendo mi hombro suavemente con una mano, me lava el semen y la saliva con la otra y luego me coge por la barbilla, bajando la vista hacia mí con una expresión peculiarmente intensa.

Mi pulso vuelve a dispararse de nuevo, y una

extraña premonición me tensa el vientre al escuchar cómo me dice suavemente:

—Lo eres todo para mí. La fuente de mi mayor felicidad y placer. Quiero que estemos juntos durante el resto de nuestras vidas, hasta el último aliento que exhalen nuestros cuerpos. El destino te trajo hasta mi puerta, te entregó a mí como el regalo que eres, y no puedo estarle más agradecido.

Ahora mismo tengo el corazón en la garganta y respiro tan deprisa que se me está nublando la vista. No es posible que esto se encamine hacia donde creo que se está encaminando. No es posible que él vaya a...

—Chloe Emmons... —Me rodea la cara con sus anchas manos, y sus ojos de tigre están llenos de una luz fieramente tierna—. Quiero que te cases conmigo. Quiero que seas mi esposa.

25

CHLOE

Por un instante, estoy convencida de que no le he oído bien. Porque no es posible que él se me esté declarando. No cuando solo nos conocemos desde hace menos de un mes. Salvo que no hay duda alguna sobre la intensidad de su mirada hipnótica, no hay forma de esconderse del hecho de que acaba de utilizar las palabras «cases» y «esposa».

La cabeza me da vueltas frenéticamente y yo le agarro por sus poderosas muñecas, apartando de forma instintiva sus manos de mi cara. La ducha sigue corriendo por detrás de él, llenando la espaciosa cabina con vapor. Pero yo estoy súbitamente helada, y mi húmeda piel cubierta de carne de gallina.

—Nikolai, yo... —no tengo ni idea de qué decir, como afrontar algo tan loco. Por fin, suelto—: Estás de broma, ¿verdad?

Su mirada se oscurece.

—¿Por qué iría yo a bromear sobre esto?

—Porque... ¡porque casi no nos conocemos el uno al otro!

Él me pone las manos en los hombros y aprieta suavemente, manteniendo un tono suave aunque su mandíbula se tense peligrosamente.

—Yo ya sé todo lo que necesito saber acerca de ti.

—Bueno, yo no. Sé cosas de ti, quiero decir. —Me suelto de él, retrocediendo y me paso una mano temblorosa por la cara para limpiarme las gotitas de agua. Mi corazón baila desacompasado y tengo un nudo en el estómago al ver su expresión que se oscurece rápidamente mientras yo tanteo buscando la puerta de la cabina de la ducha—. Nikolai, por favor. No me malinterpretes. Estoy súper halagada. Es solo que... esto no es una buena idea ahora mismo. —Ni nunca.

Puede que me haya enamorado de este hombre letalmente atractivo, pero no he olvidado quién es ni lo que es... ni lo que está a punto de hacer por mí.

No estoy hecha para ser una esposa de la mafia, aun cuando esa no sea la etiqueta formal.

Él observa mi retirada con los ojos entornados y una nube de vapor en el aire por detrás de su poderoso cuerpo, y yo apenas puedo evitar no tropezar con al alfombrilla del baño al salir y agarrar una toalla.

No es necesario que esté tan alterada.

Él me lo ha pedido y yo le he dicho que no.

Fin de la historia.

—¿Qué es lo que necesitas saber sobre mí? —Él sale detrás de mí, con movimientos suaves y deliberados.

Un depredador siguiendo a su presa—. ¿Qué haría falta para que aceptases?

—Bueno... —Me envuelvo con la toalla, buscando frenéticamente la respuesta menos ofensiva. No hay ninguna, así que tengo que optar por la verdad por fuerza—. Nikolai, solo es que no puedo casarme contigo. Somos demasiado diferentes. Nuestros valores, la forma en que afrontamos las cosas... La verdad es que no creo que... —Mi corazón da un saltito al notar la tormenta que se está formando en sus ojos, así que intento salir de esta como puedo—. No creo que esto pueda funcionar a largo plazo.

Él se queda quieto con la mano a medio camino hacia su propia toalla. Luego, lenta y deliberadamente, la saca del toallero y se seca, con los ojos clavados en mí todo el tiempo y el rostro ahora más oscuro que una noche sin luna.

Yo trago saliva mientras aumenta el tenso silencio.

—Debería irme a la cama. Podemos seguir hablando por la mañana.

Él se mueve como el gran felino al que me recuerda. Con un estallido de movimiento, ya está entre mí y la puerta del baño, y sus músculos cincelados se flexionan cuando él baja la vista hacia mí, con los ojos como dos ranuras doradas.

—No, *zaychik* —dice suavemente—. *Los dos* deberíamos irnos a la cama. Y mañana, te casarás conmigo. Te parezca lo que te parezca.

26

CHLOE

ME DESPIERTO CON LOS OJOS CANSADOS, LA CABEZA palpitante y el cuerpo dolorido por todas partes. Ahogando un gruñido, intento ponerme de lado, solo para darme cuenta de que estoy sujeta en el sitio por un brazo pesado que me rodea el torso.

Mis venas se llenan de adrenalina, haciendo que la neblina del sueño se desvanezca y me doy cuenta de dónde estoy.

En la cama con Nikolai.

Se me corta el aliento, y vuelvo con cuidado la cabeza para mirarle. Solo lo había visto dormido una vez antes, la última vez que pasamos la noche juntos, y de nuevo me impacta lo hermoso y peligrosamente animal que parece en reposo, con sus pestañas negras como el carbón extendidas sobre sus pómulos marcados y la sombra de la barba creciente ensombreciendo las duras líneas de su mandíbula. El sueño no suaviza sus rasgos pronunciadamente esculpidos. Le dota de una clase de sensualidad salvaje, de un atractivo oscuro y primitivo.

Incluso ahora mismo, hay algo depredador, algo perverso en la forma en que sus sensuales labios se curvan, en la manera en que están ligeramente abiertos.

Cuando me doy cuenta de que estoy desperdiciando una oportunidad preciosa mirándole como una *grupie* deslumbrada, me escabullo con cuidado de debajo de su brazo y me acerco lentamente hasta la puerta, con el corazón golpeteándome en el pecho.

Necesito escaparme, aunque sea a mi propia habitación.

Necesito poner algo de distancia entre nosotros.

Anoche, al menos la parte final de la noche, es un borrón en mi mente, una maraña de sensaciones oscuramente sexuales y emociones desbocadas. Creo que me quedé tan anonadada por sus afirmaciones que entré en algún tipo de shock, y para cuando me recuperé ya estaba en su cama, con las muñecas sujetas por encima de mi cabeza y con él penetrando mi cuerpo dolorido pero perversamente dispuesto.

No recuerdo haber dicho que no, pero debí de hacerlo. No quiero creer que le dejé que me follara después de lo que me dijo... ni que me corrí varias veces más mientras él me poseía con una ferocidad desenfrenada una y otra vez.

Al menos, él utilizó condón todas esas otras veces. Si lo hubiésemos hecho a pelo ahora mismo yo estaría hiperventilando.

Llego a la puerta y vuelvo la cabeza para mirar. Gracias a Dios, sigue dormido. No sé cómo voy a enfrentarme a él... ni lo que voy a hacer con su amenaza de matrimonio. Y se trata de una amenaza. No tengo ni idea de cómo va a poder obligarme a decir que sí contra mi voluntad, pero sé que entra dentro de sus habilidades. Esa oscuridad que siempre había percibido en él está ahora dirigida hacia mí.

Como me dijo ayer, sobresale a la hora de hacer lo que haga falta para salirse con la suya.

Conteniendo el aliento, agarro el pomo de la puerta y lo hago girar, haciendo una mueca interna al escuchar el ligero clic que hace. Para mi alivio, él sigue durmiendo, así que yo saco mi cabeza al pasillo, asegurándome de que no hay moros en la costa, y luego echo a correr hacia mi habitación, ignorando la punzada de dolor de mi tobillo apenas curado.

Llego hasta allí sin incidencias y me voy directa a mi baño, donde me meto en la ducha y me froto con jabón, intentando lavar el recuerdo de sus ásperas caricias. Es fútil. Las marcas de su posesión están por todo mi cuerpo, tengo la piel arañada por su barba en una docena de sitios y los pezones doloridos por cuando los chupó y les clavó los dientes. Sin embargo, lo peor es el dolor en mis zonas más internas, un recordatorio de su insaciable ansia por mí... y de mi total incapacidad de resistirle, aun a la luz de la locura que se propone.

Cierro el agua y salgo del cubículo, respirando hondo varias veces para controlar mi creciente pánico.

Tal vez no lo dijese de verdad. Puede que solo estuviese disgustado porque yo rechazara su proposición, y cuando se despierte esta mañana se dará cuenta de lo prematura que fue.

Me contrató hace poco más de tres semanas, y hemos pasado la suma total de dos noches juntos. ¿Cómo puede estar seguro de que me quiere para toda la vida, de que yo soy de hecho la elegida?

Sin embargo, da igual lo que me diga, mi pánico se niega a calmarse. A pesar de lo que dije anoche, conozco a Nikolai. En el fondo, le conozco... y sé que no dice cosas que no quiere decir. Decidió que estábamos predestinados cuando yo llevaba aquí menos de una semana, y nada de lo que ha ocurrido desde entonces le ha convencido de lo contrario.

Y lo más aterrador de todo es que no afirma quererme...y no creo que lo haga. Lo que siente por mí es más bien una obsesión. Dando un respingo, recuerdo a Alina advirtiéndome sobre esto la noche en que fumamos hierba, diciéndome que su hermano no era mi caballero de brillante armadura.

«Los hombres Molotov no aman, solo poseen», me dijo, «y Nikolai no es una excepción».

Me enrollo una toalla en el pelo mojado y me quedo mirando mi reflejo en el espejo, notando la rojez hinchada en mis labios, todavía doloridos y rozados por sus besos. Cerca de mi clavícula hay un chupón y en mis caderas unas débiles marcas con la forma de unos dedos masculinos.

No, esto no es amor. Ni siquiera se le acerca.

Como mucho, es una fijación mutua. Porque incluso ahora, mientras estoy aquí de pie con aspecto de haber sido agredida, los recuerdos de cómo llegaron a mi cuerpo cada una de esas marcas me hacen palpitar por dentro.

Es mientras me visto que decido la mejor vía de actuación.

Alina.

Ella me ayudó una vez; quizás pueda hacerlo de nuevo.

Ni siquiera sé qué clase de ayuda tengo en mente... después haberme librado por los pelos de los asesinos, la idea de otro intento de fuga me atrae bien poco. Sin embargo, siento una chispa de esperanza cuando llamo a la puerta de su dormitorio y ella me abre vestida en su salto de cama. Antes de que tenga ocasión de disculparme por haberla despertado, ella mira a ambos lados del pasillo y me hace entrar rápidamente.

—¿Estás bien? —me pregunta, dando un paso atrás para mirarme de arriba abajo detenidamente. Sus ojos captan rápidamente mis labios hinchados y sus cejas oscuras se juntan—. ¿Es que Kolya ha...?

—No, no. Estoy bien. —Tengo la cara ardiendo, y agradezco que mi piel bronceada disimule mi sonrojo... y de que mi camiseta de cuello alto oculte el chupón—. Él no lo haría... todo ha sido consentido, créeme.

Ella deja escapar una bocanada de aire.

—Vale, bien. Me imaginaba que así era. Es que... mi hermano no está totalmente en sus cabales en lo referente a ti.

—No me digas —murmuro entre dientes.

Ella me oye igualmente, y su ceño regresa.

—¿Qué ha pasado? —Me agarra de una mano y me conduce hasta su cama sin hacer, donde me hace sentarme a su lado. Como acaba de despertarse, su rostro está sin maquillar, igual que aquella fatídica vez en que me acorraló en mi dormitorio, pero sus ojos verde jade están despejados, nublados tan solo por la preocupación—. ¿Qué ha pasado? Chloe, cuéntamelo. Por favor.

Respiro hondo, y me preparo para su reacción.

—Nikolai me ha propuesto matrimonio.

Cero respuestas. Ni siquiera un pestañeo.

¿Es que no me ha oído?

—Me ha pedido que me case con él —repito, en caso de que no hubiese quedado claro—. Ayer por la noche, me pidió que fuera su mujer.

Ahora sus largas pestañas aletean en sus ojos.

—Ya veo.

—¿Por qué no estás más sorprendida? —le pregunto, asombrada y más que un poco inquieta por su tranquila aceptación—. ¿Sabías que él iba a hacer esto?

—¿Saberlo? No. ¿Sospecharlo? Sí. —Suspira y se echa el pelo para atrás con una mano—. Desde el momento en que vi tus llaves en su cajón, me imaginé que aquí es a donde podría ir a parar todo esto. Pero por supuesto, Kolya no habla conmigo de esos asuntos, así que no puedo afirmar que lo supiera seguro.

Mi inquietud aumenta.

—No lo entiendo.

—Chloe... —Mirándome directamente a la cara, coge mis manos entre las suyas—. Mi hermano está obsesionado contigo. Vi señales de eso desde el primer día en que te contratamos pero pensaba, esperaba, que fuese solo una atracción pasajera por su parte, que solo fueses otra chica a la que se tirara y luego olvidara.

—Vaya, gracias.

—No es nada contra ti. Habría sido algo bueno, créeme. —Me aprieta las manos—. Mira, Nikolai es... es muy parecido a nuestro padre. Y a nuestro abuelo. Y por las historias que he oído, a otros hombres Molotov que les precedieron. Konstantin y Valery... ellos son un poco diferentes, pero Nikolai... es un Molotov de la cabeza a los pies.

—¿Y eso qué significa? —pregunto, frustrada—. ¿Que él es qué? ¿Propenso a pedir matrimonio después de conocer a una mujer durante solo un mes?

Ella menea la cabeza.

—Por lo que sé, jamás se lo había propuesto a nadie... ni se había obsesionado tanto con ninguna mujer. —Ella coge aire—. Tú eres la primera, y si tuviese que adivinarlo, la última. Que es como funciona a menudo con los hombres de nuestra familia. Nuestro padre vio a nuestra madre en una fiesta, la hizo caer a sus pies inundando a su familia de regalos y se casó con ella dos semanas después. Y su padre, nuestro abuelo, literalmente secuestró a nuestra abuela cuando ella tenía dieciséis años. Se la llevó del pueblo donde se la encontró trabajando en un campo con otras muchachas.

—Te estás quedando conmigo.

—Ojalá. —Su rostro es sombrío— Nuestra abuela falleció cuando yo tenía diez años, pero recuerdo las historias que me contó sobre su vida con mi abuelo, la forma en que él controlaba cada uno de sus movimientos y le exigía una absoluta obediencia. Ella era profundamente infeliz a su lado, pero como solo era una pobre chica campesina y él un hombre poderoso y bien situado, no había nada que pudiese hacer. Él no le permitiría dejarle.

Yo me la quedo mirando, mientras se me revuelve el estómago.

—¿Y tu madre? ¿También era infeliz?

Ella aparta las manos y su rostro se vuelve impenetrable.

—No al principio. No sabía la clase de hombre con el que se había casado... no hasta mucho después. Fue cuando lo descubrió que las cosas empezaron a complicarse y... —Se detiene y vuelve a respirar hondo —. En cualquier caso eso no es ni el aquí ni el ahora. Lo que digo es que Nikolai posee esa misma personalidad intensa y apasionada, una tendencia obsesiva que busca, y por fin encuentra, algo, alguien de lo que engancharse. Como nuestro padre y nuestro abuelo, es muy decidido a la hora de conseguir a la mujer que quiere, y te quiere a ti, Chloe. Y te tendrá, a cualquier coste.

No sé qué decir. Me la quedo mirando, sin habla, mientras ella añade suavemente:

—Además, no sé si lo habrás notado, pero hay algo de místico en Nikolai, en su creencia en la inevitabilidad del destino que ha heredado de nuestra abuela. Como ella creció en una pequeña aldea rural, era tanto religiosa como profundamente supersticiosa, y pasó mucho tiempo con Nikolai cuando él era pequeño. Probablemente él lo negaría, no se considera religioso en absoluto, pero ha absorbido muchas de sus creencias, incluyendo su actitud acerca de nuestra familia y de cómo nuestra misma sangre lleva la maldad dentro... lo inevitable de que nuestro padre, su hijo, resultara ser así.

Yo trago saliva.

—¿Que es cómo? —Y lo que es más importante, ¿ha salido Nikolai del mismo modo?

Los labios de Alina se hacen más finos.

—Eso da igual. Ahora estamos hablando de Nikolai.

—Y de mí. Alina... —Es mi turno de cogerle las manos—. ¿Qué hago? Ya le he dicho que no puedo casarme con él, pero él no atiende a razones. Insiste en que vamos a casarnos hoy.

Su cara por fin muestra un atisbo de sorpresa.

—¿Hoy?

—¡Sí, hoy! —Suelto sus manos y rebajo mi tono—. Mira, puede que me esté poniendo histérica por nada. No sé cómo podría él a obligarme a casarme... no estamos en la Edad Media. Pero por si acaso, ¿podrías hablar tú con él y hacerle entrar un poco en razón? ¿O ayudarme a averiguar cómo hacerlo yo?

Ella inclina la cabeza, con sus ojos color jade resplandecientes.

—Entonces, solo para que yo lo entienda: ¿tú no quieres casarte con él?

Yo pestañeo.

—Por supuesto que no. Es decir... hace menos de un mes que le conozco.

—Pero le deseas, ¿verdad? Lo de anoche y lo de aquella otra vez...

—Eso es diferente. —Vuelve a arderme la cara—. Eso es simplemente biológico. Es un hombre muy atractivo y...

—Entonces, para ti ¿solo se trata de sexo?

Abro la boca para decir que sí pero la palabra se niega a salir.

—Ya veo. —El brillito en sus ojos se intensifica—. ¿Le quieres?

—Yo... —Trago saliva para librarme de la súbita sequedad de mi garganta—. No lo sé. ¿Importa eso? Aun así no puedo casarme con él. Él es... es decir, él no es...

—¿Lo que te habías imaginado como marido? —dice ella cuando dejo de hablar. Una sonrisa traviesa curva sus labios—. ¿Sabes? La mayoría de las mujeres saltarían de cabeza ante la ocasión de casarse con un hombre rico y guapo que estuviese loca por ellas.

—¿Lo harías tú? ¿Saltar de cabeza ante la ocasión de casarte con alguien como tu hermano?

Sus rasgos se tensan y la sonrisa se borra de su cara.

—No estamos hablando de mí. —Se levanta de golpe y se acerca a grandes zancadas hasta la ventana, con la espalda tiesa como un palo de escoba, mientras mira las montañas lejanas.

Confusa, me acerco a reunirme allí con ella. No tengo ni idea de qué le habrá disgustado, pero está claro que algo lo ha hecho. Cautelosamente, le toco en el hombro.

—Oye, yo...

Ella se vuelve hacia mí con el rostro recompuesto de nuevo.

—Escúchame, Chloe. Tienes motivos para asustarte. Si mi hermano dice que hoy vas a casarte con él, eso es lo que va a ocurrir. No sé exactamente cómo, pero tiene muchos recursos. Si de verdad no es lo que tú quieres que pase, tu mejor opción es retrasar la boda.

—¿Retrasarla? Pero...

—Retrasarla —dice ella con firmeza—. Negarte en redondo no funcionará... solo hará que él esté más decidido. Así que tendrás que decir que sí y luego averiguar una manera de imponerle algunas condiciones. Tal vez que siempre habías soñado con un sitio donde querías casarte en particular, o con un vestido especial, o con tener a tus compañeras de la universidad como damas de honor. Puede que él te lo conceda, o puede que no. Sea como sea, vale la pena intentarlo.

Yo me la quedo mirando, con el pulso acelerándose. Ella tiene razón: he enfocado esto de forma incorrecta. Anoche, hasta que le dije a Nikolai la verdad, que no creía que la cosa pudiese funcionar entre nosotros a largo plazo, parecía dispuesto a razonar, más interesado en persuadirme que en doblegarme para que cumpliese su voluntad.

Tal vez si accedo a casarme con él en algún momento del futuro, podamos volver a una dinámica más sana, recuperar la forma en que eran las cosas.

—Siento no poder ser de más ayuda —dice Alina, y me queda claro que es sincera—. Cualquier cosa que yo le dijera sería contraproducente. Es mejor que tú misma hables con él.

—No, esto ha sido de gran ayuda, gracias. —Me doy la vuelta para marcharme cuando se me ocurre una cosa. Esperanzada, me giro hacia ella—. Tú no tendrás una píldora del día después, ¿verdad? Hubo un pequeño... lapsus de memoria por nuestra parte anoche.

Ella se queda inmóvil, pestañeando. Cuando vuelve a hablar, su voz suena extraña.

—No, me temo que no tengo nada por el estilo. Y Chloe... es posible que te convenga pensar en una táctica dilatoria realmente buena. ¿Recuerdas lo que te dije sobre mi hermano y los accidentes? Lo mismo se aplica a los lapsus de memoria.

Yo me la quedo mirando, mientras se me revuelve el estómago.

—¿Quieres decir...?

—Me suena a que está empecinado en atarte a él... y que está cubriendo ya todas las bases.

27

NIKOLAI

Me despierto con una inquietante sensación de *déjà vu*. Aun antes de darme la vuelta y palpar las sábanas frías y vacías a mi lado, sé que Chloe no está aquí.

Puedo sentir su ausencia en lo más hondo de mi ser.

La lógica me dice que no es posible que se haya fugado otra vez, los guardias tienen órdenes estrictas de no dejarla salir de la finca, pero aun así, mi corazón me golpetea con fuerza en el pecho cuando salto de la cama y me visto a velocidad militar.

Tengo que encontrarla. Ya.

Antes de que pueda salir del cuarto, un rápido movimiento fuera capta mi atención. Me acerco hasta la ventana y una oleada de alivio me inunda.

Son Chloe y Slava, de pie junto al borde del camino de entrada, mirando hacia el puñado de árboles del lateral. Cuando miro más atentamente, distingo una bola gris y marrón de pelo delante de ellos: un conejo silvestre. También veo una zanahoria larga y delgada en la mano de mi hijo.

El alivio se confunde con una nueva sensación, puramente incandescente. Una clase de calidez que resplandece y rellena cada resquicio de mi pecho. Mi hijo y mi futura esposa... parece tan bueno, tan perfecto.

Tan completamente jodido.

No me lo merezco. En lo más hondo, lo sé. Un hombre como yo no debería experimentar esta clase de felicidad, disfrutar algún tiempo de la auténtica alegría. Y Chloe ciertamente no me merece. La sangre que corre por mis venas es veneno puro, mi naturaleza despiadada hasta la médula. Un hombre mejor la habría dejado marchar hace tiempo, protegiéndola de sus partes más oscuras, en vez de agarrarse a este espejismo de felicidad con las dos manos.

Pero yo me estoy agarrando. Porque soy un monstruo egoísta. Porque cuando anoche por fin la tuve entre mis brazos, supe que es ahí donde debía estar. Y supe que no era suficiente con solo tenerla allí.

Necesito que el mundo sepa que ella es mía, que me pertenece tan solo a mí.

Me permito observarlos a ella y a Slava un rato más, disfrutando de la felicidad no merecida, de unos momentos robados de alegría sencilla. No sé cómo he conseguido refrenarme todo este tiempo, como he logrado contenerme y concederle a ella su indulto temporal de dos semanas. Ahora que he vuelto a tenerla, no me imagino pasar otra noche sin ella, no puedo ni intentar volver a ponerle la correa a la bestia.

Ella no quiere casarse conmigo. Pues vale. El fuego ardiente de la rabia y el dolor causados por su rechazo sigue ahí, pero se ha enfriado ligeramente y se ha fraguado en una sombría determinación.

Ya es hora de que Chloe comprenda con quién está tratando. De una u otra manera, ella llevará mi anillo en el dedo.

Esta noche, se convertirá en mi esposa.

28

CHLOE

Consigo pasar la mañana a base de pura fuerza de voluntad, y darle a Slava las lecciones con una sonrisa a pesar de la ansiedad que me está destrozando los nervios. Me ayuda el que Nikolai no aparezca en el desayuno, y que en vez de eso se encierre en su oficina con Pavel. De hecho, no le veo en absoluto excepto brevemente en el pasillo, cuando él pasa por mi lado a grandes zancadas sin más que un repaso lujurioso con los ojos y murmurando: «disculpa, *zaychik*».

Es como si lo de anoche no hubiese ocurrido, como si mi cuerpo no llevase las marcas de su posesión ni mi estómago estuviese hecho un nudo mientras intento reunir el valor para enfrentarme a él.

No es hasta las once cuando la primera señal de los cambios que están por venir se manifiesta. Para entonces, mis esperanzas de que Nikolai haya cambiado de idea y que su amenaza sea papel mojado se han acrecentado. Pero no. Entro en mi cuarto para encontrarme a Lyudmila en mi vestidor, cogiendo pilas de vestidos con sus colgadores y pasando con ellos por mi lado sin mediar palabra.

—¡Oye! —Me apresuro tras ella mientras ella camina rápido por el pasillo—. ¿Qué está pasando?

Ella me mira de reojo mientras la alcanzo.

—Te mudas hoy. Al cuarto de Nikolai, ¿no?

—¿Qué? ¡No! ¡Dame eso! —Intento quitarle las prendas pero ella demuestra ser sorprendentemente ágil. Me dribla y entra como una flecha en el cuarto de Nikolai. Emerge treinta segundos después y se dirige directa hacia mi habitación.

Joder.

Corro tras ella.

—No. Déjalo estar.

Ella no me escucha, agarra otra pila de ropa y me empuja para pasar, con su cara de matrioska carente de cualquier expresión.

—Si tú en medio, traigo a Pavel y me ayuda.

Maldición.

Rebosante de furia, doy un paso atrás y la dejo hacer su tarea. La alternativa, pelearme físicamente con ella y con esa montaña que tiene por marido sería inútil y estúpida. ¿Qué más da donde esté mi ropa? Es lo que este traslado significa lo que realmente importa.

Nikolai me está quitando mi habitación, mi espacio privado... mi único refugio de él.

No puedo retrasar más enfrentarme a él. Si no quiero convertirme en su mujer hoy, tengo que actuar.

Dejo a Lyudmila que haga lo que quiera con mi

vestidor, me acerco hasta el despacho de Nikolai y llamo a la puerta con decisión.

—¿Sí?

—Soy Chloe. —Mi voz es ronca y furiosa, y mi enfado ha hecho arder cualquier tipo de cautela.

La puerta se abre y aparece el cuerpo enorme y de anchos hombros de Nikolai. Él apoya un antebrazo musculoso en el dintel por encima de su cabeza y me recorre todo el cuerpo con una mirada penetrante como un rastrillo. Cuando sus ojos regresan a mi cara, tienen un tinte dorado brillante de depredador.

—¿Qué pasa, *zaychik*?

—Tenemos que hablar.

Él da medio paso hacia atrás, y sus labios sensuales se curvan con un oscuro regocijo.

—Entra, entonces.

Sigue estando a medias en el umbral, así que no tengo otra elección que empujarle para pasar. Mi hombro le roza el pecho musculoso y yo capto un leve aroma de bergamota y cedro, mezclado con el tentador almizcle de la cálida piel masculina. Un calor familiar me abrasa las venas, y mis entrañas se suavizan y se vuelven líquidas a pesar de la furia que ruge en mi pecho.

Puta biología. Es lo último que necesito.

Aprieto los dientes y me dirijo hacia la mesa redonda, donde me dejo caer en una silla con los ojos desafiantemente clavados en su rostro. Me niego a permitir que mi cuerpo dirija mis actos, que mis necesidades sexuales decidan mi destino.

No pienso casarme con este hombre hermoso y amoral si puedo evitarlo. Da igual como responda a él en la cama.

—Así que... —Él se apoya hacia atrás, entrelazando sus largos dedos sobre su pecho. Su voz es seda cepillada cuando dice suavemente—: Querías hablar.

He tenido toda la mañana para pensar en la mejor manera de enfocar esto, pero aun así me encuentro sin saber qué decir y con mis pensamientos hechos un batiburrillo caótico. En parte, es por la forma en que me está mirando, con esa media sonrisa cínica y burlona, como si hubiese podido ver el futuro y ya supiera exactamente lo que voy a hacer y decir. Pero sobre todo, es por la fría determinación que percibo en él. Los argumentos que he ensayado me parecen de repente inadecuados, la mera premisa de regatear con él profundamente errónea.

—¿Cómo planeas hacerlo? —suelto por fin. No es como pensaba empezar, pero tengo que saber lo que me espera si fracaso—. ¿Cómo vas a poder hacer que me case contigo contra mi voluntad?

Los músculos alrededor de sus ojos se tensan, aunque su sonrisa sigue presente en sus labios.

—¿Contra tu voluntad? ¿Es esa la mentira que te estás contando, *zaychik*? ¿Que es a la fuerza?

La sangre corre hasta mi cara, y la furia se combina con una vergüenza carente de lógica.

—¿Qué es lo que dices?

—Te digo que te estoy haciendo un favor. —Su sonrisa se hace más pronunciada—. Las decisiones pueden suponer una gran carga, especialmente cuando tus ideas de lo que está bien y mal entran en conflicto con tus deseos reales.

Mis uñas se clavan en las palmas de mis manos.

—Yo *no* quiero casarme contigo. Me lo pediste y te dije que no, ¿recuerdas?

—Oh, sí lo hago. —Se sienta derecho de golpe y la sonrisa desaparece de su cara—. Algunas cosas están destinadas a ocurrir. Algún día tú lo verás y me estarás agradecida, *zaychik*. Por el momento, haré lo que tengo que hacer.

—¿Que es qué? ¿Hacer que venga alguien que pueda oficiar una ceremonia? ¿Y luego qué? ¿Cómo conseguirás que yo diga que sí?

Él no me contesta. Solo se echa para atrás en su asiento con una expresión inescrutable, y mi imaginación da un salto.

Le miro horrorizada y acierto a decir:

—Vas a drogarme, ¿verdad? Ese es tu plan.

29

NIKOLAI

Qué lista es mi *zaychik*. Me conoce, da igual lo que ella diga.

El pequeño vial ya está en mi escritorio, con el líquido del interior preparado para meterlo en una jeringuilla y ser inyectado en sus venas. Es la composición más suave y menos agresiva de uno de nuestros fármacos especiales. La dosis es apenas suficiente para desdibujar un poco la realidad y rebajar el nivel de inhibiciones de una persona.

Cuando se lo dé a Chloe, será consciente de todo lo que pasa, pero no se opondrá... porque en el fondo, ella también desea esto.

A estas alturas, yo también la conozco.

Que es por lo cual no estoy sorprendido cuando ella coge aliento y endereza sus esbeltos hombros en vez de suplicar o de llorar.

—De acuerdo —dice, con la voz solo un poco

temblorosa—. Tú ganas. Pero para que lo sepas, jamás te lo perdonaré si lo haces. Envenenará todo lo que haya entre nosotros... igual que los actos de tu abuelo arruinaron cualquier posibilidad que pudiese tener su matrimonio.

Puta Alina. Tendría que habérmelo esperado, pero las palabras de Chloe me atraviesan como un arpón, penetrando hasta dentro y clavándose directamente en mi corazón.

Me inclino hacia adelante, y mi tono se hace más severo.

—No me dejas otra elección.

—No. Tú estás intentando de no dejarme *a mí* otra elección. —Ella se echa para adelante también, mirándome furiosa desde el otro lado de la mesa—. El asunto de no ponerte el condón... eso fue a propósito, ¿verdad? En realidad no se te olvidó.

Yo le sostengo la mirada, y el fogonazo de furia se enfría a la vez que un dolor peculiar me aprieta el pecho. ¿Tiene razón? En ese momento no me pareció una decisión consciente, más bien una directiva primordial, un impulso abrumador de estar dentro de ella sin ningún tipo de barreras. El condón ni siquiera entró en la ecuación; fue como si mi mente hubiese bloqueado la existencia de tales medidas de protección, y más todavía de la necesidad de usarlas.

No quiero tener más hijos... o al menos creía no quererlos. Entonces vi mi semilla en los muslos de Chloe, y toda suerte de imágenes tentadoras inundaron mi mente; de Chloe engordando con nuestro hijo, de ella amamantando un bebé gordezuelo... de nosotros jugando con un niñito de ojos castaños con una brillante sonrisa que iluminase la habitación.

Fue como un montaje de algún puto telefilm navideño, salvo porque me dolió por dentro.

Haciendo un esfuerzo, abandono esa línea de pensamiento. Actuase conscientemente o no, eso da igual. El resultado es el mismo sea como sea.

Obligo a mis hombros a relajarse, me reclino hacia atrás y estudio los rasgos tensos de Chloe.

—Dime una cosa, *zaychik*... ¿qué haría falta para que tú aceptases nuestro matrimonio y fueses feliz? ¿Para que nosotros evitásemos el destino de mis abuelos?

Ella es demasiado lista, demasiado precavida para venir hasta aquí solo para castigarme. Hay algo que persigue, algún tipo de meta que espera alcanzar, y sospecho que sé lo que es.

Me mira fijamente un par de largos segundos, y siento la lucha interna que se desata en su mente. ¿Seguir presionándome con el asunto del condón o cambiar de tema y seguir con sus planes ocultos?

Debe decidirse por una combinación de las dos cosas, porque se sienta más derecha y dice:

—Bueno, en primer lugar, a menos que yo quiera y hasta que yo acepte tener un niño, quiero que siempre usemos protección. De hecho, quiero que me consigas píldoras anticonceptivas desde ya, y que me hagas llegar una píldora del día después hoy mismo.

—Hecho —le digo, reprimiendo un súbito e irracional sentimiento de decepción.

En realidad, es para bien. Otro Molotov es lo último que necesita este mundo. No sé lo que me pasó anoche, pero pretendo controlarme mejor en el futuro. De hecho, estuve usando condones el resto de la noche, así que achacaré lo que pasó a un lapsus momentáneo del sentido común.

Chloe parpadea, claramente sorprendida por lo fácil que ha sido hacerme acceder.

—Vale. Bien. Entonces, ¿qué tal si discutimos sobre la fecha de la boda? Creo que el verano que viene debería...

—No. —No pretendía presionarla con lo del matrimonio, pero ahora que he seguido esta vía, no puedo imaginarme esperando ni un día más. Por impaciente que haya estado por tenerla en mi cama, no es nada comparado con el ardiente impulso que siento por amarrarla. No estaba pensando en proponerle matrimonio hasta dentro de varias semanas, cuando me hubiese encargado ya de Bransford, pero todo cambió en el preciso instante en que vi mi semilla sobre ella y vi que podía haberla dejado embarazada. En ese momento, ponerle un anillo en el dedo se convirtió en mi principal prioridad... y lo sigue siendo, sin importar si va a haber un niño o no.

La mera posibilidad de que suceda me hizo darme cuenta de que nada servirá que sea menos que convertirla en mi esposa.

Chloe coge aire instintivamente.

—Pero...

—No. La elección del momento es innegociable. —Sé que no estoy siendo razonable, pero no puedo ceder en esto, y no lo haré. Algo irracional dentro de mí está convencido de que si no consigo que esto suceda ahora, la perderé. Que tengo que agarrarme a esta esperanza de felicidad, por ilusoria que pueda ser.

Ella aprieta los puños y unas manchas más oscuras aparecen en sus mejillas.

—Creía que querías que esto funcionara, que fuésemos felices de verdad en este matrimonio.

—Lo hago... y lo seremos. Pero primero, tiene que haber un matrimonio. Y para eso, tiene que haber una boda... que es lo que va a haber hoy a las cinco.

—¿Esta tarde? —Su voz se hace más aguda—. ¿Te das cuenta de la clase de locura que a lo que suena eso?

Sonrío lúgubremente.

—No estar loco está sobrevalorado, *zaychik*. ¿Qué persona que esté en sus cabales es feliz? En cualquier caso, tú no necesitas estresarte con respecto a los preparativos. Todo está arreglado.

Durante unos segundos, ella solo me mira fijamente, con la respiración entrecortada; luego echa la silla hacia atrás y se pone de pie de golpe.

—¿Y qué pasa con lo que yo quiero? ¿Lo que necesito para aceptar este matrimonio?

—Dime qué es y yo haré lo que pueda para conseguirlo... siempre que no suponga un aplazamiento. —Me pongo de pie también, doy la vuelta a la mesa y cojo su barbilla delicadamente cincelada, levantando su cara para ver su expresión de rebeldía—. Dime, *zaychik*. ¿Qué puedo hacer para hacerte feliz? ¿Qué es lo que necesitas?

Ella me agarra por la muñeca con los ojos nublados por emociones turbulentas.

—Necesito que no me obligues a hacer esto.

Sonrío e inclino la cabeza para besar el frágil cartílago de su oreja y mi cuerpo se tensa al olfatear su aroma de flores silvestres.

—No, *zaychik* —murmuro cuando noto que ella tiene un escalofrío—. Eso es precisamente lo que necesitas.

Alguien tan inocente como ella jamás aceptaría a un hombre como yo sin preocuparse sobre cómo eso compromete su moral impuesta por la sociedad ni sentir al menos algún tipo de culpa.

Pretendía decir lo que he dicho. A mi manera egoísta, le *estoy* haciendo un favor. De esta forma, puede fingir que no quiere esto, que me está aceptando contra mi voluntad.

La delicada línea de su garganta se deforma un instante cuando ella traga saliva. Entonces inhala bruscamente, apartándose de mí. Sus ojos son todavía más oscuros cuando se encuentran con los míos, sus rasgos tensos.

—En ese caso —dice, vacilante—, tengo dos condiciones más. Si puedes cumplirlas, hoy a las cinco me casaré contigo, sin que haga falta ninguna droga.

Intrigado, inclino la cabeza.

—Continúa.

—Primero, quiero que me cuentes lo que pasó exactamente con tu padre. Y segundo... —su voz se quiebra—. Quiero que me prometas no matar al mío. Quiero que Bransford pague, pero no de ese modo.

30

CHLOE

La mandíbula de Nikolai se vuelve de piedra y unas nubes volcánicas se arremolinan en sus ojos. Con una voz peligrosamente neutra, dice:

—Puedo cumplir lo primero, pero no lo segundo. Bransford es una amenaza para ti mientras siga vivo.

—No si se le desenmascara y la gente sabe lo que es. Puedo hacer públicos mis resultados de ADN; con esa clase de pruebas, los medios tendrán que escuchar.

No sé cómo se me ha ocurrido la idea de hacer este pacto a lo Fausto con Nikolai, y en qué momento decidí que ya que no hay forma de evitar perder la batalla del matrimonio, al menos claudicaré de acuerdo con mis propias condiciones. Esos dos asuntos, averiguar la verdad sobre el pasado de Nikolai y hacer que deje vivir a Bransford, son igualmente importantes para mí y necesito valerme de la poca ventaja de que disponga.

Bransford debe pagar por sus crímenes, pero no quiero su sangre en las manos de Nikolai ni, por extensión, en mi conciencia.

—¿Los medios? —Los labios de Nikolai se retuercen—. Comprendes lo que eso supondría, ¿no, *zaychik*? Se lanzarán sobre ti igual que una bandada de gaviotas hambrientas. Cada pedacito de tu vida será diseccionado, la muerte de tu madre y todo lo de tu pasado se analizará con nauseabundo detalle. Nunca volverás a tener un instante de paz. Y mientras que el escándalo probablemente torpedeará la carrera política de Bransford, no hay garantías de que vaya a la cárcel por la violación de tu madre. Es posible que ese delito haya prescrito.

—También es culpable de encargar su asesinato.

—Sí, pero buena suerte demostrando eso con los asesinos fuera de escena.

Maldición. Tiene razón. En mi precipitación por pensar en una alternativa a matar a Bransford, no había pensado en eso último. No tengo ni idea de lo que hizo Nikolai con los cuerpos de los asesinos, pero sea como sea, los muertos no pueden testificar sobre la identidad de quien les ha contratado. Lo que es peor, conducir a las autoridades hacia las tumbas de los asesinos, o tan solo revelarles el incidente del bosque, podría traerle a Nikolai todo tipo de problemas. Lo último que necesito es que le arresten por protegerme a mí... o que todos los medios le persigan, que es algo inevitable que hagan si estamos casados.

Como es necesario que Slava permanezca oculto de la familia de su madre, no puedo sacar a la luz mi relación con Bransford. La idea misma es una imposibilidad.

Sin embargo, no estoy preparada para darme por vencida.

—¿Y si no fuese yo? Apuesto a que habrá otras mujeres aparte de mi madre a quienes les habrá hecho lo mismo, otras chicas de las que habrá abusado en algún momento. Los hombres como ese tienden a tener un modus operandi concreto, así que tal vez podamos encontrar a sus otras víctimas y...

—¿Encontrarlas cómo? —El tono de Nikolai se hace menos severo—. Entiendo lo que estás tratando de hacer, *zaychik*, créeme, pero aunque hubiese algunas víctimas oportunamente rondando por ahí, podría llevarnos meses o años encontrarlas y persuadirlas para que le denunciaran a la policía. En ese punto, puede que él ya sea el presidente de los Estados Unidos, y hacerle caer requeriría de un esfuerzo infinitamente más grande. Entretanto, él seguiría tras de ti... y potencialmente, también creando otras víctimas. ¿Has considerado ese punto? Si de hecho tiene un gusto por las adolescentes poco dispuestas a estar con él, entonces cada minuto que siga vivo no solo supondrá una amenaza *para ti*. Sacándole de escena, le estaría haciendo al mundo un favor.

Uf. Me doy la vuelta y me froto la frente. Vuelve a tener razón, pero no puedo aceptar que el asesinato sea la única salida. Tiene que haber alguna otra cosa que podamos hacer. Hasta aceptaría algo de dudosa legalidad como el chantaje o...

Giro sobre mis talones y vuelvo a mirarle.

—¿Y si no hiciera falta que tuviésemos que encontrarlas, a las víctimas? ¿Y si las creásemos nosotros mismos?

Las oscuras cejas de Nikolai se arquean y su mirada se ilumina con un atisbo de regocijo.

—¿Estás sugiriendo que paguemos a varias mujeres para que le acusen? ¿A fabricar evidencias falsas? ¿No encuentras eso poco ético y mal hecho?

—No cuando la alternativa es matarle. Además, no es como si fuera inocente.

—No —dice Nikolai con tono neutro, sin pizca del humor anterior—. No lo es.

—¿Entonces es eso un sí? —Doy un paso para acercarme a él y le miro esperanzada—. ¿Podemos probar eso, ver si funciona?

Él aparta un mechón de pelo de mi cara.

—No, *zaychik*. Las acusaciones falsas no funcionarán.

—Pero...

—Si vamos a crear víctimas, tendrían que ser reales... o al menos las pruebas deberían serlo.

Yo le miro, pestañeando.

—¿Qué quieres decir?

—Tengo una idea, pero quiero que Valery me diga lo que piensa.

Una bombilla se enciende en mi cabeza.

—¿Estás hablando de Masha? —Tenga la edad que tenga el «activo» de su hermano, podría pasar fácilmente por una adolescente, así que si la ponemos al alcance de Bransford...

—Exacto. —Nikolai se acerca a su mesa y abre el portátil. Yo observo con el alma en vilo cómo sus largos dedos bailotean sobre el teclado, enviando rápidamente un mensaje.

Tal vez esté vendiendo la piel del oso antes de matarlo, pero parece que le he convencido. Cree que esta idea vale la pena.

—Vale —dice después de un minuto, cerrando el portátil—. Vamos a ver lo que opina Valery, y si Masha estaría dispuesta a alterar el plan actual.

—¿Que es cuál?

La curva de sus labios tiene un atisbo de ironía.

—Digamos que la primera parte no es demasiado distinta.

Yo pestañeo.

—¿Ella iba a seducirle?

—Lo suficiente para que la invitase a comer.

Y entonces ella iba a darle lo que fuese que resultaría en ese «defecto cardíaco» fatal.

Haciendo lo que puedo por mantener un tono sereno.

—Vale, entonces debería ser fácil, ¿verdad? Tal vez pueda llevar un poquito más lejos su seducción y hacer algunas fotos comprometedoras. O...

—No te preocupes por los detalles, *zaychik*. —Da la vuelta a su mesa y se detiene delante de mí. Sus ojos son del tono más oscuro de ámbar cuando me mete otro mechón de pelo detrás de la oreja—. Tu único trabajo hoy es elegir tu vestido.

31

CHLOE

Nikolai se equivocaba. No se trata solo del vestido. Después de comer, una manada de gente elegantemente vestida invade la casa, trayéndose con ellos unos grandes almacenes enteros, desde zapatos hasta accesorios para el pelo. Alina les dirige a todos con rápida eficiencia y antes de que me dé cuenta, me han hecho la cera, las cejas y me han perfumado, peinado y maquillado a la enésima potencia.

Para cuando llegamos por fin a la selección del vestido, me parece como si hubiese sido sometida a alguna forma leve de tortura, y todo adopta un aire surrealista. El día de mi boda. Solo esas palabras ya parecen algo sacado de un libro o de una película, un relato de ficción protagonizado por una chica que no puedo ser yo.

El matrimonio nunca ha sido mi sueño. No como lo es para algunas mujeres. Era solo algo que imaginé que ocurriría en el futuro si conocía a la persona adecuada y las estrellas se alineaban correctamente. Digamos, si los dos estuviésemos bien asentados en nuestras carreras respectivas, nos gustasen la familia y los amigos del otro y tuviésemos montones de intereses en común. También si teníamos la edad adecuada, que para mí es, como pronto, los veintimuchos.

Nunca me imaginé casándome a los veintitrés. Y ciertamente, tampoco con un mafioso ruso. Porque eso es lo que es Nikolai, acepte él o no esa etiqueta. Los Molotov se disfrazan con los adornos de la alta sociedad, pero en el fondo, Nikolai y sus hermanos son unos salvajes, tan violentos y amorales como cualquier capo de un cartel.

La idea de unir mi vida a un hombre así debería aterrorizarme, pero en vez de eso me siento insensible, tan sobrepasada que todo me parece ruido de fondo. Hace menos de dos meses, mi única preocupación era encontrar un empleo después de mi graduación y luego mi vida se salió tanto de madre que nada de lo que está ocurriendo hoy me parece tan espantoso ni extraño.

O tal vez esa sea una mentira que me estoy contando para poder sobrevivir a este día. Tal vez la enormidad de esto me golpee más tarde, cuando esté mejor preparada para procesarlo.

Los vestidos que me muestran son alucinantes, cada uno de ellos una obra de arte. Son catorce en total, y Alina me hace probármelos todos antes de declarar que el número siete, un modelo en color marfil con cola de sirena y sin hombros es el elegido.

No sé si estoy de acuerdo con ella, para mí todos los vestidos parecen directamente salidos de un cuento de hadas, pero estoy agradecida por tener su guía. Piense lo que piense de lo que está sucediendo hoy, se ha hecho cargo, sirviendo de enlace con la manada invasora por mí. Gracias a ella, no tengo que tomar ninguna decisión complicada, tal como el color de la sombra de ojos que me pongo; ella les dice lo que han de hacer conmigo y cómo, y yo solo tengo que sentarme ahí como una muñeca zombi mientras ellos lo hacen todo, incluyendo aplicar un poco de corrector en mi cuello para ocultar el chupón y el resto de las marcas del sexo con Nikolai.

Cuando estoy lista del todo, son casi las cinco, y al mismo tiempo que la manada se marcha, dos nuevos coches llegan. En uno hay dos personas con un equipo de cámaras de aspecto sofisticado, mientras que en el otro viene un hombre delgado de mediana edad con un traje negro y un alzacuellos blanco.

—Un oficiante no adscrito a ninguna religión en concreto —me explica Alina, reuniéndose conmigo al lado de la ventana—. Él llevará a cabo la ceremonia.

La ceremonia, vale. Mi corazón da un salto de pánico y una parte de mi insensibilidad se desvanece. Esto *es* real. Está ocurriendo. Una boda de verdad, con un vestido elegante, un cura y un equipo de fotógrafos/cámaras. No tengo ni idea de cómo habrá conseguido Nikolai organizar todo esto en tan breve plazo, pero cuando tienes dinero suficiente para andar derrochándolo por ahí, no tienes que preocuparte por asuntos tan plebeyos como reservar con antelación a profesionales muy buscados.

—¿Dónde está Slava? —pregunto, dándome cuenta demasiado tarde de que no he visto al chico desde nuestras lecciones de la mañana—. ¿Estará también en la ceremonia?

Alina asiente.

—Lyudmila ha estado manteniéndolo escondido, ya que cuanta menos gente sepa de su presencia aquí, mejor. Pero Nikolai quiere que esté en la boda y en las fotos, así que ha tomado las precauciones apropiadas con el cura y el equipo de fotografía.

—¿Precauciones? ¿Algo así como acuerdos de confidencialidad? Espera, pensándolo mejor no lo quiero saber.

Él me lanza una sonrisa deslumbrante.

—Muy inteligente por tu parte. Pero sí, un acuerdo de confidencialidad está incluido, creo. Junto con otras medidas más serias.

Mi corazón da otro salto y luego se lanza a un galope descontrolado. La realidad se me está echando encima, deprisa, y con ella, una sensación de pánico.

¿Qué estoy haciendo? ¿Por qué he accedido a esto? ¿Cómo sé que Nikolai mantendrá su lado del trato? Todavía no me ha contado lo que pasó con su padre... aunque para ser justos, con todos los preparativos de la boda, tampoco hemos tenido demasiado tiempo para hablar. Lo cual es un problema en sí mismo. Todo está sucediendo demasiado deprisa, todas las decisiones se han tomado por mí, todas las implicaciones son enormes. Por una parte, empiezo a darme cuenta de que al casarme con Nikolai no solo obtengo un marido, sino también un hijo.

Voy a ser la madrastra de un niño de cuatro años.

Debo de tener pinta de asustada porque Alina me coge las manos y me las aprieta.

—Respira. Todo irá bien. Solo vívelo minuto a minuto.

Ese es un buen consejo. Es lo que mamá me decía siempre: solo céntrate en el paso siguiente, en la cosa siguiente que tiene que suceder. Nadie tiene una bola de cristal en lo que respecta al futuro lejano así que no tiene sentido adelantar demasiado los acontecimientos. En cualquier caso, convertirme en la madrastra de Slava es lo que menos me asusta de todo este asunto, puesto que ya quiero a ese niño, y no puedo imaginarme no tenerlo en mi vida.

Respiro hondo para calmar mis latidos frenéticos.

—Gracias. Probablemente debamos ir bajando antes de que Nikolai venga a buscarnos. —Doy un paso atrás y le echo un buen vistazo a su vestido de colores marinos—. Por cierto, estás espectacular.

La sonrisa de Alina vuelve.

—¿Yo? Tú eres la deslumbrante novia.

Puede que ese sea el caso, pero ella me eclipsa, como siempre. Cualquier día normal, la hermana de Nikolai podría pasar por una estrella de las que cruzan la alfombra roja, pero cuando hace un esfuerzo extra con su pelo y su maquillaje, como ha hecho hoy, su belleza es casi irreal. Si viese una foto suya así, estaría segura de que alguien se había matado con el Photoshop, y la había mejorado con toda suerte de filtros. Pero sin embargo aquí está ella, de pie a mi lado, tan real como es posible serlo.

—¿Tienes a alguien allá en Rusia? —pregunto, impulsivamente—. ¿Un novio o algo así?

A pesar de nuestra floreciente amistad, Alina ha mantenido la boca cerrada tanto en lo referente a eso como en el tema de su familia, y no puedo evitar preguntarme por qué. Yo se lo he contado todo sobre mis exnovios, pero ella nunca me ha correspondido con las mismas historias de su cosecha.

Si no supiese que no es el caso, pensaría que no ha tenido demasiadas citas.

—¿Un novio? —Su carcajada suena forzada—. No. Nada por el estilo.

Y estamos de vuelta en la casilla de inicio.

—¿Por qué no? —pregunto, incapaz de dejarlo estar. Centrarme en la vida amorosa de Alina es tremendamente más preferible a mortificarme sobre a dónde se dirige la mía—. Seguramente...

—Deberíamos bajar —dice ella, volviéndome la espalda—. Vamos, antes de que lleguemos tarde.

32

NIKOLAI

—Slavochka... —Me agacho delante de mi hijo—. Tengo que hablarte de algo.

Él me mira sin pestañear, con la inquietud patente en su rostro. No puede haber evitado notar toda la gente entrando y saliendo de la casa y sé que se ha estado preguntando qué es lo que pasaba. Lyudmila me dice que la ha estado acribillando de preguntas toda la tarde... preguntas que ella ha evitado responder, porque imaginaba que yo debería ser quien le diese la noticia.

—No es nada malo —le digo cuando sigue en silencio—. De hecho, es algo realmente estupendo. ¿Recuerdas cuando te prometí que Chloe iba a quedarse con nosotros para siempre?

Él asiente, titubeante.

—Bueno, eso es de lo que va todo lo de hoy. —Le muestro una gran sonrisa—. Nos vamos a casar. Chloe ya no será solo tu profesora, sino tu nueva mamá.

Sus ojos se agrandan y su pequeña barbilla tiembla.

—¿Mi mamá?

—Técnicamente, tu madrastra, pero estoy seguro de que a Chloe le encantaría que con el tiempo pensaras en ella como en tu mamá.

Espero que Slava reaccione con alegría, ya que adora totalmente a Chloe. En vez de eso, su barbilla tiembla todavía más y unos brillantes lagrimones se acumulan en sus ojos.

—¿Quiere eso decir...? —Su voz infantil se quiebra—. ¿Quiere eso decir que se va a morir?

Joder. Otra vez eso. Me siento como si alguien me hubiese aplastado el pecho de un martillazo.

Si Ksenia no estuviese muerta ya, la mataría por haber fallecido en ese accidente de coche y haber infundido este miedo en nuestro hijo.

Le agarro por los brazos con fuerza.

—No, Slavochka. No lo hará. De hecho, me estoy casando con ella para asegurarme de que nunca le suceda nada malo. Estará a salvo aquí con nosotros.

El temblor de su barbilla se detiene, aunque unas gotas húmedas cuelgan de sus pestañas inferiores, haciendo que suelten destellos.

—¿Lo prometes?

—Lo prometo.

—¿Siempre estará con nosotros?

—Siempre. —O al menos hasta que mi último aliento abandone mi cuerpo... pero no voy a decirle eso, no vaya a preocuparse también porque yo me muera.

Él me recompensa con una enorme sonrisa, y el

martillo vuelve a golpearme otra vez en el pecho, con un dolor que reverbera hasta lo más hondo. Solo que esta vez es una clase distinta de dolor, una que he aprendido a recibir con buenos ojos. Es difícil poner en palabras cómo me hace sentir mi hijo; lo único que sé es que ya no puedo imaginarme una vida sin él, sin esas poderosas emociones que con frecuencia parecen estar abriéndome en canal.

Durante las últimas dos semanas, el tímido entendimiento que habíamos establecido gracias a Chloe se ha hecho más profundo y nuestra relación se ha transformado en algo que nunca pensé que tendría... algo que me hace preguntarme si tener otro hijo, uno con Chloe, sería algo tan malo después de todo.

Pero no. Prometí que eso sería decisión suya. Y tiene que serlo, si nuestro hijo ha de tener alguna posibilidad de librarse de la maldición de los Molotov. No quiero que sea educado por una madre que esté resentida por su mera existencia y le diga que todo lo que es le disgusta, que el mal forma parte de él y que siempre lo hará.

No quiero que termine igual que mi padre.

Dejando de lado ese lúgubre pensamiento, le devuelvo la sonrisa a Slava.

—Vamos a vestirte y a prepararte. Ya casi es la hora de la boda.

Me levanto y le tiendo la mano. Sus deditos se cierran confiados alrededor de los míos, y me siento más seguro que nunca de que estoy haciendo lo correcto... para mí, para Chloe y para mí hijo.

33

CHLOE

Intercambiamos nuestros votos en la terraza acristalada que mira al barranco, donde las vistas de la montaña nos proporcionan un fondo digno de Instagram y el sol del atardecer hace que todo aparezca bañado por una luz cálida y dorada.

Para un observador externo, parecería la perfecta boda íntima, como de foto de revista, hasta por la música que suena por los altavoces del techo y el adorable niñito vestido de esmoquin que sonríe entusiasmado a nuestra derecha.

—Tú, Chloe Emmons, aceptas a Nikolai Molotov como legítimo esposo... para... —Las palabras del sacerdote van y vienen, como la recepción de una radio averiada, y el efecto de ruido de fondo regresa para crear un zumbido constante en mis oídos. Soy vagamente consciente de que Alina está de pie a mi lado, haciendo el papel de dama de honor no oficial, y del corpachón de oso de Pavel junto a Nikolai. ¿Será su padrino? ¿Existe tal cosa en Rusia?

—Sí quiero —digo cuando noto que el cura está en silencio y lleva un rato así. Nikolai ya ha dicho lo suyo, así que me debe de tocar a mí.

Lyudmila, que lleva a Slava de la mano, le dice algo al niño en ruso cuando el cura sonríe y nos dice:

—Ahora intercambiad vuestros anillos.

¿Tenemos anillos?

Pues sí. Los dedos fuertes de Nikolai ya me están agarrando la muñeca derecha. Me da la vuelta a la mano y me deja un sencillo aro de oro en medio de la palma. Luego me coge la izquierda y desliza un delicado anillo de oro engastado de diamantes en el dedo anular.

Vaya. Supongo que sí tenemos anillos.

Yo le pongo con torpeza el aro de oro en el anular a Nikolai y levanto la vista. Sus ojos hacen juego con el color del metal precioso de su mano. El calor abrasador que emana de ellos hace desvanecerse el ruido de fondo de mis oídos, trayendo un brusco alivio a lo que está pasando.

Hostia puta.

Acabamos de casarnos.

El hombre que tengo delante ahora es *mi marido*.

—Felicidades. Puedes besar a la novia —dice el cura, y mi corazón se pone a toda marcha cuando Nikolai me levanta la barbilla y baja la cabeza, con una oscura sonrisa de satisfacción bailando en sus labios al descender hacia los míos.

Es un beso breve, casi platónico. Pero no cabe duda de la cruda posesividad que contiene, ni de la forma en que él me agarra la mano después, al girarse hacia la nube de aplausos y felicitaciones dirigidas a nosotros. Aún mientras todos nos abrazan, él me sujeta, negándose a soltarme.

Por fin los adultos se apartan y Nikolai se arrodilla delante de Slava, con mi mano todavía fuertemente cogida.

—Slavochka...—Su tono es solemne y las palabras inglesas cuidadosamente enunciadas—. Ahora somos una familia. Chloe es mi mujer... y tu nueva mamá.

Vale, guau. No me esperaba esto. ¿No deberíamos tomarnos esto con más calma? No quiero que Slava esté resentido conmigo por ocupar el sitio de su madre muerta. Vale, técnicamente sigo siendo su madrastra, pero eso no significa que no pueda continuar pensando en mí como Chloe por ahora, y más tarde, cuando sea buen momento, podemos...

Mis pensamientos se frenan en seco cuando Slava me dedica la más grande y brillante de las sonrisas y lanza sus bracitos alrededor de mi falda, abrazándose de mis piernas con todas sus fuerzas.

—¡Mamá Chloe! —exclama y levanta la vista hacia mí con una sonrisa todavía más amplia. Y yo apenas puedo ocultar mi sorpresa ante lo fácil que ha aceptado este cambio en nuestra dinámica. ¿Dónde está el resentimiento? ¿El recelo ante este súbito cambio en su vida? No es que no me alegre de que esté tan por la labor. Nikolai debe de haber hablado con él hoy en algún momento y debe de haberle avisado de lo que iba a pasar. Aun así, yo me habría esperado al menos un breve período de ajuste. A menos que, por supuesto...

Me detengo. Nada de todo eso importa ahora. Rodeo el rostro vuelto hacia mí de Slava con la mano y le correspondo con la sonrisa más franca que soy capaz de darle.

—Sí, cariño. Ahora somos una familia. Puedes llamarme mamá o de cualquier otra forma que quieras.

Por mucho que a mí me chirríe encontrarme ahora en el rol de madre, tengo la sensación de que Slava será la parte menos complicada de este matrimonio, y no solo porque siento cero vergüenza al admitir que el niño ya me ha robado el corazón.

Cuando miro a Nikolai su expresión es de cálida aprobación. Sonriente, se lleva la mano que estaba sujetando a los labios y me besa los nudillos uno por uno, haciendo que me den escalofríos y provocando la hilaridad de Slava.

—Mamá Chloe —repite, emocionado, y se lanza dando saltitos hacia Alina, parloteando en ruso.

—Felicidades otra vez —dice ella cuando nuestras miradas se cruzan. En voz más queda añade—: Me alegro de tenerte como hermana.

Hermana. Es verdad. Porque eso es lo que significa lo de casarse. Una no solo gana un marido, sino una familia. Como un hijo, una hermana, dos hermanos y no sé cuántos primos... todos los parientes que nunca he tenido.

Por primera vez me doy cuenta del todo de lo mucho que está cambiando mi vida.

Ya no soy una huérfana, abriéndose camino sola en el mundo.

Esa revelación sigue reverberando dentro de mí cuando el fotógrafo nos conduce fuera para hacer un millón de fotos en el acantilado rocoso, donde la brisa veraniega besa nuestros rostros con un frescor con aroma de pino.

No soy una huérfana.

No soy la única hija de una madre soltera que no tenía familia propia.

¿Cuánto tiempo llevaba secretamente deseando algo así? En mi imaginación, era mi padre el que aparecería en mi vida y me presentaba a todos los primos, tíos y tías que yo nunca supe que tenía pero que resultaban ser maravillosos. Ahora, sabiendo lo que sé acerca de Bransford, no puedo imaginármelo. La mera idea de conocer a alguien emparentado con el hombre que está tratando de matarme es asquerosa. Gracias a Dios que no tiene ningún otro hijo biológico... al menos ninguno que sepan los medios. Por lo poco que me he permitido a mí misma leer sobre él, sé que es un viudo que se ha vuelto a casar hace poco. Su primera esposa luchó contra algún tipo de cáncer raro durante una década antes de fallecer hace unos años, y su nueva esposa tiene dos hijos pequeños de su matrimonio anterior: una niña y un niño que él exhibe regularmente delante de las cámaras, haciendo el papel del típico marido y padre americano a la perfección.

Si ellos supieran...

Perdida en mis pensamientos, obedezco las instrucciones del fotógrafo en piloto automático, y la siguiente vez que miro a mi alrededor, el sol se está poniendo por detrás de las montañas, bañándolo todo con un resplandor naranja-rojizo.

—Ya debería bastar —dice Nikolai, y volvemos a la casa, donde la abundancia de platos gourmet sobre la mesa deja la fiesta de cumpleaños de Alina a la altura del betún. Hay de todo, desde marisco a platos rusos tradicionales, pasando por una amplia variedad de sushi y por manjares internacionales como los caracoles tipo *escargot*.

Deben de haber hecho que les mandaran todo esto por vía urgente. No es posible que Pavel haya tenido tiempo de preparar ni una fracción de lo que tenemos delante.

Me ruge el estómago, y de repente me doy cuenta de que estoy muerta de hambre. Esa sesión fotográfica debe de haber sido más intensiva y consumido más energía de lo que parecía. O tal vez sea el estrés. Sea como sea, en cuanto nos sentamos y Pavel hace el primer brindis a nuestra salud, yo cargo mi plato con cinco clases distintas de sándwich de caviar, seguidos por blintzes, hojaldres, una enorme variedad de frutas y verduras encurtidas, colas de langosta, carnes curadas, quesos gourmets y ensaladas de todas clases. Todo está tan delicioso como parece, y cuando por fin me detengo a coger aire, las costuras de mi vestido parecen estar a punto de reventar.

Al levantar la vista del plato, pillo a Nikolai mirándome con una sonrisa indulgente.

—¿Qué? —pregunto, cohibida, soltando el tenedor.

—Nada. Solo disfruto de verte comer.

Más bien de verme engullir como una cerda. Me arden las orejas, pero cojo otra cola de langosta. Es que esta comida está la hostia de buena, y si hay algo que he aprendido durante mi mes de fugitiva es a no tomar la buena comida, ni cualquier comida, por sentado.

Sin embargo, dos brindis después debo admitir mi derrota. No hay forma de que pueda comer nada más y ni siquiera ha salido aún el plato principal. Para distraerme de la sensación de empacho, miro a Nikolai, que está explicándole a Pavel algo en ruso.

Espero a que termine y cuando me mira, le digo:

—Tus hermanos... ¿les has contado lo de la boda? — Acabo de caer que todavía no he conocido a mis cuñados, y que puede que ellos no tengan ni idea de que ahora formo parte de la familia.

Nikolai hace un gesto hacia el cámara de vídeo, que está dando vueltas discretamente alrededor de la mesa.

—Valery y Konstantin están recibiendo las imágenes en directo, y nos harán una videollamada dentro de un ratito para felicitarnos.

Por supuesto. Él ha pensado en todo. ¿Por qué estoy sorprendida siquiera? Organizar una boda en cuestión de horas debe de ser un juego de niños comparado con planear el asesinato de alguien de las altas esferas. No es que eso vaya a ocurrir ya... al menos si Nikolai mantiene su palabra.

Haciendo un esfuerzo, vuelvo a centrarme en la celebración, lo que me recuerda un montón al cumpleaños de Alina, solo que esta vez todos los brindis son en honor de Nikolai y de mí. La mayoría los hacen Pavel y Lyudmila, que parecen decididos a superarse mutuamente con sus buenos deseos. Pero Alina también levanta su copa un par de veces, primero para desearnos un matrimonio largo y feliz, y luego para brindar por mí como «la hermana que siempre había deseado tener».

En este punto, ya lleva por lo menos cuatro chupitos de vodka, lo sé, pero sus palabras aun así me conmueven, tocando esa pequeña y secreta parte de mí que siempre había querido una hermana a su vez.

Tal vez ser una Molotov no sea tan malo. Ganar una familia, incluso aunque sea una familia de la mafia, puede que valga la pena.

Mi cauteloso entusiasmo dura todo el plato principal y el postre, alimentado por varias copas de vino y dos chupitos de vodka. Todos los demás están alegremente achispados también, a excepción de Slava y Nikolai.

Igual que en el cumpleaños de Alina, tengo la sensación de que el alcohol tan solo agudiza las facultades de mi nuevo marido, que el vodka es para él más como el Red Bull o el café. O quizás lo que suceda es que simplemente le quita algo de su fachada elegante y cuidada, la que usa para ocultar la potente fuerza de su personalidad, la oscura intensidad que hierve a fuego lento dentro de él y que busca que todo y todos se dobleguen a su voluntad.

Que *yo* me doblegue, moldeándome en lo que quiere que sea.

Su mujer. Su posesión. Suya en todos los sentidos... porque el anillo que hay en mi dedo es una jaula, una de la que no es posible escapar.

Ser consciente de eso debería asustarme, y normalmente lo haría, pero el alcohol no funciona como el Red Bull para mí. En vez de eso, pinta mi mundo con formas coloridas y borrosas, como la acuarela de una puesta de sol, que es por lo cual no pongo objeciones cuando Nikolai me sienta en su regazo, donde me da de comer fresas bañadas en chocolate mientras hablamos con sus hermanos en el portátil que Pavel trae a la mesa.

Konstantin llama el primero, con su cara delgada que recuerda tanto a la de Nikolai que mi corazón se detiene un instante. Después de un examen más detallado, sin embargo, las diferencias se hacen evidentes. La nariz de Konstantin es ligeramente más larga y aguileña. Su fuerte mentón exhibe un hoyuelo y sus ojos están situados más profundamente en sus cuencas, con su sorprendente color oculto tras sus gafas de montura negra. Lo que es más importante, sus labios carecen de la curva cínica y maléfica de los de

Nikolai, aunque son igual de hermosos a su manera austera.

Por alguna razón resulta fácil imaginarse al hermano mayor de Nikolai como a un monje guerrero, transcribiendo pergaminos antiguos a mano cuando no está diezmando a las hordas de invasores bárbaros.

—Felicidades por vuestra boda —nos dice. Su voz es grave, como la de Nikolai y su acento americano perfecto. Me pregunto si también habrá estudiado en los Estados Unidos—. Me alegro por los dos. —Su mirada se posa sobre mí—. Bienvenida a la familia, Chloe.

—Gracias. Encantada de conocerte.

Intercambiamos unas cuantos cumplidos más mientras Nikolai me va dando las fresas, rodeándome el tronco posesivamente con el brazo, y no es hasta que Konstantin ha colgado cuando caigo en que él no ha reaccionado en absoluto al verme en el regazo de su hermano, siendo alimentada igual que un bebé. No ha habido ninguna sonrisita jocosa, ni nada que indique que se ha dado cuenta de ello siquiera.

Es como si hubiésemos hablado con alguna inteligencia artificial en vez de con un ser humano, lo cual, dado lo que he oído sobre el CI de Konstantin y su genialidad en el campo tecnológico, no está fuera del ámbito de lo posible.

Valery es el siguiente, y la sensación que me llega de él es totalmente distinta. Si es posible, el hermano menor de Nikolai se parece incluso más a su gemelo... o más bien a su clon, dado que se llevan cuatro años.

Pero ahí terminan todos los parecidos. Hay algo frío y calculador en Valery. La sonrisa en sus labios sensuales no tiene reflejo en sus ojos, que escanean mi rostro con una inquietante falta de emoción.

A un titiritero... me doy cuenta de que a eso es a lo que me recuerda, cuando nos felicita con un tono neutro y frío, con una voz tan carente de acento como la de sus hermanos.

Igual que con Konstantin, nuestra llamada es breve, un sencillo hola y un felicidades. Cuando termina, no tengo ni idea de lo que opina de mí ni de nuestra apresurada boda... ni de ninguna otra cosa en realidad.

—Tus hermanos son... interesantes —le digo a Nikolai cuando desconectamos de las llamadas—. ¿Estabais unidos de pequeños?

Él me lleva otra fresa a los labios.

—No exactamente. —Antes de que pueda pedirle que se explique más, me empuja la dulce baya en la boca y luego coge una copa de champán y me la da.

Yo me trago la fresa y bebo un sorbito de la bebida espumosa y ligeramente dulce mientras Nikolai coge otra copa de champán y espera hasta que los ojos de todos están posados en nosotros.

—A mi bella esposa —dice, clavándome en el sitio con su intensa mirada de tigre—. *Zaychik*... no podría estar más feliz de tenerte en mi vida, y haré todo lo que esté en mi mano para asegurar *tu* felicidad.

Y una vez más yo escucho en mi mente el «incluso aunque tú te opongas».

34

NIKOLAI

Dos brindis más de Pavel y Lyudmila, y la cena se acaba. Cojo a Chloe en brazos y la llevo escaleras arriba hasta mi dormitorio.

No, hasta *nuestro* dormitorio. Ahora que es mi esposa, dormirá en mis brazos cada noche.

Mi corazón late con fuerza cuando abro la puerta con el hombro y la llevo dentro, donde la pongo cuidadosamente de pie delante de la cama. Ella se tambalea ligeramente y suelta una risita; está claro que todo ese vino y champán se le han subido a la cabeza.

La mía también está nublada, pero no por el alcohol. Es la lujuria la que retuerce mis pensamientos y me llena las venas con un lento río de lava. La larga celebración ha supuesto otro desafío para mi autocontrol, uno que apenas he superado.

Quería agarrar a Chloe y llevármela a la cama justo después de intercambiar nuestros votos, para sellar nuestro enlace de la forma más básica posible. La única razón por la cual me he resistido ha sido por los recuerdos.

Cuando estemos viejos y arrugados, quiero mirar las fotos y los vídeos y rememorar cada detalle de este día.

Chloe se tambalea de nuevo, pestañeando hacia mí solemnemente, y yo la agarro por los hombros para evitar que se caiga. Luego, ignorando el hambre que se acumula dentro de mí, la miro, grabando cada rasgo, cada pestaña, en mi mente. Porque las fotos y los vídeos no serán suficientes. Quiero recordar todas las sensaciones, desde la sedosa calidez de su piel al aroma dulce a fresas y champán de su aliento.

La novia.

Mi esposa.

Ninguna otra palabra ha sonado jamás tan satisfactoria como esas dos.

Hoy ella está especialmente hermosa con este traje blanco y etéreo que hace que me piquen las manos de ganas de arrancárselo a tiras, dejando más de su bellísima y resplandeciente piel al desnudo. Sus cabellos matizados con hebras doradas están peinados en un recogido artístico, sus labios voluptuosos teñidos con un intenso color a bayas, sus ojos castaños maquillados para que parezcan incluso más grandes y suaves con unas sombras ahumadas. Pero lo único en lo que puedo pensar es en cuánto deseo ver su rostro desnudo e hinchado por el sueño, sus cabellos revueltos por culpa de mis dedos.

Quiero verla despertarse entre mis brazos mañana, y cada mañana durante el resto de nuestras vidas.

Ignorando el deseo que abrasa mi interior, le cojo la mejilla y agacho la cabeza, haciendo que su aroma fresco y puro inunde mis pulmones al besarle su suave oreja. Por hambriento que me sienta por ella, esta noche voy a ser dulce, para compensar mi ferocidad de anoche.

Da igual lo que me cueste, haré que nuestra noche de bodas sea todo lo que mi *zaychik* haya podido soñar jamás.

35

CHLOE

Me espero que Nikolai se lance sobre mí tan salvaje como siempre, pero es insoportablemente tierno, desabrochando lentamente los botones de mi vestido y dándome suaves y cálidos besos en la garganta y el cuello, hasta que toda la tensión causada por la expectación abandona mi cuerpo, dejando a su paso una cálida laxitud. Para cuando estoy desnuda, hasta mis huesos parecen haberse derretido, mientras una clase distinta de tensión se acumula en mi vientre y mi cuerpo se calienta de dentro a afuera.

Él me tumba sobre el colchón y yo observo con el corazón acelerándose cómo se quita la chaqueta negra de esmoquin y la pajarita. Debajo lleva un chaleco plateado encima de una camisa blanca almidonada, que se ajusta a su torso musculoso y de hombros anchos, no dejando ninguna duda sobre si se han confeccionado a medida para él.

Rápidamente, se libra de ambas prendas, seguidas por sus pantalones y sus calzoncillos. A diferencia de con mi vestido, sus movimientos tienen una naturaleza brusca e impulsiva que hacen que descubra que no está tan en control como parece. Su erección, dura y enorme, se curva hacia su estómago musculado, revelando su hambre por mí.

Sin embargo, cuando él se sube a la cama, sigue siendo igual de cuidadoso y tierno, cogiendo uno de mis pies y dándome unos besitos en lo alto del empeine antes de subir más arriba por mi pierna. Mi aliento se acelera cuando su boca se aproxima a la V de mi entrepierna, pero él se la salta y en vez de eso me besa y acaricia la parte baja del vientre y luego mi jadeante caja torácica y mis pechos.

La estancia suavemente iluminada me da vueltas y el techo se vuelve borroso frente a mis ojos cuando él se engancha de mi pezón izquierdo, bañándolo amorosamente con su lengua antes de desviar su atención al otro pecho mientras yo gimo y dejo caer mis manos en la fría seda de su pelo. Es por efecto del alcohol, lo sé, pero siento como si estuviese flotando en el espacio, solo sujeta por la cálida humedad de su boca en mis pechos y las suaves caricias de sus manos encallecidas en mi ardiente piel.

Nuestra noche de bodas.

Es tan surrealista como suena.

Se me cierran los ojos cuando los labios de Nikolai se mueven más arriba, besándome la clavícula y el cuello antes de reclamar mis labios con un beso profundo y suavemente persuasivo. Es como una droga ese beso, un afrodisíaco de los más potentes. Su sensual aroma me inunda las fosas nasales, mezclado con el tenue aroma a vodka de su aliento, y mi excitación aumenta a medida que su lengua acaricia y acaricia los recovecos de mi boca, deleitándome con tierna habilidad.

Sin dejar de besarme, desliza la mano entre nuestros cuerpos hasta encontrar mi clítoris dolorido, y gimo en su boca cuando sus dedos presionan justo en el punto exacto, el que intensifica el ansia, aumentando la tensión que crece en mi interior. Una tensión que se hace rápidamente insoportable cuando sus dedos se embarcan en un ritmo de caricias enloquecedoramente irregulares mientras sus labios vuelven a mi cuello, donde el calor húmedo de su aliento envía escalofríos de placer por mi brazo.

Estoy tan excitada que podría estallar, pero el orgasmo sigue estando fuera de mi alcance.

Jadeando, corcoveo contra su mano, desesperada por un ritmo más rápido y más fuerte, y sus dientes me rozan el lóbulo de la oreja como advertencia.

—No, *zaychik* —susurra, y siento su boca curvarse perversa contra mi garganta—. Aún no estás preparada. No estás lista todavía.

¿Que no estoy lista? Estoy dispuesta a rogar, suplicar y vender a mi primogénito. A cada ligera y circular caricia de sus dedos, me acerco más al límite, pero no puedo superarlo, por mucho que lo intente.

—Por favor... —Meneo las caderas desesperada, con las manos enredadas en su pelo—. Por favor, necesito...

Él me lame lentamente la parte de debajo de la oreja.

—¿El qué? ¿Qué necesitas?

—Correrme —jadeo, agitándome de nuevo contra su mano—. Por favor, Nikolai, necesito correrme.

—Respuesta equivocada. —Sus dedos dejan de moverse por completo. Me muerde el lóbulo de la oreja con suavidad y levanta la cabeza, con los ojos brillando oscuros—. Dime la verdad, *zaychik*. ¿Qué necesitas?

—A ti —susurro, mirándole fijamente—. Te necesito a ti.

Y es verdad. No puedo imaginarme estando en ningún otro sitio, con nadie más, nunca. Lo necesito no sólo por este orgasmo, sino por él, por todo lo que él es, bueno y malo, sublime y aterrador.

Debe de ser la respuesta correcta, porque vuelve a besarme y sus dedos regresan a mi clítoris, llevándome de nuevo al límite, a esa escurridiza y enloquecedora cúspide del éxtasis. Pero como es un sádico, me mantiene en esa cima, prolongando el exquisito tormento hasta que me tiene jadeando y arañándole la espalda. Entonces, y sólo entonces, cuando estoy a punto de gritar de frustración, me deja llegar.

La oleada de placer es tan intensa que es como si una bomba de endorfinas explotase en mi cerebro. Cada terminación nerviosa de mi cuerpo se ilumina con su potente fuerza, y mi visión va y viene mientras tengo espasmos en mis músculos internos. Las sensaciones son tan abrumadoras que me pierdo en ellas y, para cuando vuelvo a la tierra, él ya está empujando dentro de mí y su gruesa polla forzando a abrirse mis sensibles tejidos. Tiene la cara tensa, la mandíbula apretada por el esfuerzo de contenerse, y aunque sigue siendo cuidadoso y dulce, estoy tan dolorida por lo de anoche que no puedo evitar una mueca de dolor.

Él se detiene y deja que me adapte, distrayéndome con más besos profundos y dulcemente narcotizantes, y cuando ya no soy más que un montón tembloroso de deseo, con el cuerpo húmedo y flexible, empieza a moverse dentro y fuera de mí. Al principio, su ritmo es lento, controlado, pero cuando enredo las piernas alrededor de su musculoso culo, empujándolo más adentro, su control se quiebra y me penetra con toda la potencia de su duro cuerpo.

Vuelvo a correrme, gritando su nombre mientras él se estremece sobre mí, y no es hasta que se retira unos minutos después cuando me doy cuenta de que ha cumplido su palabra y se ha puesto un condón. Se deshace de él antes de llevarme al cuarto de baño, donde me mete en una bañera ya preparada.

—Gracias —murmuro, encontrándome con su mirada mientras se une a mí en el agua tibia cubierta de burbujas, y él sonríe. La mirada de sus ojos de tigre es tan dolorosamente tierna que se me oprime el corazón en el pecho.

—¿Por qué, *zaychik*?

Por ti. Me cuesta un mundo contener esas palabras,

demasiado cercanas a ser una confesión de mis sentimientos. En lugar de eso, apoyo la palma de la mano en el duro contorno de su mandíbula y planto mis labios sobre los suyos, expresando con mi cuerpo lo que no me atrevo a decir en voz alta.

Al menos, todavía no.

36

CHLOE

ME LEVANTO Y SIGO SINTIENDO ESE CÁLIDO RESPLANDOR, un subidón que se intensifica cuando abro los ojos y me lo encuentro tumbado apoyado en el codo a mi lado, observándome con una sonrisa tiernamente posesiva.

—Buenos días —murmuro, apartándome el pelo de la cara y luchando contra el impulso de frotarme los ojos para quitarme los restos del sueño.

¿Cuánto tiempo lleva despierto y mirándome así? Y lo que es más importante, ¿cómo de desastre estoy esta mañana? Anoche hice todo lo posible por desmaquillarme en el baño, pero estoy segura de que aún me quedan restos de sombra de ojos y rímel alrededor de los ojos, al estilo mapache, y mi aliento no es el más fresco después de todo ese alcohol.

No debe importarle, porque se inclina hacia delante y me besa con tantas ansias que estoy segura de que va a follarme allí mismo. Pero al final se retira y me sonríe, acunándome la cara con la palma de la mano.

—Buenos días, zaychik. ¿Qué tal te encuentras?

Como si esto del matrimonio pudiese no ser tan malo.

—Estoy bien —digo, devolviéndole la sonrisa. Sólo ha pasado un día, pero ya me cuesta recordar por qué me asusté tanto cuando me propuso matrimonio. Como dijo Alina, este es más o menos el sueño que viene en todos los cuentos de hadas: un marido guapísimo, rico y que está loco por ti.

De acuerdo, Nikolai se acerca más al Príncipe de las Tinieblas que al Príncipe Azul, pero casi todas las cosas terribles que ha hecho —o planeado hacer— eran para protegerme.

Excepto por lo de su padre.

Esas inquietantes palabras parecen susurrarse en mi mente, pero las descarto. No quiero pensar en eso esta mañana. Estoy segura de que todo tiene una explicación razonable, y pronto sabré cuál es.

Por ahora, quiero disfrutar de la primera mañana de casada de mi vida con el hombre que me mira como si yo estuviese hecha de chocolate y luz de estrellas.

Y sí que lo disfruto. Nos duchamos juntos, una actividad que da lugar a una prolongada y vaporosa —literalmente, porque la cabina está llena de vapor— sesión de hacer el amor, durante la cual Nikolai me come como si fuera su desayuno y me hace correrme tres veces seguidas antes de inmovilizarme contra el cristal y follarme tan fuerte que grito su nombre.

Supongo que ha decidido que tomarme una sola vez anoche fue suficiente para que se me pasen las molestias, y tiene razón. Por supuesto que estoy un poco dolorida después de *esta* sesión, pero tan satisfecha que vale la pena.

Después, Nikolai decide que necesitamos desayunar de verdad, así que Lyudmila nos trae una bandeja con fruta y sobras de lo de anoche, junto con té y café, y nos damos de comer el uno al otro en la cama. O mejor dicho, Nikolai me da de comer a mí y yo intento corresponderle, solo que él me quita el tenedor y me besa hasta que me olvido de lo que iba a hacer. También entra en juego un poco de miel, y lo siguiente que sé es que necesito otra ducha y que estoy decididamente más dolorida.

Cuando por fin salimos de nuestro dormitorio, es casi la hora de comer, y mientras nos dirigimos hacia las escaleras, Slava sale corriendo de su habitación, con Lyudmila pisándole los talones.

—¡Mamá Chloe! —Sus ojos de cachorro de tigre brillan mientras rodea mis piernas con sus bracitos y aprieta fuerte antes de desviar su atención hacia Nikolai. Abrazado a sus piernas, le mira—. ¡Papá! ¡Os echo de menos a ti y a Chloe!

Al ver la expresión del rostro de Nikolai, me derrito. No hay otra palabra para describirlo. En lugar de un músculo con funciones vitales, mi corazón se convierte en un charco pegajoso, y el resto de mí hace lo mismo.

Agachado, Nikolai coge a su hijo en brazos y se lo apoya en la cadera con aparente naturalidad.

—Slavochka... —Su voz se tensa al contemplar el rostro del pequeño—. Nosotros también te hemos echado de menos.

Los ojos de Lyudmila se cruzan con los míos y veo mis sentimientos reflejados en su rostro normalmente impasible. Se aclara la garganta y dice con un acento más marcado de lo habitual:

—Voy ayudo a Pavel, ¿vale? —Y se apresura a bajar las escaleras.

Nosotros la seguimos sin correr. Nikolai lleva a Slava en la cadera como si fuera un bebé más pequeño. Sin embargo, el niño parece contento de estar allí, y no puedo culparle.

Se ha perdido esto durante los primeros cuatro años de su vida.

Cuando nos reunimos con Alina en la mesa, no puedo dejar de sonreír... y ella se da cuenta.

—¿Una noche divertida? —me susurra disimuladamente mientras Nikolai está ocupado llenando el plato de Slava.

Asiento, ruborizándome, y ella se ríe, haciendo que Slava y Nikolai nos miren con desconfianza.

Mi alegría debe de ser contagiosa, o eso, o todo el mundo sigue de fiesta, porque la comida transcurre sin la tensión habitual entre los hermanos. En lugar de eso, Nikolai y Alina se unen para contarme historias divertidas sobre Rusia, desde cómo ven allí a los estadounidenses hasta la tradición familiar de bañarse en lagos helados durante el invierno.

—¡Eso es horrible! —exclamo cuando Alina describe cómo casi pierde un dedo del pie por congelación después de caminar descalza por el hielo cuando tenía siete años—. ¿En qué estarían pensando tus padres?

Me doy cuenta de mi error nada más pronunciar las palabras —lo último que quiero es recordarles lo de su padre—, pero, para mi alivio, Alina ni pestañea.

—Oh, no fue idea de nuestros padres. Nuestra abuela era la que creía que exponerse al frío es bueno para el cuerpo y el alma. ¿Y sabes qué? Los últimos avances científicos lo confirman. Lo mismo ocurre con las saunas, otro elemento básico ruso. Al parecer, mimetizan el ejercicio, y las proteínas del choque térmico liberadas durante esas sesiones de sudoración hacen de todo, desde mejorar la salud del corazón hasta prevenir el cáncer. Así que si queréis vivir una vida larga y sana, deberíais tomar baños de hielo e ir a saunas. Idealmente, las dos cosas juntas.

—No, gracias —digo con un escalofrío, pero Nikolai se ríe y dice que me hará probar el régimen extremo este invierno.

—Te haremos adicta a eso, te lo prometo —añade con una sonrisa mientras yo asimilo la sorprendente realidad de que estaré con él este invierno... y todos los demás inviernos en el futuro previsible.

Porque eso es lo que significa el matrimonio.

Estaremos juntos durante el resto de nuestras vidas.

Vuelve un eco de mi pánico anterior, pero lo reprimo. No voy a dejar que mis miedos irracionales ensombrezcan lo que promete ser un hermoso día juntos; con suerte, el primero de muchos.

Después de todo, la felicidad es una elección, y prefiero ser feliz en este matrimonio a la fuerza.

37

CHLOE

LOS DÍAS SIGUIENTES TRANSCURREN DE FORMA igualmente idílica. Aunque no hayamos ido a ningún sitio, parece como si estuviéramos de luna de miel. Hacemos el amor varias veces por noche (y muchas veces, por día), dormimos hasta tarde, desayunamos en la cama y damos largos paseos y caminatas, solos y con Slava. En una ocasión, Alina se une a nosotros y los cuatro acabamos nadando en un lago cercano, donde los tres rusos se burlan de mi reticencia a meterme en el agua de manantial helada.

Resulta que Slava se siente tan cómodo pasando frío como los adultos, lo que me convierte en la única cagueta.

Pero termino nadando y, mientras tiemblo, Nikolai me calienta frotándome con sus grandes y ásperas palmas. Si estuviéramos solos, sin duda habría hecho más, pero ay, incluso él tiene un límite que le impide hacer el amor delante de su hijo pequeño y su hermana.

Pero ése es el único acto en el que pone límites. Estamos todo el tiempo embarcados en exhibiciones públicas de afecto. Mi marido no tiene ningún pudor a la hora de besarme, masajearme el cuello y los hombros y sentarme en su regazo cuando le apetece. Es como si yo fuese una mascota a la que le gusta abrazar. No puedo decir que lo odie; de hecho, me deleito no tan secretamente con sus atenciones.

Sería diferente si alguien en casa se burlara de ello o me hiciera sentirme avergonzada. Pero nadie lo hace. Incluso Alina, con sus ocasionales bromas suaves, da por sentado que su hermano no puede quitarme las manos de encima, hasta el punto de que no puedo evitar preguntarme si este no será uno de esos legendarios rasgos de los «hombres Molotov».

Le preguntaría, pero temo que eso sea demasiado cercano al tema que estoy eludiendo, a las respuestas que me he estado diciendo a mí misma que quiero, pero que aún no puedo obligarme a exigir. Es que me siento tan bien sin pensar en la oscuridad de Nikolai y en las cosas aterradoras de las que es capaz... Ni siquiera le he preguntado por Masha y el nuevo plan para acabar con Bransford; cada vez que pienso en mi padre biológico, se me acelera el pulso y se me hace un nudo en el estómago.

Mañana por la mañana, me digo cada noche. *Hablaré de esto con Nikolai a primera hora de la mañana.* Pero luego por la mañana me despierto abrazada a él, sintiéndome cálida y segura, venerada y adorada, y no puedo obligarme a poner en riesgo esta paz, así que me digo que hablaremos por la noche.

Sé que al final ocurrirá algo que haga estallar nuestra burbuja de felicidad, pero me resisto a que ese algo sea yo.

———

Seguimos así tres semanas más, durante las cuales me deleito con las atenciones que él me prodiga, disfrutando tanto de su ternura como de su rudeza. Las dos versiones de Nikolai —el amante tierno y el feroz salvaje— me entusiasman, lo cual es bueno, porque en lo que a mi marido respecta, nunca puedo predecir lo que voy a tener. En una misma noche puede adorar mi cuerpo como si fuera de cristal y luego follarme hasta que al día siguiente apenas soy capaz de andar. A veces tengo la sensación de que quiere aún más, de que un día podría empujarme más lejos, intentar poseerme aún más completamente, pero que al igual que yo, es reacio a hacer nada que traiga de nuevo conflictos y tensiones a nuestra vida, poniendo fin a nuestra luna de miel.

En cambio, me colma de regalos, desde joyas caras hasta accesorios y ropa. Parece como si cada día apareciese en mi armario un nuevo vestido, un par de zapatos, un pañuelo o *algo*. Es casi demasiado para mí —muchos de los pendientes y pulseras que tengo ahora cuestan más que las casas de algunas personas—, pero él insiste en que le produce placer comprarme cosas, así que, al final, dejo de oponerme... porque tener esas cosas también me producen placer a mí.

Nunca he conocido la verdadera pobreza, gracias a que mi madre trabajaba sin parar para mantenernos, pero tampoco puedo recordar una época de mi vida en la que no tuviese que contar cada céntimo y presupuestar cuidadosamente cada gasto. La mayor parte de la ropa de mi infancia era de segunda mano, y las únicas joyas que tenía eran del tipo bisutería barata. Ahora, mi armario es como un Saks de la Quinta Avenida puesto de esteroides, y aunque sea superficial por mi parte, me encanta. Los ricos saben lo que hacen cuando compran todos esos lujos: pueden mejorar de verdad la vida de una.

También mejoran mi vida las clases de ruso que Nikolai ha empezado a darme, con la ayuda de Slava, por supuesto. El niño se divierte mucho con mi incapacidad para pronunciar las frases rusas que él suelta con tanta facilidad, mientras que Nikolai se deleita con una cosa completamente distinta: hacer que le diga palabras de amor y sexo en la cama.

—Di: «Ya hochu tebya» —me instruye mientras me mantiene al borde del orgasmo. Y cuando le obedezco, desesperada por poder correrme, me ordena sin piedad —: Ahora di «Ya lyublyu tebya».

Y yo lo hago. Digo lo que sea que él quiera que diga, incluyendo frases tan guarras que me sonrojo del todo cuando busco más tarde lo que quieren decir. Pero, guarro o limpio, mi conocimiento del ruso aumenta día a día, lo que divierte mucho a Alina y Lyudmila, a las que mis pronunciaciones les parecen francamente cómicas.

—Tú tan americana —dice la mujer de Pavel, riendo, cuando intento pedirle zavtrak «desayuno» en su lengua materna—. ¿Porque ni intentas? Todos aquí hablan inglés, hasta yo.

Me ofendería, pero tiene razón. Incluso su inglés, por imperfecto que sea, es mil veces mejor que mi ruso. Me he ofrecido a darle algunas clases para mejorarlo, pero hasta ahora no me ha hecho caso, porque, según Alina, espera volver a Rusia y no tener que necesitarlo.

—Echa mucho de menos Moscú —me dice—. Aquí está aburrida, sin nada que hacer ni nadie a quién ver.

Lo comprendo perfectamente. A pesar de todo el lujo moderno y la belleza natural que nos rodea, la finca es una especie de prisión, o para darle un matiz más positivo, un retiro del mundo. Yo también echo de menos a mis amigos, y a menudo recorro las redes sociales para echar un vistazo a sus vidas tras la graduación. Tengo muchísimas ganas de ponerme en contacto con ellos, de responder a todos sus mensajes preguntando dónde estoy, por qué no he publicado en mis perfiles en meses, pero no me atrevo a hacerlo por si eso conduce de alguna manera a Bransford hasta mí, hasta esta casa y hasta mi nueva familia.

No puedo ponerlos en peligro, ni siquiera para calmar la preocupación de mis amigos por mí.

Me sentiría especialmente mal si hiciera algo que pusiese en peligro a Slava. Cada día que pasa crece mi apego por el hijo de Nikolai, y me siento cada vez más cómoda en el papel de su madre. En lugar de que Alina o Lyudmila lo bañen y lo acuesten, Nikolai y yo solemos hacerlo juntos, contándole historias de superhéroes y leyéndole sus libros favoritos hasta que se duerme.

Los tres nos estamos convirtiendo en una verdadera familia, y saber eso me llena de una suave calidez, una satisfacción que no debería ser posible con un hombre peligroso y voluble como Nikolai.

No es que todo sea perfecto, por supuesto. En primer lugar, no estamos de acuerdo en lo que debe permitírsele hacer a un niño menor de cinco años. Resulta que Nikolai y sus hermanos, y, en menor medida, Alina, eran niños que andaban por su cuenta, a los que se permitía e incluso se animaba a jugar solos al aire libre y, en general, a ser peligrosamente independientes. Así que, mientras que a mí me entra el pánico cada vez que veo un cuchillo de carne en la mano de Slava o me lo encuentro trepando a un árbol de más de dos metros, Nikolai se muestra irritantemente tranquilo ante esas cosas.

—¿Te da igual que pueda caerse y romperse todos los huesos del cuerpo? —le pregunto frustrada cuando salimos de excursión y deja que Slava trepe por un viejo roble hasta que su diminuta figura apenas es visible entre el follaje—. ¿O peor aún, que se caiga de cabeza y se rompa el cuello?

—Claro que no. —Sus ojos dorados me miran, entrecerrándose peligrosamente—. ¿Crees que no me preocupan todas las cosas terribles que pueden ocurrirle cualquier día? ¿Las escaleras por las que puede caerse, las enfermedades que puede contraer, las bayas venenosas que puede encontrar y comer? A veces es lo único en lo que pienso, tanto que estoy convencido de que me estoy volviendo loco. Pero igual que no podemos estar ahí para cogerle de la mano cada vez que suba las escaleras, tampoco podemos esperar estar ahí para cada árbol que encuentre o cada cuchillo que se cruce en su camino a lo largo de su vida. De hecho, no hay garantías de que vayamos a estar a su lado mañana. La vida puede ser imprevisible y brutal, y cuanto mejor preparado esté para afrontarla, más probabilidades tendrá de sobrevivir.

—Pero él es todavía un niño. Tienes que enseñarle *cómo* sobrevivir.

—Le estoy enseñando… dejándole que se enfrente solo a tantos peligros como pueda. Los niños de su edad no son tontos; se han caído lo suficiente para saber que eso duele. No se subiría tan alto si no se sintiera seguro de su fuerza, y la única forma de crecer y poner a prueba esa fuerza es desafiarse a sí mismo cuando importa... cuando no hay ninguna alfombrilla acolchada debajo. Además —añade cuando estoy a punto de empezar a discutir—, *estoy* sin quitarle el ojo de encima. Si empieza a caerse, lo cogeré.

Entonces me callo, porque lo más probable es que lo haga. El tío tiene los reflejos de un gato. El otro día, tiré accidentalmente un vaso de agua de la mesa con el codo, y Nikolai lo cogió en el aire sin siquiera hacer una pausa en la conversación. En otra ocasión, tropecé con una de las piezas de LEGO de Slava y me hubiera caído de bruces, pero Nikolai me rodeó con sus brazos antes de que cayera al suelo, aunque un segundo antes estaba en la otra punta de la habitación.

Si fuese menos sensata, creería que él es uno de los superhéroes de los comics de Slava, o más bien, uno de los supervillanos.

Esa etiqueta le queda tan bien como cualquier otra.

Más tarde esa noche, al volver a nuestro dormitorio, se me ocurre algo en relación con nuestra conversación anterior.

—Si estás tan decidido a fomentar la independencia de Slava, ¿por qué te empeñas tanto en protegerme *a mí* de cualquier peligro? —pregunto, sentándome en la cama mientras contemplo como Nikolai se quita la chaqueta y la corbata. Seguimos vistiendo de etiqueta en la cena, y debo admitir que me está empezando a gustar. No solo puedo llevar vestidos preciosos a diario, sino que mi marido está increíblemente guapo con esos trajes a medida que tanto le gustan.

Es como si alternásemos entre dos mundos: el diurno, en el que vamos de excursión por la naturaleza y nos ensuciamos, y el nocturno, en el que reinan el glamour y la ostentación.

—Porque tú no eres ninguna niña, y no te han educado como yo estoy educando a Slava —responde con suavidad Nikolai, mientras se desabrocha los gemelos—. Tu madre, por maravillosa que fuera, no te preparó para enfrentarte a asesinos, *zaychik...* ni a hombres como yo.

Trago saliva y la sangre se me calienta cuando él recorre con la mirada mi cuerpo todavía completamente vestido. Desde nuestra boda, he aprendido a leer mejor el estado de ánimo sexual de Nikolai y a saber qué tipo de noche me espera. Y esta noche promete ser una de las más salvajes, de esas en las que nunca estoy segura de lo lejos que él va a llegar.

En las que puedo sentir la oscuridad en él, sentirla emerger cerca de la superficie.

No es que le tenga miedo. No de verdad. Sé que no me hará daño, al menos no en plan malo. Es sólo que a veces tengo la sensación de que lo que tenemos no es suficiente para él, que su hambre voraz por mí sigue insatisfecha.

A veces, siento como si él quisiera consumirme, toda yo, y nada que sea menos le servirá.

Él se quita la camisa, mostrando unos músculos maravillosamente definidos, y viene hacia mí. Sus movimientos me recuerdan una vez más el suave y letalmente grácil acecho de un gran felino.

Tal vez él *fuese* un tigre en una vida anterior.

Tal vez yo era su presa.

Instintivamente, me echo hacia atrás en la cama y sus labios adoptan una curva perversa. Como siempre, sabe lo que yo pienso y siento, y le gusta lo que estoy sintiendo ahora mismo.

Le gusta ponerme un poco nerviosa.

Moviéndose con la misma determinación de un depredador, se sube a la cama y me tumba del todo antes de agarrarme las muñecas y sujetármelas por encima de la cabeza con una mano.

Se me seca la boca al ver su mirada, su oscura intensidad. Me humedezco los labios y su mirada sigue el recorrido de mi lengua, mientras su rostro se tensa. Cuando sus ojos vuelven a encontrarse con los míos, desprenden un calor tan abrasador que siento que yo podría estallar en llamas aquí mismo. El corazón me palpita desbocado. Toda mi piel se enrojece cuando él baja la cabeza e inhala audiblemente, como si estuviera hambriento del olor de mi pelo.

—Oye, Nikolai... —Me retuerzo debajo de él y se me acelera el pulso al notar el bulto que me presiona los muslos. Incluso con las capas de sus pantalones y de mi vestido que nos separan, percibo lo caliente y dura que está su erección, lo enorme que es. Trago saliva de nuevo—. Cuando has dicho «hombres como yo», ¿a qué te referías exactamente?

Sus labios rozan mi oreja y el calor de su aliento me hace estremecer cuando susurra:

—Oh, mi dulce y curiosa *zaychik*... estás a punto de descubrirlo.

38

CHLOE

Un escalofrío me recorre el cuerpo y él levanta la cabeza para mirarme, con una oscura sonrisa haciendo que se eleven las comisuras de sus labios. Casi puedo sentir cómo se alimenta de mi inquietud, prolongando sádicamente mi expectación.

Intento mover las manos, zafarme de su agarre, pero es inútil. Sus dedos son un grillete de hierro alrededor de mis muñecas, inmovilizándolas por encima de mi cabeza. Su sonrisa se intensifica, el brillo dorado de sus ojos se acentúa mientras lucho, y sé que él también disfruta de esto, de verme indefensa en sus manos.

Inclina la cabeza, inspira hambriento otra vez y, por fin, me suelta las muñecas. Antes de que yo pueda respirar aliviada, me tumba boca abajo y, sujetándome con una mano, me baja la cremallera del vestido. Cuando lo tengo abierto hasta el final de la espalda, me pasa la palma de la mano por la columna vertebral desnuda y la aspereza de sus callos me araña agradablemente la piel.

—¿Te he dicho alguna vez lo mucho que me encanta tu espalda? —El timbre suave y oscuro de su voz es tranquilizador, aunque inquietante—. Tan tonificada y grácil como la de una bailarina. Pero mi parte favorita de ti es este culo. —Su palma se curva sobre mi nalga y la aprieta ligeramente—. Tan firme, redondo y perfecto... tan follable.

El corazón me da otro vuelco cuando me sienta y me apoya la espalda contra su pecho, rodeándome la caja torácica con un poderoso brazo para sujetarme mientras me desliza el vestido hacia abajo por el cuerpo. Me maneja como a una muñeca de tamaño real, y hay algo perversamente erótico en ello, algo que le resulta atractivo a una parte de mí en la que intento no pensar... la que no se siente desalentada por la oscuridad que hay en él, sino atraída por ella.

No llevo sujetador y, cuando me baja el vestido hasta la cintura, mis pechos desnudos se liberan y se derraman sobre su antebrazo, con los pezones ya en punta y sensibles. Un gruñido grave retumba en su pecho y me inclina hacia atrás sobre su brazo de esa forma que le gusta hacer, la que me hace sentirme como un sacrificio humano, una ofrenda a un dios primitivo y feroz.

Su boca caliente y húmeda se cierra en torno a mi pezón y, jadeando, le agarro por la cabeza mientras lo muerde, enviando fuego directamente a mi clítoris. Mis terminaciones nerviosas se alborotan en confusión, el dolor y el placer se mezclan hasta que estoy desesperada por más. Y él me da más, repitiendo el tratamiento con el otro pecho, alternando la succión del pezón con los dientes. Cuando levanta la cabeza para mirarme, estoy jadeando, ardiendo de excitación.

Le necesito Joder, cuánto le necesito.

Olvidándome de mis miedos, atraigo su cabeza hacia la mía y nuestros labios se funden en un beso duro y profundamente carnal. Nuestras lenguas se enredan mientras respondo a la violencia de su deseo, igualándole caricia a caricia, mordisco a mordisco. No me importa lo que me haga esta noche, siempre y cuando yo pueda obtener más de este oscuro y vertiginoso placer, más de eso que anhelo.

Los dos respiramos de forma entrecortada cuando él rompe el beso y me tumba para bajarme el vestido por las caderas. Como le cuesta sacármelo, lo rompe por las costuras, demasiado impaciente para preocuparse por estar estropeando otro vestido caro. Y a mí tampoco me importa, no con la tensión que crece rápidamente en mi interior, no cuando cada parte de mí arde por él.

Cuando ya solo estoy con el tanga puesto, él me coloca boca abajo y me pone dos almohadas por debajo de las caderas antes de bajarme el trozo de tela por las piernas. Luego extiende la mano hacia la derecha y oigo cómo se abre un cajón.

Regresa mi inquietud, anulando brevemente mi excitación. Tengo la firme sospecha de saber lo que pretende hacer, y sé que estoy en lo cierto cuando miro por encima del hombro y veo el bote de lubricante y un pequeño tapón anal en sus manos. Aun así, el corazón se me sube a la garganta y la caja torácica me comprime los pulmones.

—Nikolai, yo... —Trago aire—. Yo nunca... es decir...

—¿Nunca te han follado por el culo?

Mi cara se calienta insoportablemente, sus palabras guarras me desconciertan aún más. De algún modo, logro asentir con la cabeza, y sus labios se curvan con una primitiva satisfacción masculina mientras me dice en voz baja:

—Bien. —Y rocía lubricante frío entre mis nalgas.

Yo jadeo y las aprieto instintivamente cuando me pone el tapón en la raja y me empuja la cabeza hacia la cama.

—Relájate, *zaychik*. —Su voz es de terciopelo crudo y calor oscuro—. Te prometo que lo disfrutarás.

Quiero oponerme. La única vez que mi exnovio intentó meterme un dedo, odié cada segundo. Pero se trata de Nikolai, cuyo dominio sobre mi cuerpo es aterradoramente absoluto. Entre sus brazos, pierdo toda la conciencia que tengo de mí misma, y todavía más, la poca cordura que aún poseo. Así que me callo y hago todo lo posible por respirar por la nariz mientras la punta cónica y gomosa del tapón presiona y entra, empujando más allá del apretado anillo de mi esfínter.

Lentamente, se desliza más adentro, y reprimo un gemido contra el colchón, abrumada por las extrañas sensaciones. Como aquella otra vez, hay una sensación de plenitud casi nauseabunda, una sensación de ser estirada y penetrada, invadida de un modo antinatural e incómodo. Pero también hay algo más, un tipo peculiar de presión que me acelera el pulso y me aprieta las entrañas, una sensación que se intensifica a medida que Nikolai se inclina sobre mí, cubriéndome con su cuerpo grande y duro, envolviéndome en su sensual aroma masculino.

Su aliento me calienta la oreja cuando me besa el sensible pliegue del cuello, provocándome escalofríos de placer en el brazo. Al mismo tiempo, mete una mano bajo mi vientre y encuentra mi clítoris mientras empieza a follarme lentamente con el juguete. Inmediatamente, la presión se intensifica, transformándose en una tensión erótica, un placer oscuro y caliente en colisión directa con la incomodidad y, de algún modo, creciendo a partir de ella. Sus dedos en mi clítoris, el juguete en mi culo, sus labios en mi cuello... es una sobrecarga sensorial, un vaivén de placer y dolor que sube y baja, cada vez más y más.

Con un grito ahogado, me corro, estremeciéndome y temblando, pero él no ha terminado conmigo. Saca el juguete de mi culo con un chasquido resbaladizo y me penetra primero con un dedo y luego con dos dedos juntos. El escozor sólo me resulta soportable gracias a la magia maligna que su otra mano está haciendo con mi clítoris. Duele, quema, pero el dolor se alterna una vez más con un potente placer que lo intensifica de algún modo peculiar. Jadeando, vuelvo a tener un orgasmo, mi culo se tensa contra sus dedos grandes y ásperos y mi visión se llena de manchas blancas y negras mientras un grito ahogado se escapa de mi garganta.

Antes de que pueda recuperarme, él saca los dedos de mi cuerpo aún espasmódico y siento la punta ancha y suave de su polla contra mi abertura. Me tenso, mi pulso se acelera de nuevo, y él me pasa una mano tranquilizadora por la espina dorsal.

—Respira, *zaychik*. Puedes conmigo. —Las palabras son un murmullo suave y profundo, tan reconfortante como las suaves caricias que me da en la espalda. Sin embargo, en el momento en que me agarra de las caderas y empuja contra el tenso anillo muscular, el vaivén se inclina hacia el lado del dolor, y sé que se equivoca.

No puedo hacerlo.

Él es demasiado grande para mí.

—Nikolai, por favor, para. —jadeo, la súplica se me atasca en la garganta cuando mi esfínter cede ante la presión y la enorme cabeza de su polla se introduce dentro. Se me escapa todo el aire de los pulmones y se me nubla la vista por un instante. Es tan grande y gruesa que siento como si me estuviera partiendo en dos y, a medida que me la va metiendo lentamente, estoy segura de que me voy a desmayar.

Pero no lo hago. En lugar de eso, siento cada centímetro largo y duro de él, experimento cada pedacito de la insoportable y cuidadosa invasión. El estómago se me retuerce y se me revuelve, la piel se me pone húmeda por el sudor frío, pero no encuentro las palabras para detener esto. Mi cerebro se siente tan abrumado como mi cuerpo.

No ayuda el hecho de que vuelva a inclinarse sobre mí, me bese el cuello y me murmure al oído palabras cariñosas y tranquilizadoras, con su suave voz enronquecida por el deseo. Tampoco ayuda que sus hábiles dedos vuelvan a juguetear con mi clítoris, provocándome sensaciones que no pueden, no deberían coexistir con este tipo de dolor. No es placer exactamente, pero es algo parecido, una mezcla de agonía y éxtasis que me excita de nuevo, arrancando de mi cuerpo un clímax que es como una tortura.

Entonces pierdo el conocimiento, al menos por un momento, porque lo siguiente que noto es a él deslizándose suavemente dentro y fuera de mi culo, generando una sensación propia con cada embestida, como un balancín que se mueve hacia delante y hacia atrás, aumentando la poderosa tensión erótica. Mi cuerpo se inunda de calor, mi corazón se acelera dentro de mi caja torácica, y cuando me corro por cuarta vez con un grito desgarrador, él gime y se estremece sobre mí y unos cálidos chorros de esperma bañan mis doloridas entrañas.

Temblorosa y destrozada, permanezco tumbada, demasiado débil para moverme, mientras él sale de mí y abandona la cama, regresando un minuto después con una toalla húmeda y caliente. Me limpia, me da la vuelta y me sienta en su regazo. Abro mis pesados párpados y veo sus ojos de tigre clavados en mi cara, estudiándome con la intensidad que le caracteriza.

Suavemente, con reverencia, me acaricia la mejilla y murmura con voz ronca:

—Nunca voy a dejarte ir, lo sabes. Ni aunque me lo supliques.

Le sostengo la mirada.

—Lo sé.

—¿Me odias por eso?

Debería. Por muy bonita que haya sido esta luna de miel, la verdad es que él me ha obligado a casarme y me ha arrebatado mi libertad y mis opciones. En casi todos los aspectos que importan, soy su cautiva, a merced de sus caprichos y pasiones más oscuros. Sin embargo, la mentira se niega a salir de mis labios. En lugar de eso, le digo la verdad.

—Te quiero.

Porque le amo. Aunque esté mal, amo a este hombre hermoso, aterrador y complicado. Le amo incluso hasta cuando me asusta su implacable obsesión por mí.

Sé que mañana, a la luz del día, me arrepentiré de esta confesión, que pensaré que ha sido un error. Pero ahora mismo, en esta habitación suavemente iluminada, con sus fuertes brazos rodeándome y mi cuerpo todavía palpitando con los ecos de la agonía y el éxtasis que me ha hecho vivir, no siento que sea un error, sobre todo porque la tierna sonrisa que se dibuja en su rostro es lo más hermoso que he visto en mi vida.

—Yo también te quiero, *zaychik* —dice él en voz queda—. Siempre te querré.

39

NIKOLAI

Me despierto con el pequeño cuerpo de Chloe envuelto en mis brazos y mi cerebro rebosante de felicidad. Una felicidad incandescente que parece tan efímera como la mecha encendida de una vela.

Como he hecho durante la semana que ha transcurrido desde que confesamos nuestros sentimientos, absorbo su tacto, la sensación de su cálida piel apretándose contra la mía, de sus delicadas curvas moldeándose contra las duras aristas de mi cuerpo, de su aliento abriéndose en abanico sobre mi antebrazo. Y, como ha ocurrido durante esta última semana, lucho contra el impulso de despertarla y exigirle que vuelva a pronunciar esas palabras, para poder oír su voz suave y ronca diciéndome que me quiere.

Ya es bastante malo que la obligue a decírmelo cada noche, cada vez que la poseo.

Entierro la cara en su pelo y respiro su aroma, el

dulce frescor de las flores matizado por la piel femenina calentada por el sueño. Y, como he hecho durante los dos últimos meses, lucho contra una oleada de miedo desgarrador.

Miedo a perderla. A que la mecha se consuma, sin dejar nada más que cenizas.

Sé que es algo irracional, ilógico... pero no puedo evitarlo. Creía que arrancándole esas palabras controlaría ese miedo, que eso me permitiría pasar el día tranquilo y seguro sabiendo que es mía, pero, en todo caso, la preocupación se ha hecho más fuerte, más omnipresente. A veces es en lo único en lo que puedo pensar: en lo frágil, lo ilusoria, que es esta felicidad.

Después de todo, al principio, mi madre también amaba a mi padre. Una vez, hace mucho tiempo, también habían conocido la felicidad.

Intento no pensar en eso, en cómo todo se vino abajo para ellos, pero hay veces que miro a Chloe y veo la cara de mi madre. No brillante y saludable, como era cuando yo era pequeño, sino pálida y triste, con el aspecto que tenía en sus últimos años.

En parte, es porque aún no le he contado a Chloe lo que pasó aquella noche de invierno, y ella no me lo ha preguntado. A pesar de imponerlo como condición para nuestra boda, parece reacia a escuchar toda la historia. Creo que es porque teme a la verdad, teme descubrir lo horrible que es el monstruo con el que se ha casado. Así que ella elude el tema, y yo también.

Hay muchas posibilidades de que me odie por lo que he hecho, de que me mire con terror y repulsión.

No ayuda ser consciente de que mantengo a Chloe como una princesa cautiva en una alta torre, completamente aislada de todos y de todo. No salimos del recinto, no vamos a ninguna parte. Vivimos en nuestro propio mundo, en el que ella no tiene otra opción que ser mía. Es por su seguridad, es cierto, pero también por mi tranquilidad.

Si tuviera la oportunidad, ¿volvería a huir?

Si el peligro que la amenaza desapareciera, ¿querría marcharse?

No conozco las respuestas, y esas preguntas me atormentan, tanto que me he vuelto aún más obsesivo con respecto a vigilarla. Sé que no puede irse, y con Bransford persiguiéndola, probablemente no quiera. Pero aun así me siento impulsado a conocer su paradero cada vez que estamos separados. Para ese fin, he instalado cámaras en nuestro dormitorio y en todos los rincones de la casa, a excepción de la habitación de mi hermana y los aposentos privados de Pavel y Lyudmila, y reviso las imágenes en mi teléfono con la frecuencia inconsciente de un adicto a las redes sociales.

—¿Qué es eso que estás siempre mirando? —pregunta Alina, que me sorprende un día en el comedor mientras espero a que Chloe termine su clase con Slava y baje a comer—. ¿Ocurre algo?

Yo me guardo el móvil.

—Siempre está ocurriendo algo.

Eso no es mentira. No sólo ocurre que Masha esté trabajando para acercarse a Bransford y me envía actualizaciones diarias sobre su progreso, sino que también tengo hombres vigilando a Alexei Leonov. Todavía está aquí en los Estados Unidos, estos últimos días en Chicago. Parece que ha ido allí por reuniones de negocios, pero no puedo evitar sentirme inquieto.

Chicago está mucho más cerca de Idaho, de mi finca y de mi hijo.

Alina me mira pensativa.

—¿Es por lo de Volkov? Konstantin mencionó que ha estado preguntando sobre invertir en su empresa nuclear.

—Por eso también. —No me sorprende que haya oído hablar de eso. Un oligarca hecho a sí mismo, Alexander Volkov es uno de los hombres más ricos y peligrosos de Rusia. Una alianza con él sería a la vez ventajosa y arriesgada, especialmente dada su propensión a prácticas comerciales tan despiadadas como las nuestras.

Si las cosas se torcieran por cualquier motivo, tendríamos otro enemigo poderoso, pero si todo va bien, podría ayudar a agilizar el proceso de aprobación de la nueva tecnología, acelerando su adopción en todo el mundo.

Alina suspira.

—Ojalá eso no suceda, pero Konstantin raras veces me escucha. Tal vez tú puedas hablar con él... ¿a menos que pienses que involucrarse con Volkov es una buena idea?

Me encojo de hombros y cambio de tema. La verdad es que Volkov y la posible empresa conjunta ocupan un lugar secundario en mi lista de preocupaciones, así que me conformo con dejar que Konstantin se encargue del asunto. Puede que nuestro hermano genio sea a veces demasiado intelectual para su propio bien, pero sigue siendo un Molotov y, por tanto, perfectamente capaz de evaluar los riesgos por sí mismo.

Mis prioridades en estos días son Slava y Chloe, y tengo la intención de hacer lo que sea necesario para mantenerlos y protegerlos a ambos.

<hr>

Esa noche, uno de mis peores temores se hace realidad. Poco después de medianoche, la puerta de nuestra habitación se abre de golpe y Lyudmila entra corriendo, gritando mi nombre.

Antes de que pueda explicarse, yo ya me he puesto en pie y sostengo el arma que guardo debajo del colchón. Y cuando se explica, bajo la pistola y salgo corriendo hacia el vestidor.

—¿Qué ha pasado? —exige Chloe, yendo rápidamente tras de mí mientras Lyudmila sale corriendo de la habitación. Al ver que me visto, empieza a vestirse ella también—. ¿Qué es lo que te ha dicho?

Al darme cuenta de que Lyudmila ha hablado en ruso, le explico rápidamente que Slava ha caído enfermo.

—Está vomitando sin control y tiene mucha fiebre

—digo mientras me pongo apresuradamente una camisa—. Tiene que ir al hospital inmediatamente.

Los ojos de Chloe se abren de par en par.

—Oh, no. Voy contigo.

—¡Mierda, no! —Mi tono es demasiado brusco, pero no me importa. El miedo, afilado y metálico, me recubre la lengua. Mi hijo está enfermo. Tan enfermo que no tengo más remedio que arriesgarme a revelar su paradero. Lo último que necesito es poner a Chloe también en peligro—. Tú te quedarás aquí, donde estés segura.

Ella me mira y pestañea.

—Pero...

—Te llamo por el camino. —Cogiéndole la barbilla, le robo un beso breve e intenso, y luego corro hacia la habitación de Slava, con la mente puesta únicamente en mi hijo y en la manera más rápida de llevarlo a un hospital.

40

CHLOE

—¿MÁS CAFÉ? —PREGUNTA ALINA, Y YO ASIENTO, bajándome del taburete de la barra para acercarme a la ventana de la cocina. Afuera está oscuro como la boca del lobo, no se ve ni un rayito de luna por detrás de las densas nubes.

Dicen que esta noche habrá tormenta, lo que no es bueno, dada la velocidad a la que Nikolai, Pavel y cuatro de los guardias están recorriendo esas sinuosas carreteras de montaña en sus todoterrenos. Lyudmila se fue con ellos para ayudar a cuidar de Slava, así que Alina y yo somos las únicas que quedamos en la casa.

Las únicas que no tienen *permitido* salir de casa.

Según Alina, Nikolai ha puesto a todos los guardias restantes en alerta máxima, de modo que cinco de ellos vigilan la casa en sí, mientras que el resto patrulla el perímetro del recinto por si hubiese algún ataque.

—¿Qué ataque? —le he preguntado cuando ella me ha dicho eso—. Slava sólo está enfermo.

Ella me ha lanzado una mirada que sugiere que soy una ingenua idiota.

—Hay formas de ponerse enfermo y formas de ponerse enfermo, y no sabemos de qué se trata.

—¿Crees que podría haber sido *envenenado*?

—No podemos descartar nada —me ha respondido, haciéndome comprender una vez más lo diferente que ha sido su educación y la de sus hermanos con respecto a la mía.

En mi mundo, nadie le haría daño deliberadamente a un niño.

Me aparto de la ventana y vuelvo a la encimera de la cocina.

—¿Alguna novedad de Pavel o Lyudmila?

—No. —Alina me pasa una taza de café recién hecho. Sus ojos están tan cansados como los míos, pero su maquillaje y su vestido son impecables —supongo que por si acaso nos invitan a alguna gala en mitad de la noche—. Creo que aún no habrán llegado al hospital —prosigue mientras yo le doy un gran trago a mi café —. Lyudmila me ha dicho que me mandará un mensaje cuando lleguen.

El líquido caliente me abrasa el paladar, pero bebo el resto de la taza de todos modos, disfrutando en plan masoquista del dolor. Así evito pensar en las posibilidades más aterradoras, como que Slava haya sido envenenado para sacarles a él y a Nikolai de la seguridad de la finca, o que su coche se despeñe por una carretera oscura y resbaladiza.

Para colmo, ni siquiera puedo llamar o enviar un

mensaje de texto a Nikolai para que me tranquilice, ya que se ha olvidado el teléfono aquí.

—Esto no es propio de él —murmuro, volviendo a mirar el aparato que he cogido tras encontrarlo en nuestro dormitorio—. Nunca se olvida de nada.

Alina asiente, con aire sombrío.

—Lo sé. Nunca le había visto tan preocupado. Bueno, excepto esa vez contigo.

Es verdad. Cuando hui y él tuvo que salvarme de los asesinos, un incidente que ahora parece que fue hace toda una vida.

Dejo la taza vacía y vuelvo junto a la ventana, con el pecho oprimido y acidez en el estómago por los nervios y el exceso de cafeína. Nunca me había sentido tan inútil e indefensa, ni tan prisionera. Aunque siempre he sabido que Nikolai no me dejaría salir del recinto, no lo había asimilado del todo hasta esta noche, cuando se ha negado en redondo a llevarme con él.

De una forma lógica, entiendo por qué, solo le faltaría tener que preocuparse también por mí además de por Slava, pero eso no cambia el hecho de que yo no pueda estar con las dos personas que más me importan... de que esté atrapada aquí, pase lo que pase.

—Vuelvo enseguida —dice Alina y sale de la cocina, probablemente para ir al baño. Dudo si servirme otra taza de café mientras espero, pero decido que tres tazas serán suficientes por ahora. En lugar de eso, cojo el teléfono de Nikolai y deslizo el dedo por la pantalla por si estuviese desbloqueado.

No lo está, por supuesto. Mi marido, obsesionado con la seguridad, nunca sería tan descuidado como para dejar un teléfono desbloqueado tirado por ahí. El dispositivo requiere una huella dactilar o un código de acceso, y yo no tengo ninguna de las dos cosas.

Suspiro, dejo el teléfono sobre la encimera y empiezo a pasearme arriba y abajo. Esto es una tortura en el verdadero sentido de la palabra. Estoy tan preocupada por Slava y Nikolai que me siento físicamente enferma, una sensación que se agrava con los lejanos destellos de los relámpagos y los truenos.

La tormenta aún no ha llegado aquí, pero puede que ya esté donde ellos están.

Dios, ¿y si no llegan a tiempo al hospital? Una esquirla de hielo me atraviesa el corazón. *¿Y si Slava está tan enfermo que se muere?* Es un pensamiento que no me había permitido antes, pero ahora que se ha colado, no puedo desterrarlo, y la enfermiza ansiedad se expande, expulsando el aire de mis pulmones.

Debería estar allí con ellos.

Yo debería ir en ese coche.

—Donde deberías estar es en tu habitación, intentando descansar un poco —dice Alina en voz baja, y yo me doy la vuelta, sobresaltada al encontrármela de nuevo sentada en su taburete.

¿Cuándo ha vuelto? Y otra cosa, ¿estaba yo hablando en voz alta?

Debo de haberlo hecho, porque me mira con cansada empatía, con otra taza de café entre las manos.

Aunque normalmente es una bebedora de té, esta noche, al igual que yo, toma café de verdad.

—¿De verdad crees que vamos a ser atacados? —pregunto, ignorando su disparatada sugerencia—. Y si es así, ¿por quién? ¿Por mi padre?

Alina suspira y apoya la barbilla en la mano.

—O por uno de nuestros enemigos. Dios sabe que tenemos muchos, aunque no es que Nikolai o Valery me cuenten nunca nada.

—¿Pero Konstantin sí? —Por lo que he deducido en las últimas semanas, ella mantiene una relación mucho más estrecha con su hermano mayor, el genio de la tecnología. Los dos hablan al menos un par de veces por semana.

—A veces. Cuando cree que no me disgustaré. —Su hermosa boca hace una mueca—. Cree que soy tan frágil que me derrumbaré al menor indicio de malas noticias. Especialmente con cualquier cosa que tenga que ver con... —Se detiene—. Da igual. El caso es que no estoy precisamente al tanto de las cosas.

Yo tampoco, y no tengo la excusa de los dolores de cabeza de Alina, que, según me dijo Nikolai, se deben casi exclusivamente a su estado mental.

—A algunas personas les duele el estómago cuando están estresadas, ella tiene dolores de cabeza. De los malos —me explicó cuando un día ella no bajó a cenar por culpa de una migraña—. A veces duran varios días, y llegan a ser tan dolorosos que tiene que anestesiarse a sí misma con todo un cóctel de mierdas adictivas. Esperemos que ésta no sea una de ésas.

Por suerte, no lo fue, y Alina volvió a ser la de siempre al día siguiente. Pero entiendo por qué Konstantin se preocupa: nunca olvidaré cómo iba puesta de drogas aquella mañana en mi habitación.

Si Alina no tiene ya un problema con los analgésicos con receta, no está lejos de tenerlo.

—¿Crees que algo como la rehabilitación le iría bien? —le había preguntado yo a Nikolai ese mismo día—. ¿O al menos terapia?

—Odia a los psiquiatras y se niega a hablar con ellos —me dijo—. En cuanto a la rehabilitación, lo hemos considerado, pero no está claro que sea realmente adicta. Su consumo de drogas es esporádico, centrado en los momentos de mayor estrés. Empieza con dolores de cabeza más frecuentes, y luego se dispara en espiral hasta que los dolores de cabeza dejan de ser el problema principal. Sin embargo, siempre ha podido dejar las pastillas en poco tiempo, y por eso le permito que siga consumiéndolas. Es la única forma que tiene de escapar del dolor paralizante cuando aparece.

—¿Y la marihuana? —pregunté con cuidado, sin querer delatar a Alina en caso de que Nikolai no supiera de sus ocasionales sesiones de fumeteo con Lyudmila—. ¿Quizá también podría ser de ayuda?

Su boca se retorció.

—Claro. Por eso no digo nada cuando entra oliendo igual que un café de Ámsterdam.

Así que lo sabía. No me sorprendió. Él ve todo lo que pasa por aquí, incluidas las contradicciones de mi cabeza.

Le quiero. Ya no tengo ningún problema en admitirlo ante mí misma y ante él. Y él dice que me quiere. Debería ser suficiente, más que suficiente, pero no lo es. Incluso cuando estoy yaciendo en sus brazos con el bienestar de después del sexo alucinante, hay una distancia inexplicable entre nosotros, palabras no dichas y miedos no expresados.

Creo que la mayor parte de la culpa es mía. Por un lado, aún no me he atrevido a preguntarle por su padre. Cada vez que surge la oportunidad, me acobardo. La oscuridad de Nikolai es como un imán de dos caras que me atrae y me repele a la vez. Quiero conocerle a fondo, entender su pasado tan bien como él entiende el mío, pero me da miedo ahondar en la parte de él que vi aquel día en el bosque, cuando se enfrentó a los asesinos.

A veces, cuando me despierto en mitad de la noche acurrucada contra él, oigo los gritos del asesino al que torturó y me entran ganas de gritar a mí también.

Tampoco puedo olvidar la amenaza de Nikolai de drogarme para que me casara con él. No llegó a eso, pero sé que lo habría hecho. Porque para mi marido, el amor y la posesión son lo mismo.

Haría cualquier cosa por tenerme.

Por supuesto, dentro del desastre contradictorio que estoy hecha, no siempre me molesta su falta de escrúpulos. Hay veces que me alegro de que haya forzado la situación, saltándose las etapas normales de una relación en favor del matrimonio. Y hay momentos en los que disfruto de su lado más oscuro en la cama;

en realidad, siempre que lo saca a relucir. Nuestra vida sexual es tan ardiente como variada, y por abrumadora que pueda ser su sed de mí, nunca quedo insatisfecha, hasta el punto en que tengo que preguntarme si tal vez es que hay algo malo en mí... si es sano que me pierda en su abrazo tan completamente.

En el abrazo de un hombre que, en muchos sentidos, sigue siendo mi captor.

Me dejo caer en un taburete junto a Alina, cojo el teléfono de Nikolai y vuelvo a deslizar distraídamente el dedo por la pantalla.

Sí, ahí está, me pide la contraseña.

Es igual. Ni siquiera sé por qué quiero entrar en él. Lo que realmente necesito es hablar con Nikolai, pero estoy segura de que está muy ocupado con Slava y circulando por esas complicadas carreteras.

—¿Por qué sigues haciendo eso? —pregunta Alina mientras vuelvo a deslizar el dedo por la pantalla—. ¿Es que quieres leer sus mensajes o algo así?

Aparto el móvil.

—No. Quizás. No lo sé. —Lo que quiero es a Nikolai en la cama a mi lado y a Slava durmiendo a pierna suelta al fondo del pasillo, pero ninguna de las dos cosas es una posibilidad ahora mismo.

—Prueba con 785418 —dice Alina. Al ver mi mirada sorprendida, me explica—: Tengo buena memoria para los números, y vi a Nikolai meter ese hace un par de semanas. Aunque puede que ya lo haya cambiado.

Mis dedos ya vuelan sobre la pantalla táctil.

—¡He entrado! —Le sonrío, triunfante—. *Hemos* entrado.

Entonces caigo en las implicaciones.

Alina acaba de ayudarme a invadir la privacidad de Nikolai de una manera importante.

De repente, no me siento demasiado segura de todo esto.

Ella debe de haberlo leído en mi cara.

—Lleva pegado a esa cosa toda la última semana —dice, y percibo la frustración en su voz—. No me ha dicho por qué, pero puede que tenga algo que ver con que todos los guardias se hayan puesto en código rojo, y yo no sé tú, pero si hay una amenaza específica ahí fuera, quiero saber cuál es. Estoy harta de que nadie me cuente nada.

Mientras que yo me he mantenido voluntariamente en la inopia durante semanas, ni siquiera preguntando sobre el progreso de nuestros planes con respecto a Bransford.

Mi malestar se convierte en vergüenza por mi cobardía. Me armo de valor y le paso el teléfono a Alina.

—Toma. Tú sabrás mejor dónde buscar. —Me disculparé con Nikolai por invadir su privacidad una vez que esta crisis haya pasado.

Ella siente y yo me pego a ella mientras sus dedos terminados en unas uñas rojas vuelan por la pantalla. El primer lugar al que va es la bandeja de entrada, donde se desplaza rápidamente a través de las líneas de asunto, muchas de las cuales están en ruso. Abre un mensaje y lo lee rápidamente, con un diminuto ceño dividendo su entrecejo en dos mientras sus ojos se desplazan por el texto en ruso.

—¿Y bien? —le pregunto cuando cierra el correo y vuelve a revisar la bandeja de entrada—. ¿Hay algo?

Ella levanta la vista de la pantalla y parpadea, como si se hubiera olvidado de que yo estaba aquí.

—La verdad es que no. —Sin embargo, tiene la voz rara, tensa y un poco ahogada. También lo es la sonrisa que me dirige cuando añade—: Solo las gilipolleces de siempre.

—¿Puedo? —Sin esperar su respuesta, le quito el teléfono y leo los asuntos de los mensajes yo misma. Sin embargo, mi incapacidad para entender el ruso es un serio obstáculo, así que salgo de la bandeja de entrada y miro los mensajes de texto. Nikolai utiliza una aplicación que nunca he visto (seguramente una encriptada) y la mayoría de los mensajes también están en ruso.

Y hasta aquí ha llegado mi gran intento de pirateo.

Estoy a punto de dejar el teléfono cuando un icono en la esquina superior izquierda de la pantalla llama mi atención. Es una de las pocas aplicaciones que hay instaladas, y su ubicación privilegiada me dice que debe de ser algo que Nikolai usa mucho.

Intrigada, hago clic en el icono, una casa diminuta, y una serie de imágenes, o más bien de vídeos, llenan la pantalla. Cada una es demasiado pequeña para ver nada en detalle, así que hago clic en la que detecto algo de movimiento.

Alina mira la pantalla por encima de mi hombro.

—¿Es eso...?

—Esta cocina, sí. De hecho, nos estoy viendo a las dos sentadas, pegadas al móvil. Frunzo el ceño y miro hacia el techo y los armarios. El ángulo del vídeo sugiere que las cámaras están allí arriba y a la izquierda de nosotras, pero por más que miro, no las veo.

Cierro las imágenes en directo de la cocina de la cocina y me acerco a otra imagen, y luego a todas las demás sucesivamente.

Sala de estar.

Comedor.

Terraza acristalada.

Lavandería.

Pasillo de arriba.

Escaleras.

El cuarto de Slava.

Mi antigua habitación.

Mi corazón se acelera y una desagradable opresión se genera rodeándome el pecho.

Efectivamente, ahí está, nuestro dormitorio.

—¿Mi habitación también está ahí? —me pregunta Alina, con un tono de cuidadosa serenidad. Tampoco debía de saber lo de las cámaras. Y pensar que hace solo un momento me sentía mal por invadir la intimidad de Nikolai...

Vuelvo a la pantalla de inicio de la aplicación y examino detenidamente la colección de pequeñas vistas de cámara.

—No la veo —le digo a Alina—. Toma, echa un vistazo.

Ella revisa metódicamente todas las imágenes en directo.

—No hay ninguna de mi habitación —concluye, sonando aliviada—. Ni de la de Pavel y Lyudmila. Lo que tiene lógica. Probablemente fuese Pavel quien instalase las cámaras. Se le dan bien las tecnologías de seguridad.

—¿Las instaló cuándo? —Mi mejor suposición es que se trata de una versión avanzada de una cámara de esas que vigilan a las niñeras, algo que Nikolai implementó cuando decidió poner el anuncio de una profesora. De ser así, las cámaras se habrían instalado poco antes o poco después de mi llegada, cuando yo aún era una extraña y, por tanto, no era de fiar para dejarme a solas con Slava. Aunque por qué nuestro dormitorio, originalmente el de Nikolai, también iba a estar vigilado es un mis...

—Parece que la aplicación se instaló hace unos meses —dice Alina, buscando en la configuración—. Pero ha habido dos actualizaciones desde entonces: una en julio, justo después de tu llegada, y otra, mucho mayor, más recientemente. Hace una semana, de hecho. —Sus ojos se encuentran con los míos—. Justo cuando empecé a ver a Kolya siempre pegado a esta pantalla.

También más o menos cuando le dije que le quería.

Tal vez todo sea una coincidencia. Quizá no tenga nada que ver conmigo y sí con el correo electrónico al que Alina reaccionó de forma tan extraña, pero mi instinto me dice lo contrario.

Las cámaras están ahí para mí. Para observarme.

La obsesión de mi marido por mí va en aumento, de forma aterradora, y como yo he mantenido la cabeza metida en la arena como un avestruz, sigo sin saber de lo que es realmente capaz.

41

NIKOLAI

—ACABAN DE LLEGAR LOS RESULTADOS —ME INFORMA EL médico cuando vuelvo a la habitación de Slava tras una breve pausa para ir al baño—. Intoxicación por salmonela.

Se me escapa el aliento de la garganta fuertemente apretada mientras me invade una oleada de alivio. Ya han detenido los vómitos de Slava y le han puesto suero intravenoso, pero hasta este momento no sabíamos por qué estaba tan enfermo.

Salmonela.

No un exótico veneno de diseño para el que pudiera no haber cura.

Puta salmonela.

Me vuelvo hacia Lyudmila, que tiene la desgracia de ser la única otra persona en la sala.

—¿Le has dejado tocar carne cruda o huevos?

Ella palidece.

—¡No, lo juro! Hoy ni siquiera ha comido huevos, a

menos que... —Sus ojos se abren de par en par y se lleva la mano a la boca—. ¡Oh, no!

—¿Qué? Escúpelo.

—Masa de galletas —susurra, y su cara redonda palidece—. Creo que ha debido de probar la masa de galletas cruda. Pavel estaba haciendo esas galletas de chocolate para cenar, y Slava y yo entramos a por fruta para merendar...

Joder. Qué mala suerte. Tenía que haber un huevo con la bacteria y, claro, Slava tuvo que comerse esa masa de galleta. En retrospectiva, tenía que ser algo así; he investigado personalmente a todos y cada uno de los guardias, y con lo estricta que es nuestra seguridad, las probabilidades de que algún asesino pudiera colar veneno en la finca eran casi nulas. Aun así, yo no podía descartarlo del todo, no hasta tener los resultados de las pruebas.

—Estas intoxicaciones son mucho más frecuentes de lo que usted cree, sobre todo entre los ancianos y los más jóvenes —interviene el médico, discerniendo lo esencial de mi conversación con Lyudmila a pesar de que estemos hablando en ruso—. La salmonela es muy resistente si está dentro de la yema. Tendrías que hervir el huevo durante más de ocho minutos para asegurarte de que la matas toda, y casi nadie lo hace. — Suspira—. No se creerían la cantidad de gente que acaba en urgencias después de una tortilla o un revuelto normalito, y no me hagan hablar de huevos estrellados o de salsa holandesa y demás. Esos son más o menos una ruleta rusa... sin ofender.

Estoy demasiado aliviado para estar molesto

—¿Cuáles son los siguientes pasos? —Echo una mirada preocupada a la cama de tamaño adulto donde duerme Slava, con su carita pálida y demacrada por los vómitos y la diarrea. Ya tiene mejor aspecto gracias a todos los líquidos, pero aún me estremezco al recordar nuestro frenético viaje hasta aquí, durante el cual sólo podía pensar en si él sobreviviría o no.

—Normalmente, dejaríamos que la enfermedad siguiera su curso, pero tiene fiebre, así que le estamos dando antibióticos por si acaso. Entre eso y los fluidos, debería sentirse significativamente mejor pronto. Sin embargo, me gustaría tenerlo en observación un día más o así.

—No hay problema. —Si hubiera sabido que era salmonela, habría dispuesto que un equipo médico se ocupara de Slava en casa, como hice con Chloe, pero estaba tan aterrorizado de que mi hijo hubiera sido envenenado o expuesto a alguna neurotoxina exótica que no podía arriesgarme a no tener a mano los especialistas o el equipo adecuados. Y ahora que estamos en el hospital, no tiene sentido desenganchar a Slava de todas las máquinas y regresar en medio de la tormenta. Para una curación más rápida, necesita descansar y dejar que los antibióticos hagan su trabajo.

Sólo me queda esperar que los Leonov no se enteren de nuestra presencia aquí, o que para cuando lo hagan ya nos hayamos ido.

El médico se marcha y Lyudmila, con cara de arrepentimiento, se excusa para ir al baño. Los dos hemos estado esperando junto a la cama de Slava mientras Pavel y los guardias patrullaban el pasillo. No es que espere un ataque en pleno hospital estadounidense, al menos no ahora que sé que mi hijo no fue envenenado deliberadamente. Probablemente la finca tampoco corra mayor peligro, aunque no les diré a los guardias que desactiven el código rojo hasta que volvamos.

He olvidado mi puto teléfono, y aunque Lyudmila ha estado enviando mensajes a Alina y sé que todo va bien en casa, no poder ver a Chloe a través de las cámaras me inquieta profundamente.

Es como si alguien me hubiera vendado los ojos o me los hubiese arrancado.

—Déjame usar tu teléfono un momento —le digo a Lyudmila cuando vuelve, y ella me lo entrega antes de desaparecer discretamente de la habitación.

En cuanto se ha ido, llamo a mi hermana y le pido que vaya a buscar a Chloe si aún está despierta.

Si no puedo ver a mi *zaychik*, al menos oiré su voz.

—Primero cuéntame cómo está Slava —dice Alina.

Rápidamente le informo de su estado.

Lyudmila ya le ha contado lo del diagnóstico de salmonela. Luego vuelvo a pedir hablar con Chloe.

—Dame un minuto. —La voz de Alina tiene una nota peculiar. Espero que no le esté dando otra migraña, aunque no me sorprendería que así fuera, dados los acontecimientos de la noche.

Yo no soy propenso a los dolores de cabeza y, sin

embargo, siento como si me estuvieran golpeando las sienes con martillos.

Espero impaciente a que Chloe se ponga al teléfono. Probablemente debería haber llamado antes en lugar de dejar que Lyudmila las mantuviera al tanto de la situación, pero primero necesitaba saber qué pasaba con Slava. El miedo era como una roca que pesaba en mi pecho, pero ahora por fin puedo respirar... y hablar como un ser humano racional.

Hace una hora, estaba a punto de arrancarle la garganta al personal médico con los dientes por sus intentos de hacernos esperar nuestro turno para el ingreso.

Por suerte, el dinero manda incluso en esta zona del culo del mundo, así que en cuanto le dije a la recepcionista de Urgencias que haría una donación millonaria a su departamento de medicina infantil si mi hijo recibía tratamiento *de inmediato*, las cosas se agilizaron mucho y no tuve que recurrir a medidas más extremas como, por ejemplo, plantar unas balas en algunas de las cabezas más espesas.

—Nikolai, hola. —La suave voz de Chloe es como una cálida manta que me envuelve, disminuyendo el martilleo de mi cabeza y liberando la tensión de mi cuello y mis hombros. Hasta este momento no me había dado cuenta de lo tensos que los tenía.

Me aparto de la cama de Slava y me acerco a la ventana para asegurarme de no despertarle.

—Hola, *zaychik*. ¿Cómo estás?

—Mejor ahora que sé que Slava y tú estáis a salvo —

dice en voz baja, y oigo un pequeño corte en su respiración—. Estaba tan preocupada, con la tormenta y todo eso...

Se me oprime el pecho de ternura.

—Estamos bien. Conseguimos llegar. —Manteniendo la voz baja, se lo cuento todo sobre el horrible viaje: lo enfermo que había estado Slava durante todo el trayecto y cómo tuvimos que parar una docena de veces para que vomitara y se aliviara bajo la lluvia torrencial. Cómo deseaba ser yo a quien le estuvieran retorciendo las entrañas, y lo aterrorizado que estaba de llegar demasiado tarde al hospital.

—Sabía que los niños se ponen enfermos —digo con voz entrecortada—. Y sabía que Slava podría pillar algo algún día, aunque sea un chico fuerte y sano. Lo que no sabía era que yo me sentiría así... como si alguien me estuviera serrando el corazón lentamente con un cuchillo sin filo, abriéndolo célula a célula.

—Por supuesto. —El tono de Chloe es suave, empático y comprensivo—. Los padres siempre se sienten así cuando algo no va bien con sus hijos. Mamá me dijo una vez que no sabía lo que significaba preocuparse hasta que me tuvo a mí, y entonces ya no supo lo que era existir *sin* preocupaciones.

Me pellizco el puente de la nariz.

—Genial. Simplemente genial.

—También me dijo que no cambiaría ser mi madre por nada del mundo. —Hace una pausa, luego pregunta con voz queda—: ¿Tú lo harías? ¿Renunciar a ser el padre de Slava a cambio de tranquilidad?

—Joder, no. —Miro a la diminuta figura en la cama, y la sensación de opresión e incomodidad que intenté evitar al principio vuelve a invadirme el pecho. Esta vez, sin embargo, reconozco que se trata de preocupación. Preocupación y un amor profundo que todo lo consume. Un tipo de amor distinto de la pasión obsesiva que Chloe despierta en mí, pero no por ello menos potente.

Mataría por los dos.

Moriría por los dos.

Si perdiera a alguno de los dos, no sé cómo seguiría adelante.

—Entonces, ¿cuándo crees que volveréis a casa? —pregunta Chloe, y al igual que con Alina, capto una extraña inflexión en su voz. No una tirantez, precisamente, sino algo un poco fuera de lo normal.

—Deberíamos estar de vuelta antes de que anochezca —digo, echando un vistazo al reloj. Son las cinco de la mañana, casi de día, aunque fuera aún está oscuro—. *Zaychik...* ¿va todo bien?

El tono de Chloe es ahora notablemente tenso.

—Por supuesto. ¿Por qué no iba a ir bien?

—Dímelo tú. ¿Sucede algo malo?

—No, nada. Sólo... ven a casa, y hablaremos.

—¿Hablar? ¿Hablar de qué? ¿Ha pasado algo mientras he estado fuera?

—No, por supuesto que no. —Ella coge aire—. No pasa nada. Todo va bien. Sólo estoy cansada por llevar despierta toda la noche, nada más.

Miente. Estoy seguro de que miente y estoy a punto

de presionarla para que responda cuando Pavel entra en la habitación.

—Masha está al teléfono —dice secamente, entregándome su aparato—. Por fin se ha puesto en marcha la operación. Él va a ir a su casa dentro de quince minutos.

Joder.

—*Zaychik*, tengo que dejarte. Duerme un poco, y te llamaré más tarde, ¿de acuerdo?

Sin esperar a la respuesta de Chloe, cuelgo y me acerco el teléfono de Pavel a la oreja.

—¿Tienes las cámaras preparadas? ¿Y la transmisión en directo?

La voz de Masha es tan alegre como siempre.

—Por supuesto.

—Envía la grabación a Konstantin para que la edite, y para la retransmisión en directo, dirígela a este teléfono. No llevo encima el mío.

—No hay problema. Ahora, sobre el Plan B...

—Concéntrate en el Plan A. —Necesito a Bransford pillado, no muerto, según mi trato con Chloe.

Masha lanza un suspiro exasperado.

—Lo haré, obviamente. Pero si algo sale mal y no puedo contenerlo, aún quieres que lo elimine hoy, ¿verdad? No podré volver a estar así de cerca de él otra vez.

Me froto la ceja izquierda, detrás de la cual hay otra vez unos martillos golpeando mi cráneo. El activo de Valery ha sido muy claro en cuanto a lo que hará y lo que no hará en este trabajo, y aunque no se opone a que

Bransford la maltrate un poco en aras de un vídeo convincente, no dejará que se la tire.

—Haz todo lo posible para que no haya que llegar a eso —le digo por fin—. Y si tienes que recurrir al Plan B, usa el fármaco.

Aunque será difícil explicarle a Chloe la muerte de Bransford, haré lo que haga falta para protegerla.

Incluso faltar a mi palabra con ella.

42

CHLOE

Me despierto con la boca seca y los ojos tan irritados como si me los hubieran llenado de arena. Parpadeo para librarme de la luz brillante que inunda la habitación, miro el reloj y me incorporo como un rayo en la cama.

Las cinco de la tarde.

¿Qué cojones?

Antes de que pueda poner mis ideas en orden, alguien llama a la puerta de la habitación y Alina asoma la cabeza.

—Vale, bien. Por fin estás despierta.

Cojo una botella de agua de la mesilla y me la bebo de un trago para aliviar la sensación de sequedad de mi garganta.

—¿Qué ha pasado? —grazno cuando me termino hasta la última gota del preciado líquido. Me siento aturdida y atontada, como si me hubiesen drogado.

Alina entra con aspecto fresco y glamuroso, como si

acabara de salir de un tratamiento completo en un salón de belleza-spa. Yo, en cambio, me siento, y probablemente también tengo una pinta parecida a algo que ni los mapaches rescatarían de un cubo de basura.

—No pudiste dormir el resto de la noche, así que te fuiste a echar una siesta a media mañana, ¿recuerdas? —dice, encaramándose con gracia al borde de la cama.

Vuelvo a mirar el reloj, como si al hacerlo fuera a cambiar la hora que muestra.

—Pero ya son las cinco. ¿Cómo van a ser las cinco si me he acostado para echar la siesta por la mañana?

Ella sonríe.

—¿Qué puedo decir? Cuando caes, caes del todo. —Cruza sus largas piernas—. Mi hermano ha llamado como unas diez veces, exigiendo hablar contigo. Le he dicho que te estaba dejando dormir.

Mi ritmo cardíaco se dispara.

—¿Pasa algo malo? ¿Es que Slava...?

—No, no, todo va bien. En realidad ya vienen en el coche de camino a casa. Deberían llegar en menos de una hora.

—Oh. ¿Está Slava...?

—Mucho mejor —me asegura—. El médico iba a dejarlo en observación hasta esta noche, pero no ha vomitado ni una sola vez desde por la mañana y ha podido almorzar un poco de sopa de pollo y gelatina, así que le han dado el alta antes de tiempo.

—Oh gracias a Dios. —No puedo esperar a abrazar a Slava y darle un beso. Solo pude verle de pasada anoche cuando Nikolai salió corriendo de casa llevándolo en brazos, pero su aspecto pálido y demacrado me ha estado obsesionando, haciéndome sentir exactamente como Nikolai describió: como si una hoja sin filo me estuviera serrando el corazón.

Supongo que mi marido no es el único que se siente padre estos días. Con cada semana que pasa, el hijo de Nikolai se ha ido metiendo más y más en mi corazón, y he llegado al punto en el que no podría quererlo más si hubiera salido de mi propio vientre, y que me sentiría desolada si le pasara algo.

—¿Tienes tu teléfono? —le pregunto a Alina—. Quiero llamar a Nikolai.

Quiero hablar yo mismo con Slava y asegurarme de que realmente se encuentra mejor, y también me muero por oír la voz de Nikolai.

Por muy escalofriantes que me parezcan esas cámaras, no puedo evitar echarle de menos, sentir el ansia más visceral del mundo hacia él. Por eso, pensar en nuestra inminente conversación me impidió conciliar el sueño anoche, incluso después de que llegaran sanos y salvos al hospital y yo supiera que Slava iba a ponerse bien.

—No lo llevo encima, pero puedo ir a por él —dice Alina, levantándose—. Aunque no sé si deberías llamarlo en este momento. No tardarán en llegar y entonces podréis hablar.

Yo titubeo, y luego asiento.

—Vale.

Ella tiene razón. Ahora que ya casi están aquí, será mejor que espere. A pesar de lo breve que fue nuestra conversación de anoche, Nikolai notó de algún modo que yo estaba disgustada y, de no ser por lo que fuera que le distrajo, estoy segura de que me habría presionado para que le diera respuestas. Habrá sido por eso por lo cual ha seguido llamando durante todo el día, y también por eso es mejor que hable con él en persona.

Es hora de que yo deje de comportarme como un avestruz y conozca la verdad, y de que ambos pongamos las cartas sobre la mesa.

Cuarenta minutos más tarde, casi a la hora de cenar, su todoterreno aparca delante de la casa. He pasado esos cuarenta minutos preparándome, tanto mental como físicamente. Llevo el pelo cepillado y recogido, mi maquillaje es casi tan perfecto como el de Alina y me he puesto un vestido blanco y brillante con dos rajas en los laterales que dejan ver mis piernas y mis sandalias de tacón doradas. En las orejas llevo un par de pendientes de diamantes que me regaló Nikolai, y en el cuello el collar en forma de corazón que Alina me prestó aquella otra vez, para mi primera cena elegante. Iba a ponerme una de mis propias joyas, pero ella ha insistido en que su collar era lo que necesitaba el conjunto.

—Fíate de mí —me ha dicho con aire misterioso—.

Esto es precisamente lo que Nikolai necesita ver esta noche.

He decidido seguir exactamente su consejo y confiar en ella por ahora, aunque tengo más que curiosidad por saber a qué se refería. Si Nikolai no me da todas las respuestas esta noche, se las sacaré *a ella*.

Se acabó lo de enterrar la cabeza en la arena.

Ya me he cansado de ser una cobarde.

A pesar de mi determinación, mi corazón late erráticamente mientras me apresuro a bajar las escaleras para recibir a mi marido y a nuestro hijo.

Slava entra el primero... o mejor dicho, entra disparado como la pequeña bola de energía que puede ser un niño de su edad.

—¡Mamá Chloe! —Corre directo hacia mí, y yo lo atrapo a medio salto, tambaleándome hacia atrás bajo el peso de su cuerpo pequeño pero robusto mientras mi tobillo lesionado se tambalea en su sandalia de tacón. Huele a medicinas y a champú para bebés, y estoy tan contenta de sentir sus bracitos estrujándome el cuello que no me importa que pueda volver a hacerme daño, ni que se me corra el maquillaje cuando me da unos besitos húmedos y sonoros en las mejillas.

—Vomito montones —anuncia triunfante cuando por fin le dejo en el suelo, y no puedo evitar reírme cuando empieza a contar sus aventuras en el hospital en una mezcla de inglés y ruso, en la que la esencia de la historia se reduce a lo asqueroso que era todo ese vómito.

—¿Pero qué es esto? ¿No deberías estar todo débil y

pachucho? —pregunta Alina divertida, y me doy cuenta de que ha bajado para ponerse a mi lado. Con una sonrisa de oreja a oreja, se arrodilla y abraza a Slava mientras le susurra en ruso con aire conspirador.

—Sí, soy Superman —declara él cuando ella termina, y yo me echo a reír de nuevo, encantada de ver que se encuentra así de bien.

—Ha venido durmiendo casi todo el camino y se ha despertado con toda esta energía —dice Nikolai y su voz grave me sobresalta tanto que giro bruscamente sobre mis talones y casi me caigo cuando mi estúpido tobillo se dobla debajo de mí, haciendo que una punzada de dolor me suba por la pierna.

Digo «casi» porque, como siempre, Nikolai me atrapa y sus poderosos brazos me rodean antes de que caiga al suelo.

—Con calma, *zaychik* —murmura, y sus ojos adquieren un tono dorado mientras me equilibra contra su cuerpo grande y cálido y me observa, sujetándome por la parte superior de los brazos—. Un viaje al hospital es más que suficiente.

El corazón se me teletransporta a la garganta cuando el impacto de su cercanía me golpea como una bola de demolición. Mis rodillas ceden para unirse a mi tobillo y mi piel estalla en ignición de sensaciones; cada célula bebe del calor que emana de sus dedos, de la deliciosa fuerza y aspereza de sus palmas callosas. Igual que Slava, él también huele a hospital, pero por debajo hay un seductor toque de bergamota y un rastro aún más tenue de cedro, mezclados con ese aroma cálido y masculino que es tan suyo.

—Aquí estás. —Es un comentario tonto, pero parece que todas mis neuronas se hayan ido de excursión. Yo tan solo puedo mirarle a la cara, con sus pómulos altos y anchos y su mandíbula feroz, paralizada por la yuxtaposición de salvajismo y elegancia que hace de él una contradicción tan peligrosamente seductora.

Mi marido.

Mi protector.

Mi espía secreto.

¿Es su amor algo que anhelar o que temer?

Me rodea la mejilla con su mano, sus ojos se oscurecen y su mirada desciende hasta mis labios.

—Aquí estoy, *zaychik*. —Ignorando a nuestro público, inclina la cabeza y desliza su boca encima de la mía, reclamándola con un beso profundo y abrasador.

Cuando se aparta, el corazón se me ha acelerado en el pecho y tengo la piel caliente en exceso. Como de costumbre, todos están ignorando nuestras flagrantes exhibiciones públicas de afecto. Pavel y Lyudmila también han entrado y hablan con Alina en ruso mientras Slava les interrumpe con sus propias historias.

Vuelvo a mirar a Nikolai, pero me quedo helada al ver la escalofriante expresión de su rostro. Tiene la mirada clavada en mi garganta y un músculo de la mandíbula le palpita violentamente.

—¿Qué dem...?

Y entonces me doy cuenta de lo que está mirando.

No es mi garganta.

Es el collar que me ha prestado Alina, el que me ha dicho que él tenía que ver esta noche.

Con repentina claridad, recuerdo sus balbuceos cuando estaba colocada, aquella horrible mañana en la que hui. Como con tantas otras cosas relacionadas con mi situación, no me he permitido pensar en sus palabras exactas en las últimas semanas, ni darles demasiadas vueltas. Pero ahora me vienen a la mente, junto con todo lo que he oído sobre esta familia, sobre lo mucho que Nikolai se parece a su padre.

Si me quedaba alguna duda de que mi marido y yo necesitamos tener esta conversación, esta se evapora en este mismo momento, porque si la sospecha que se está formando en mi mente es cierta, Alina no es la única que está lidiando con un trauma importante.

Fingiendo que todo es normal, me alejo de Nikolai y me acerco para coger a Slava de la mano.

—Ven, cariño, vamos a meterte en la cama antes de que te caigas redondo. Te llevaremos la cena allí.

—Yo lo hago —se ofrece Lyudmila pero yo sonrío, negando con la cabeza.

—Déjame a mí. Le he echado de menos.

—Voy con vosotros —dice Nikolai, con la mirada semioculta tras sus párpados entornados, y mi pulso se acelera aún más mientras levanta a Slava y lo lleva escaleras arriba delante de mí.

Los dos juntos bañamos a Slava y le metemos en la cama, donde toma un poco de sopa y se duerme enseguida, ya que su estallido de energía se ha agotado rápidamente.

—¿Siempre es así con los niños? —pregunta Nikolai en voz baja, alisando con su amplia palma la frente de Slava. Su mirada desconcertada se desplaza hacia mí—. Cuando enferman, quiero decir. ¿De cero a cien y luego vuelta a empezar?

Sonrío a pesar de la agitación en mi pecho.

—No, no siempre. Es que Slava es Superman. ¿No te has enterado?

La sonrisa que él me devuelve desencadena una explosión de endorfinas en mi cerebro.

—Oh, sí, *hay* cierto rumor que ronda por ahí.

Y durante un par de segundos, con esto nos basta: con este momento sencillo de alegría compartida, de alivio porque el niño al que queremos va a ponerse bien. Pero entonces la sonrisa de Nikolai se desvanece y mi pulso se acelera cuando el espacio que nos separa se llena de una conciencia latente, de esa química abrasadora que hace que yo sienta como si un cable cargado estuviese bailando sobre mi piel. Estamos sentados a un palmo de distancia, pero incluso esa pequeña distancia me parece de repente demasiado... demasiado grande y demasiado pequeña al mismo tiempo.

Trago saliva cuando levanta la mano y me rodea la mejilla con su pulgar rugoso, que me acaricia el labio inferior y me produce un cosquilleo.

—*Zaychik*... —Su voz es de terciopelo oscuro—. Te he echado de menos.

Y yo también te he echado de menos. Tanto, tanto... Las palabras hacen piruetas en la punta de mi lengua, listas para alzar el vuelo. Sería tan fácil volver a caer en sus brazos, olvidar lo que vi en su teléfono y no agitar las aguas... Meternos en nuestra rutina de falsa luna de miel y fingir que no hay nada de aterrador en un marido que me vigila obsesivamente cuando estamos separados... un asesino cuyo complicado pasado sigue suponiendo un misterio aterrador.

—Nikolai, yo... —Cojo aire y me fuerzo a pronunciar otras palabras, las que he estado evitando —. Tenemos que hablar. Es hora de que me cuentes exactamente lo que pasó con tu padre.

43

CHLOE

Es como si una persiana oscura cayera sobre el rostro de Nikolai, transformándolo en el de un extraño. Toda la calidez desaparece de su voz cuando retira la mano y se levanta.

—Vamos, entonces. Hablaremos en mi oficina.

Mi corazón se acelera mientras le sigo fuera de la habitación de Slava y por el pasillo. Mientras caminamos, suena un timbre en su bolsillo y él saca el teléfono y echa un vistazo a la pantalla. Debe de haber recuperado el aparato nada más llegar.

Lo que sea que vea allí le tensa la mandíbula y, cuando vuelve a mirarme, sus ojos se llenan de una luz peculiar.

Un terrible presentimiento me atenaza el estómago.

—¿Qué ha ocurrido? ¿Qué sucede?

—Hay algo que deberías ver —dice, y en cuanto entramos en su despacho, va directo a su portátil y lo abre, inclinándose sobre su escritorio. Sus dedos vuelan sobre el teclado durante un segundo y luego gira la pantalla hacia mí.

Mi corazón da un salto y mis rodillas se vuelven espaguetis.

En la pantalla hay una conocida web de noticias, cuyo titular principal reza en mayúsculas: «EL PRINCIPAL CANDIDATO PRESIDENCIAL AGREDE SEXUALMENTE A UNA MUJER EN UN IMPACTANTE VÍDEO»

Unas agujas heladas bailan sobre mi piel mientras cojo el portátil y lo llevo hasta la pequeña mesa redonda, donde me dejo caer en una silla y leo el artículo completo.

La historia aún está en desarrollo, pero parece que hace poco menos de una hora, un vídeo de Bransford atacando a una joven ha aparecido en Twitter e instantáneamente se ha hecho viral. Según el sitio de noticias, las imágenes, «gráficas y perturbadoras», muestran a Bransford golpeándola en la cara y abriéndole la camisa mientras ella se defiende desesperadamente. Tras un par de minutos de violenta lucha, ella escapa dándole un rodillazo en la ingle y sale corriendo por la puerta mientras él le grita obscenidades.

—Puedes ver el vídeo si quieres —dice Nikolai con voz queda, y me doy cuenta de que se ha colocado a mi lado, con la mirada clavada en la pantalla desde arriba—. El equipo de Konstantin ha hecho maravillas con lo que le envió Masha.

Tengo un hilillo de voz.

—¿Esto ha sido filmado hoy?

Él asiente, con expresión inescrutable.

—Esta mañana temprano, unos veinte minutos después de que tú y yo hablásemos. Le hizo pasarse por su «habitación de la residencia estudiantil» antes del trabajo para que le firmara los papeles de sus prácticas y así poder ser voluntaria en su campaña y obtener créditos para su curso avanzado de política americana.

—¿Curso avanzado? —Siento una oleada de náuseas—. ¿Es decir, para una de las clases que se pueden estudiar en el instituto?

—Exacto. Él cree que ella tiene diecisiete años, y que estudia en un internado de la zona de Washington. —Nikolai hace una pausa y luego añade en voz baja—: Una huérfana cuyos padres murieron en un accidente de coche, dejándola al cuidado de un tío indiferente que no quiere saber nada de ella.

—El cebo perfecto para un depredador —susurro, mientras me escuecen los ojos—. El tipo de víctima más vulnerable... como mi madre.

—Sí. Ese parece ser su modus operandi. Hemos localizado a dos mujeres más a quienes les ha hecho lo mismo a lo largo de los años. —La mandíbula de Nikolai se flexiona—. Le gustan inteligentes, guapas, demasiado jóvenes y sin nadie a quien recurrir.

Cojo aire y las agujas heladas se me clavan más adentro.

—¿Las has encontrado? ¿Se presentarán ante la policía?

—Ahora sí lo harán.

Trago saliva para no echar el contenido de mi estómago mientras vuelvo a prestar atención a la pantalla. Por muy repugnante que esto vaya a ser, necesito ver este vídeo con mis propios ojos, para saber exactamente qué clase de monstruo le hizo daño a mi madre cuando *ella* era una adolescente vulnerable.

Ya no pienso seguir evitando la realidad.

Encuentro el vídeo, pulso «play», y mis náuseas se intensifican y mi estómago se revuelve al saber que comparto los genes de este hombre.

La grabación comienza con una breve pero violenta persecución, en la que un hombre mayor, alto, en forma y guapo, inconfundiblemente Tom Bransford, se abalanza sobre una rubia menuda vestida con unos minúsculos pantalones cortos y una camiseta. La cámara está dispuesta de tal forma que sólo se ve una parte de la cara de Masha, pero no se puede confundir la línea juvenil de su mandíbula ni el terror de sus movimientos frenéticos.

Ella consigue recorrer casi toda la estrecha y desordenada habitación antes de que él la agarre por detrás, la lance contra una pared, junto a un póster del grupo musical BTS, y luego la haga girar para que le mire a la cara. Sollozando de pánico, ella le ataca, arañándole con sus pequeños y delgados dedos, pero él le da una brutal bofetada en la cara y le golpea con el puño en el estómago.

Me tenso, sintiendo el golpe como si me lo hubiesen dado a mí, pero lo peor no ha hecho más que empezar. Mientras Masha está encogida, jadeando en busca de aire, él le rompe la camiseta, rasgándola a la altura del hombro.

Aparece un hombro delicado, suavemente redondeado, que podría pertenecer a una adolescente o a una niña.

Sé que no es el caso: con sus antecedentes en el gobierno, Masha debe de tener al menos unos veinte años. Pero es fácil olvidar que no estoy presenciando una agresión real a una inocente víctima adolescente.

O más bien, que es probable que la agresión sea real, pero no la víctima.

En cualquier caso, no puedo evitar exhalar un suspiro de alivio cuando, tras unos momentos más de angustiosa lucha, Masha hace un movimiento giratorio que parece poner accidentalmente su rodilla en contacto con la ingle de su agresor. Él se tambalea hacia atrás dando un chillido agudo, agarrándose la entrepierna con las manos, y ella sale corriendo de nuevo, esta vez alcanzando la puerta y desapareciendo por ella mientras Bransford grita: «¡Maldita zorra! ¡Vuelve aquí, puta calientapollas, o te mato!»

El vídeo se interrumpe entonces, pero no antes de que la cámara enfoque el rostro de Bransford, sus facciones hermosas y serenas convertidas en una máscara roja de furia frustrada, un rostro de ojos saltones tan monstruoso como el propio hombre.

Temblando, apago el portátil y respiro entrecortadamente en un esfuerzo por llevar oxígeno a mi tensa caja torácica y evitar vomitar.

Parafraseando a Nikolai, con una persona vomitando por aquí esta semana es suficiente.

Cuando estoy segura de que mi estómago no va a expulsar su contenido, me vuelvo para mirar a Nikolai.

—¿Cómo lo habéis hecho? —Mi voz es sólo ligeramente inestable—. ¿Cómo ha conseguido Masha que... ya sabes?

—¿Que él la ataque? —Cuando yo asiento, él me dice—: No conozco todos los detalles, pero sospecho que fue haciendo exactamente aquello de lo que él la acusa al final.

—¿Siendo una calientapollas?

—¿Cómo llamarías a alentar fuertemente sus atenciones, para luego echarse atrás deliberadamente... ¿Lo que los hombres así piensan que hacen todas las mujeres? Sólo que en este caso, Masha *sí* lo estaba haciendo, sólo que con un objetivo diferente al que él imaginaba. —Nikolai hace un gesto de disgusto curvando el labio superior—. Sin duda, se imaginó que ella estaría tan ansiosa por obtener créditos escolares extra por ser voluntaria en su campaña que le dejaría que se la follara y cuando no lo hizo, las cosas se intensificaron rápidamente... como imaginamos que podría ocurrir, dado su historial.

Me trago otra oleada de náuseas.

—¿Así que todo lo que se ve el vídeo ha ocurrido de verdad? ¿Ninguna de las imágenes ha sido manipulada? ¿No hay nada en ellas que se haya añadido artificialmente?

—Se ha editado mucho, pero no se ha manipulado nada.

—¿Editado para qué?

Nikolai toma asiento enfrente de mí.

—Para ocultar su cara y resaltar la de él, para empezar. El anonimato es importante para ella.

Reproduzco mentalmente el vídeo y me doy cuenta de que tiene razón: la cara de Masha nunca se distingue. El ángulo siempre es malo. Incluso cuando Bransford la tiene inmovilizada contra la pared y la cámara apunta directamente a su cara, su hombro o algo la tapan, permitiendo al espectador captar solo un atisbo de su mejilla, oreja o mandíbula... lo suficiente para tener una impresión de juventud y belleza, pero no para capturar una fotografía que se pueda imprimir.

—¿Así que ella no va a presentarse a declarar? —pregunto, y Nikolai niega con la cabeza.

—Demasiado arriesgado. Le hemos creado una identidad falsa, pero no es una que pueda resistir un escrutinio real. El vídeo se ha subido a internet de forma anónima, desde un servidor imposible de rastrear... pero, por supuesto, culparán a los piratas informáticos rusos, como de tantas otras cosas hoy en día.

—Salvo que en este caso, tendrán razón.

Sus labios se mueven conformando rápidamente una mueca burlona.

—Tienen razón en la mayoría de los casos, *zaychik*. Konstantin y los de su calaña son una amenaza, sobre todo para tus desventurados políticos. En cualquier caso, no importa lo que digan sobre la fuente del vídeo, o si lo califican de *fake*. El daño a la carrera de Bransford ya está hecho y sus dos víctimas reales envalentonadas. Una vez que salgan a la luz... Bueno, digamos que tu queridísimo papi está acabado.

Queridísimo papi. Mi estómago se revuelve tan violentamente que casi vomito después de todo.

—No es mi papi, ni querido ni nada... —Me pongo en pie de un salto, de repente cegada por la ira—. Él solo es...

—El violador y asesino de tu madre, lo sé —dice en voz baja Nikolai, poniéndose de pie también—. Y eso es todo lo que es, *zaychik*. Nada más que eso, sin nada que ver contigo.

La rabia desaparece tan rápido como ha aparecido, me hundo en la silla y dejo caer la cabeza entre las manos. Siento el cráneo inexplicablemente tenso y pesado, como si mi cerebro se hubiera convertido en plomo.

Unas manos grandes y cálidas se posan en mi nuca y mis hombros, y unos dedos fuertes se clavan con la presión justa en mis músculos tensos.

—Lo siento, *zaychik*. —La voz de Nikolai vuelve a ser suave y cálida—. Sé que es mucho que procesar, pero pensé que necesitabas ver este vídeo... para saber que tu madre ha sido vengada.

Quiero fundirme en el confort seductor de esos dedos que me masajean, perderme en su tacto hábil y relajante. Aplazar una vez más el aprendizaje de lo que temo y permitirme disfrutar de la desgracia de

Bransford, deleitándome en mi alegría ante la desgracia ajena. El daño que hemos infligido a su carrera no se acerca ni de lejos a lo que él le hizo a mi madre ni a esas otras mujeres, pero es un comienzo y, con suerte, ahora que su imagen de chico de oro ya no brilla, los engranajes de la justicia girarán hacia él, con sus dientes bien afilados.

Haciendo acopio de todas mis fuerzas, levanto mi cabeza de plomo y cubro las manos de Nikolai con las mías mientras me giro para encontrarme con su mirada.

—¿Y tu madre? —pregunto en voz baja—. ¿Ha sido *ella* vengada alguna vez?

44

NIKOLAI

Aprieto los hombros de Chloe. Su pregunta me golpea como un puñetazo por debajo de la cintura. El collar que brilla en su garganta tendría que haberme dado una pista sobre la dirección de su próximo interrogatorio, pero aun así no esperaba que tomara este enfoque en concreto... que supiera tanto sobre lo ocurrido.

—Supongo que Alina ha vuelto a hablar contigo. —Mi voz suena más ronca mientras retrocedo un paso. Mi mirada se posa en su colgante, el diamante en forma de corazón que se burla de mí y me recuerda cosas que he intentado olvidar. Haciendo un esfuerzo, aparto los ojos de él y vuelvo a centrarme en el rostro de Chloe—. ¿Qué te ha dicho exactamente?

Ella se muerde el labio y se levanta.

—No mucho. No ha vuelto a hablar conmigo... solo lo hizo aquella mañana, justo antes de que yo me fuera. Dijo algo así como: «Él la mató. Y luego Kolya lo mató a él». En aquel momento no estaba segura de a quién se refería, pero he estado reflexionando sobre ello últimamente, y creo... Creo que tiene que ser tu madre. —Levanta la mano para tocar el colgante, sus ojos castaños suaves y oscuros—. ¿Esto era suyo? ¿Es por eso que Alina quería que yo lo llevara esta noche y la otra? ¿Como una especie de recordatorio de todo aquello para ti?

Se me hace un nudo en la garganta y me vuelvo bruscamente, inundado de recuerdos y de la rabia ardiente y el dolor que los acompañan. Y por debajo de todo eso se oculta la culpa más horrible, la certeza de que lo que hice es imperdonable. El cóctel tóxico está tan a punto de desbordarse que no sé si seré capaz de mantener mi palabra y contarle a Chloe toda la historia, pero entonces su pequeña mano roza la mía y sus dedos se enroscan alrededor de mi palma, prestándome un apoyo silencioso.

—Cuéntamelo —murmura, dando un paso para colocarse frente a mí. Mirándome, levanta nuestras manos unidas y las aprieta contra su pecho—. Por favor, Nikolai. Necesito saberlo.

Y así es. Le debo la verdad, por fea que sea.

Mirándola a la cara, cojo aire y empiezo.

45

NIKOLAI

—Cuando yo tenía más o menos la edad de Slava, creía que mi madre era una princesa —digo, con un tono frío y firme a pesar del caldero ardiente que hierve en mis venas—. Alta, delgada, siempre perfumada y maquillada, llevaba vestidos bonitos, joyas brillantes y tacones altos, incluso en casa, e insistía en que todo lo que la rodeara fuese tan hermoso como nosotros pudiéramos conseguir que fuera, especialmente nosotros mismos. —Los recuerdos me atenazan, haciéndome sentir como si el aire desapareciera de la habitación, pero continúo—. Valery era todavía un bebé y Alina aún no había nacido, así que Konstantin y yo somos los únicos que recordamos aquellos años... aquellos en los que nuestra madre aún era más o menos feliz.

—¿Más o menos? —El rostro vuelto hacia mí de Chloe refleja a la vez empatía y una curiosidad cautelosa mientras mantiene la palma de mi mano apretada contra su pecho—. ¿Nunca fue plenamente feliz?

—No que yo recuerde. —Suelto mi mano y me acerco a mi escritorio para sentarme. Así siento ligeramente que tengo más control, que soy menos propenso a ceder al impulso de agarrar a Chloe y follármela hasta que ninguno de los dos pueda pensar con claridad, y mucho menos pueda sacar a relucir el lodo tóxico que es mi pasado.

Ella me sigue y se sienta en la esquina del escritorio: una visión de blanco y dorado en su traje de noche, un rayo de sol atrapado que es todo mío.

—¿Por qué? ¿Nunca estuvieron enamorados? ¿O pasó algo?

Hago todo lo posible por mantener la mirada en su cara y no en su escote, donde el colgante me hace guiños burlones.

—No lo sé con certeza, pero sospecho que todo empezó con Konstantin. Mi padre quería un hijo que fuese igual que él, alguien que con el tiempo se hiciera cargo del nuevo imperio capitalista que estaba construyendo, pero incluso cuando era pequeño, mi hermano mayor era diferente. Súper inteligente, pero diferente. Creo que ni siquiera empezó a hablar hasta los tres o los cuatro años.

Los ojos de Chloe se abren de par en par.

—Oh. Entonces él está...

—¿Dentro del espectro? Quizás. Nunca ha sido diagnosticado oficialmente. En cualquier caso, puede que ese fuera el principio de las desavenencias entre ellos... o puede que solo fuera que mi madre descubrió qué clase de hombre era mi padre. Cualquiera que sea la razón, recuerdo que su matrimonio se iba deteriorando año tras año. Cada vez que volvía a casa del internado, el ambiente entre ellos era varios grados más glacial, sus peleas más frecuentes... el humor de mi padre cada vez más sombrío.

Un ceño se dibuja entre las cejas de Chloe

—¿Por qué no se divorciaron?

—Él no lo iba a permitir. La quería, pasara lo que pasara. —Recuerdo a mi madre gritándole durante una de aquellas peleas, rogándole y suplicándole que la dejara marchar. Aprieto los dientes y alejo el recuerdo, me afecta demasiado.

—En cualquier caso —continúo en tono neutro—, cuanto más tiempo pasaba, peor se ponía la cosa. Cuando yo tenía doce años, él se buscó varias amantes y las hizo desfilar delante de ella. Un año después, mató a un hombre que se rumoreaba que era el amante de ella. Y unas semanas después de mi decimoséptimo cumpleaños, vi un moratón en su cara. —Al ver la expresión de Chloe, añado—: Ella lo negó, por supuesto, dijo que se había caído o algo así. No la creí ni por un segundo. Fui a ver a mi padre y le dije que si volvía a verla herida, él respondería delante de mi puño y yo me la llevaría lejos, donde nunca podría encontrarla.

Chloe ahoga una exclamación.

—¿Te creyó?

—Lo hizo. —Aprieto los labios—. Yo era su hijo

favorito, el que más se le parecía. Sabía que, incluso a esa edad, encontraría la manera de cumplir mi promesa.

—¿Y entonces qué pasó? ¿Cómo es que tú...?

—¿Cómo es que acabé matándolo? —Las palabras me saben a veneno en la lengua.

Ella asiente con cautela, con la mirada clavada en mi rostro.

—¿Cuándo ocurrió?

—Hace seis, no, seis años y medio. Acababa de regresar a Moscú después de estar varios años fuera, primero en el ejército y luego estudiando en Princeton. Durante todo ese tiempo, estuve pendiente de mi madre, de su salud y de su estado mental. —Tengo la mandíbula tan apretada que parece como si tuviera los dientes unidos con alambre, y cada palabra me cuesta más que la anterior—. No hubo más moratones, que yo supiera, pero ella se sentía miserable, totalmente destrozada por su discordia. Sin embargo, no importa cuántas veces me ofrecí a ayudarla a dejarlo, ella no se quería ir. Decía que tenía miedo.

Chloe traga saliva.

—¿De él?

—De él. De estar sin él. De todo a la vez. Para entonces, llevaban casi treinta años juntos. Habían criado a cuatro hijos, a nosotros. —Noto mi mano cerrándose en un puño bajo el escritorio y me obligo a relajar los dedos—. Konstantin y Valery también intentaron que se marchara, pero ella se negó a escuchar. Las excusas eran interminables: no quería enfrentarse al juicio de sus amigos comunes, no quería perder la vida que habían construido juntos, no quería destrozar la familia. Pero en realidad, todo se reducía al miedo. Miedo a mi padre y a cómo sería su vida sin él... sin su obsesión tóxica hacia ella.

—¿Obsesión? —A Chloe le tiembla ligeramente la voz.

Asiento, sombríamente consciente de los paralelismos.

—Para bien o para mal, ella había sido el centro de su mundo durante casi tres décadas, mucho después de que el amor que habían compartido se convirtiese en aquel odio amargo. Creo que una parte de ella también disfrutaba sabiendo que ejercía ese tipo de poder sobre él, que en última instancia, él no *podía* dejarla ir. —Cojo aire bruscamente—. En cualquier caso, yo la vigilaba, pero lo que tendría que haber hecho era vigilarlo *a él*. Porque a medida que el sufrimiento de ella aumentaba, también lo hacía el de él: se alimentaban mutuamente. Empezó a beber mucho y, como supe más adelante, a consumir cocaína. Le ayudaba a mantenerse alejado de ella. En cierto modo, sustituyó su adicción a ella por otra potencialmente menos dañina, y mi madre odiaba esa evolución. Fuese amor u odio, ella *quería* su atención.

—¿Entonces qué? ¿Hizo algo para recuperarlo?

—Lo hizo. Se buscó a otro amante: un destacado funcionario del gobierno, alguien a quien no se podía eliminar sin graves consecuencias, y le dijo a mi padre que se marchaba. No creo que lo dijera en serio: se suponía que era el equivalente a una bandera roja agitada delante de un toro. Pero eso es lo que pasa con los toros enfurecidos: pueden destrozarte a cornadas. —Mi voz se vuelve más ronca—. Y eso es precisamente lo que hizo mi padre.

Chloe junta las manos sobre su regazo y los nudillos se le ponen blancos mientras continúo.

—Valery estaba fuera, en el servicio militar, y Konstantin en Dubái por negocios, pero Alina estaba en casa por las vacaciones de invierno, recién terminado su primer semestre en Columbia. Ella fue la que me llamó la noche en que estalló la última pelea de nuestros padres. —Se me hace un nudo en la garganta, los recuerdos son tan asfixiantes que no estoy seguro de poder pronunciar la siguiente parte. Sin embargo, consigo proseguir de alguna manera. Mi voz refleja sólo una fracción del dolor que me desgarra por dentro —.Cuando llegué, el salón parecía una escena sacada de una película de terror, con sangre salpicada por todo el reluciente suelo de madera y los muebles blancos. Alina debió de intentar intervenir para proteger a nuestra madre, porque la habían lanzado contra la pared y tenía rajado un antebrazo en el lugar donde había intentado detener el cuchillo. Y nuestra madre... Me detengo y luego continúo con voz gutural—. Apenas era reconocible como un ser humano. Él la había golpeado hasta que no fue más que una masa informe antes de destrozarla a cuchilladas. Hasta el día de hoy, es una de las muertes más violentas que he visto.

El rostro de Chloe se ha vuelto de un color

ceniciento y unos visibles temblores recorren su esbelto cuerpo. Quiero detenerme, poner fin a esta historia antes de que el horror en sus ojos se transforme en terror y repulsión, pero le prometí la verdad, así que me desvinculo de las palabras que estoy diciendo y del sofocante martirio que me provocan.

—Estaba agachado sobre su cuerpo, con el cuchillo aún en la mano, cuando me acerqué a él. Había perdido el control, me dijo. Dijo que había sido un accidente. Pero yo sabía que no había sido así. Se suponía que Pavel y Lyudmila iban a estar allí esa noche, pero no estaban. Él les dicho que se marcharan por esa noche. A ellos y a Alina, pero mi hermana se había olvidado de algo y había vuelto inesperadamente.

—Así que él... —a Chloe se le quiebra la voz—. ¿Él lo había planeado? ¿No fue por la coca?

—Sí lo fue. Estaba colocadísimo, con las pupilas totalmente dilatadas. Pero sabía muy bien lo que iba a hacer mientras se encontrase ese estado: aquella misma tarde se había avisado a un equipo de limpieza para que estuviera preparado. Lo sé porque... —arrastro el aire, con la garganta ardiendo por el ácido que me sube al esófago—. Porque yo también les llamé después. Después de que él me atacara con el cuchillo.

Chloe coge aire de forma tan brusca que resulta audible.

—¿Él iba a matarte?

—Quizás. No lo sé. Sabía que yo no le creía, sabía que no dejaría pasar lo de su asesinato. Así que cuando vino a por mí, con las pupilas del tamaño de monedas de céntimo, actué por instinto. —Mirando el rostro afligido de mi esposa, digo con voz ronca—: Luchamos, y cuando conseguí quitarle el cuchillo, hice lo que Pavel me había enseñado a hacer. Le destripé, rajándole desde la ingle hasta el gaznate.

CHLOE

Él se levanta y se acerca a la ventana, donde permanece de espaldas a mí, con sus poderosos hombros tensos y su gran cuerpo tan duro e inmóvil como si fuese una de las montañas del exterior.

Le miro fijamente durante unos instantes, asimilando lo que me ha dicho, y luego obligo a mis miembros congelados a moverse.

—Alina...

—Recuperó el conocimiento en los últimos estertores de nuestra pelea —dice, con la mirada fija al frente cuando me pongo a su lado. Su mandíbula parece convertida en granito, sus sensuales labios aplastados en una línea dura—. No fui consciente, no la oí gritarme que parara... hasta que ya estuvo hecho.

—¿Así que ella...?

—Me vio matarlo, sí. Me vio abrirlo en canal.

Respiro con dificultad, reviviendo aquellos horribles momentos en los que *yo* le vi empuñando el cuchillo. Fue contra mi agresor, el asesino de mi madre, que había estado a punto de violarme y de quitarme la vida, y aun así me siento enferma al recordarlo. ¿Cómo debió de ser para Alina, que apenas tenía dieciocho años la noche en que vio morir a sus padres de forma tan brutal, uno a manos de su padre y el otro a manos de su hermano?

Y lo que es más importante, ¿cómo debió de ser para Nikolai?

¿Qué tipo de daño infligió aquella noche en *su* psique?

Mi mano tiembla al tocar su manga, atrayendo su mirada hacia mí. Su rostro, bellamente cincelado, está cuidadosamente en blanco, sin demostrar sus sentimientos en absoluto. Pero puedo percibir la angustia que se esconde tras su máscara opaca, puedo sentir el tormento paralizante de su culpa y su vergüenza.

—¿Lo sabe Alina? —pregunto titubeante—. ¿Que fue en defensa propia? ¿Que no lo hiciste sólo para vengar a tu madre?

Sus pestañas negras descienden, velando sus ojos de tigre.

—No lo sé. En realidad, nunca hemos hablado de aquella noche. ¿Qué cambiaría eso? Él tenía cincuenta y siete años y yo veinticinco, y era más rápido y más fuerte. Podía haberle quitado el cuchillo y haberlo inmovilizado, no tenía que matarlo.

—¿Ah, no? —Puedo ver la escena tan claramente como si hubiera sucedido delante de mis ojos, puedo imaginar la versión más mayor de Nikolai que vi en las fotos del periódico, en forma y fuerte a pesar de su edad... peligroso incluso sin estar colocado por la sangre y la coca. Y puedo ver a un Nikolai de veinticinco años, en medio de aquella escena de pesadilla, aturdido por la horrible muerte de su madre y aterrorizado por ver a su hermana sangrando e inconsciente.

¿Qué habría pasado si no le hubiese quitado el cuchillo letal a su padre?

¿Habría manchado también su sangre aquella hoja, y su cuerpo se habría unido al de su madre y su hermana en una tumba anónima en medio de algún bosque ruso?

—¿Qué quieres decir? —La voz de Nikolai se tensa, sus ojos brillan feroces mientras su máscara se desliza, revelando la herida supurante y en carne viva que tiene por debajo—. Le maté. A mi propio padre. ¿Qué más da que fuese o no en defensa propia? Le quería muerto por lo que le había hecho a mi madre. Quería su sangre, *mi* sangre, en mis manos, y no siento tenerla. Porque verás, *zaychik*, Alina tiene razón: *soy* igual que él. En todo lo que importa, soy mi padre.

Siento como si me desgarraran el corazón, y su angustia me hiere tan brutalmente como lo haría un puñal. ¿Cómo ha sido capaz de contener todo este dolor en su interior? ¿Cómo es que no le ha destrozado?

—No —digo, y mi voz suena más firme con cada

palabra—. Tú no eres tu padre. Y yo no soy tu madre. Su destino no será el nuestro... no, si no lo permitimos.

No sé en qué momento de su relato comprendí lo que le mueve, en qué momento me di cuenta de que Nikolai se había etiquetado a sí mismo como un *monstruo* hace seis años y medio, y que desde entonces ha hecho todo lo posible por estar a la altura de lo que cree que es su naturaleza, la de la sangre Molotov que considera su maldición. No es que no haya algo de verdad en esa creencia. Mi nueva familia es oscura y despiadada, un retroceso a los tiempos en que se empleaban la violencia y la fuerza para hacer lo correcto. Sus relaciones se merecen un capítulo aparte en un libro sobre dinámicas familiares desestructuradas, y mi marido es producto de esa educación; su personalidad está tan marcada por la tragedia de la lenta desintegración de la relación de sus padres, como por su explosivo y espantoso final.

Aun así, él no es su padre. Ni mucho menos. Y yo no soy su madre. Ella no conocía la naturaleza de su marido cuando se casó con él, no estaba preparada para compartir su vida con un hombre tan violento y despiadado. Mientras que yo, gracias a mi padre biológico, he pasado por un infierno, y aunque no puedo decir que no me impresionara ver a Nikolai matar a los dos asesinos, descubrir de lo que es capaz no ha cambiado mis sentimientos... para mi consternación inicial.

Asesino despiadado o no, él es y será siempre mi amante y mi protector.

—¿No? —Me agarra por la parte superior de los brazos, con unos dedos como bandas de acero—. ¿Cómo escaparemos a su destino? Tú ya me odias a algún nivel, ¿verdad? ¿Por matar a esos hombres delante de ti y traerte de vuelta cuando me suplicabas que te dejara marchar? ¿Por obligarte a casarte conmigo?

Sostengo su mirada fieramente dorada, negándome a acobardarme ante la agitación volcánica que veo allí, ante todas esas emociones reprimidas durante tanto tiempo que amenazan con desbordarse en forma de tsunami, destrozándolo todo a su paso.

—No, Nikolai. —Mi voz es suave y firme a pesar del latido irregular de mi pulso—. Ya te lo he dicho, te quiero. No te odio. Jamás podría, así que jamás lo he hecho... y jamás lo haré.

Sus dedos se tensan, clavándose más profundamente mi carne.

—¿Cómo puedes estar tan segura? Has visto de lo que soy capaz, cómo soy... cómo soy contigo. ¿Qué es exactamente lo que me diferencia de él?

Lucho contra el impulso de alejarme del dolor y la rabia que destilan sus palabras. En lugar de eso, pregunto con voz queda:

—¿Tu padre os quería a ti y a tus hermanos como tú quieres a Slava? ¿Quería de verdad a alguien excepto a sí mismo? Y no me refiero a su violenta fijación por tu madre.

Su gesto no cambia, pero puedo sentir la respuesta

cuando sus dedos se aflojan sutilmente, así que continúo hablando.

—Quizás seas como él en algunos aspectos, pero no en todos. No en los que cuentan. Por ejemplo, ¿alguna vez me harías daño? ¿Daño de verdad? Estoy hablando de usar puños y cuchillos, no de sexo duro.

Él retrocede y aparta las manos.

—Antes preferiría desollarme a mí mismo.

—¿Y qué hay de Slava? ¿Irías en algún caso contra él con un cuchillo... digamos, estando drogado o borracho?

Un ramalazo de furia atraviesa su rostro.

—Joder, no.

—Exacto. —Me acerco aún más a él, con el corazón retumbando como una tormenta—. Porque tú no eres como tu padre. Da igual lo que piense tu hermana... Da igual lo que me asustaba después de que me salvaras.

Sus fosas nasales se agrandan mientras él me mira fijamente.

—¿Asustaba? —Su voz es áspera como papel de lija, y sus palabras matizadas por primera vez con una pizca de acento ruso—. ¿O sea, en pasado? —Vuelve a agarrarme de los brazos. Sus ojos son de un salvaje verde dorado—. ¿Crees que estás a salvo conmigo? Porque... ¿qué? ¿Porque ahora conoces toda la horrible verdad? ¿Porque crees que me comprendes?

—Siempre he estado a salvo contigo. —Y en el fondo, siempre lo he sabido. Por eso he sido capaz de esconder la cabeza en la arena todas estas semanas, por eso verle matar y torturar no me ha hecho sentir aversión cuando me toca, y por eso verme obligada a casarme con él no ha cambiado mis sentimientos.

Incluso cuando me siento como una presa bajo su intensa mirada de tigre, sé que él nunca me haría daño.

Su mandíbula se flexiona violentamente.

—¿Cómo coño puedes estar tan segura? ¿Cómo puedes confiar en mí, y mucho menos amarme, con ese veneno que corre por mis venas?

—¿Me quieres tú *a mí*? ¿Confías *en mí*, con ese veneno que corre por *mis* venas? —Mi voz se eleva a medida que brotan mis palabras, cargadas con toda la rabia que no he tenido oportunidad de procesar, de todo el odio hacia mí misma que he estado reprimiendo. Es como si se hubiera roto un dique y no pudiera detener el torrente de amargura, no pudiera reconstruir el bloqueo mental que me ha mantenido cuerda todas estas semanas—. Soy fruto de una violación, el resultado de que un cabrón sociópata con dos caras agrediera a mi madre adolescente. Al menos tus padres se quisieron en algún momento, al menos tú fuiste concebido con algo parecido al amor.

Me suelta y su mirada se vuelve opaca de nuevo.

—No es lo mismo.

—¿Ah, no? —Enrollo los puños en su camisa, sin dejar que se aparte—. Piénsalo. Mi sangre está mancillada, igual que la tuya. Mi padre también mató a mi madre, no por una retorcida pasión, de una forma fría y calculadora. Y sin duda me habría matado a mí también. Todavía podría intentarlo, de hecho. Entonces, ¿en qué se diferencian nuestras historias?

¿En qué soy mejor que tú? En todo caso, encajamos perfectamente, o como a ti te gusta decir: estamos predestinados a estar juntos.

Me mira fijamente, con su amplio pecho moviéndose a un ritmo irregular, y veo que le estoy llegando, que está asimilando esta verdad básica. Una verdad que yo misma no había comprendido del todo hasta este momento.

Puede que no crea en el destino como tal, pero *algo* me condujo aquí, hasta esta familia con toda su fealdad y belleza. Hasta este hombre maravilloso, letal y herido, que nunca dudará en hacer lo que haga falta para mantenerme a salvo y acabar con mis demonios... siempre que yo acabe también con los suyos.

Le suelto la camisa y apoyo las palmas de las manos a cada lado de su cara, sintiendo la dura fuerza de sus huesos bajo la piel cálida y áspera por la barba incipiente.

—Te quiero, Nikolai... Te quiero y quiero estar contigo, con tu pasado oscuro, con lo obsesivo que eres y todo lo demás. Hicieran lo que hiciesen nuestros padres, por muy jodidas que fueran las relaciones de nuestros padres, nosotros no somos ellos, y no tenemos por qué seguir sus pasos. Yo nunca violaré a una adolescente, y tú nunca me harás daño, por muy fuertes que sean tus sentimientos hacia mí... por muchas pruebas que hayamos de pasar en el futuro.

Su pecho se agita más rápido a medida que hablo y sus ojos se oscurecen hasta adquirir el color del bronce deslustrado.

—Chloe... —Su voz es ronca mientras junta sus manos con las mías—. *Zaychik*, no tienes ni idea de lo fuertes que son mis sentimientos hacia ti, de la obsesión que siento por ti.

Me humedezco los labios.

—Creo que sí la tengo. —Las cámaras son un buen indicio. Pronto tendremos que hablar de ellas, pero por ahora tengo cosas más importantes en las que concentrarme... como la forma en que su mirada se posa en mi boca y se enciende con un calor volcánico familiar, el hambre oscura que me excita y, en cierto nivel, me asusta... pero solo porque evoca una respuesta igual de poderosa en mí.

No es el único cuyo amor roza ahora la obsesión.

Se queda mirándome la boca un instante más, apretándome las manos. Luego, con una inhalación aguda, aplasta sus labios contra los míos, me agarra con una mano el pelo y con la otra las nalgas, empujando la parte inferior de mi cuerpo contra el suyo.

Ya está empalmado y el bulto de su erección se clava contra mí mientras me arrastra hasta su escritorio y me devora con un beso brutal, un beso al que yo respondo con el mismo fervor. Caemos sobre la dura superficie en una maraña de miembros y manos que manosean ansiosas, uniéndonos con una furia de lujuria y amor, con la tierna violencia de la pasión.

De la forma más perfecta que pueda haber para dos personas imperfectas.

NIKOLAI

Cuando los últimos ecos del éxtasis se desvanecen, empiezo a ser consciente de la dura superficie del escritorio bajo mi espalda desnuda y del ligero peso del cuerpo de Chloe sobre mi pecho húmedo de sudor. Mi cerebro está rebosante de endorfinas y mi corazón late con un nuevo y esperanzador ritmo en mi pecho.

Se lo he contado todo, y en lugar de retroceder asqueada, me ha abrazado.

He desnudado lo peor de mí y, en lugar de huir despavorida, me ha dicho que estábamos predestinados.

Lo que es cierto. Lo he sabido desde el principio, pero en algún momento de las dos últimas semanas lo he perdido de vista, he empezado a dudar de si nuestra relación puede sobrevivir al veneno que supura en mi interior... de si estamos destinados a seguir el agónico camino de mis padres.

—No lo estamos —murmura Chloe, levantando la

cabeza de mi hombro, y me doy cuenta de que he dicho la última parte en voz alta. Ella me sonríe con ternura y me roza los labios con un fino dedo; sus ojos son tan suaves y cálidos que su mirada es igual que una caricia física en mi rostro—. Nosotros decidimos nuestra vida, nuestro futuro.

Me siento y la subo a mi regazo, con un torrente de emociones llenándome el pecho mientras aspiro su aroma a flores silvestres y siento cómo sus delgados brazos me rodean el cuello, confiados. La ternura y la posesividad, el amor y la lujuria, el miedo y la alegría, luchan en mi interior hasta que siento que mi caja torácica no puede contenerlo todo.

¿Es esto posible?

¿Podría ser el amor de Chloe por mí algo más que un dulce espejismo?

¿Podría esta clase de felicidad ser real y duradera?

Hay tantas cosas de las que quiero hablar con ella, tantas cosas que quiero contarle... otra confesión que quiero hacerle y que concierne al destino de su padre. Pero por ahora, con esto basta. No quiero estropear este momento perfecto sacando a relucir ningún tipo de tema polémico. Así que me limito a besarle la coronilla y a abrazarla fuerte, contento, verdaderamente contento, por primera vez en mi vida.

CHLOE

Quiero quedarme así, acurrucada en el regazo de Nikolai, para siempre, pero sé que al final tendremos que movernos. Por el rabillo del ojo, veo mi vestido en el suelo, junto a su camisa, y al portátil que tiramos de la mesa en plena pasión. Deberíamos recuperar el ordenador, asegurarnos de que funciona... y quizá hablar también sobre las cámaras. O mejor aún, sobre nuestro futuro en general. Pero antes de que lleguemos a eso, hay algo que tengo que decirle.

Levanto la cabeza de su ancho hombro y me aparto para encontrarme con su cálida mirada ambarina.

—Gracias —le digo en voz baja—. Gracias por hacer lo que has hecho con Bransford. Sé que no es una solución perfecta. Sé que, incluso destronado, podría ser peligroso, pero creo que...

Un fuerte golpe en la puerta nos hace dar un respingo los dos.

—¡Nikolai! ¡Nikolai! —La voz grave de Pavel es tensa, el torrente de ruso que le sigue, urgente.

—¡Joder! —Nikolai me quita de su regazo y se pone en pie, agarra su ropa y se la pone con una serie de movimientos explosivos.

Es una transición tan repentina de la paz que estábamos disfrutando que al principio estoy demasiado aturdida para procesarla. Pero la adrenalina me despeja la mente y me pongo en movimiento.

—¿Que sucede? ¿Está Slava enfermo otra vez? —Me apresuro a coger el vestido, con el corazón en un puño.

Nikolai ya está junto a la pared del fondo, apretando la palma de la mano contra la superficie lisa y blanca.

—Slava está bien —dice sombríamente mientras una sección de la pared se desliza, revelando una sala llena de armas ante mis sorprendidos ojos—. Son nuestros guardias. Arkash avisó a Pavel de que había visto algo extraño y ahora Pavel no puede ponerse en contacto con él ni con ninguno de nuestros hombres.

Ahogo una exclamación y me llevo el puño contra los labios.

—¿Crees que...?

—¿Que nos están atacando? Sí. —Coge un M16 de aspecto aterrador—. Y si tuviera que apostar, apostaría todo mi dinero por los Leonov.

49

NIKOLAI

Los ojos castaños de Chloe se abren de par en par por el miedo y la sorpresa cuando dejo el arma sobre el escritorio y la conduzco al pasillo, donde Pavel está esperando. El corazón me late con fuerza en el pecho y la adrenalina bombea por mis venas mientras ordeno con dureza:

—Llévalos a ella, a Slava y a Alina a la habitación segura.

Él asiente, agarrando a Chloe con un abrazo de oso.

—Ellos dos y Lyudmila ya están dentro.

—¡Espera! —grita Chloe mientras él la levanta y la lleva escaleras abajo—. Deja que te ayude. Yo puedo...

No oigo el resto de lo que dice porque ya estoy de vuelta en mi despacho. No puedo dedicar tiempo a calmar a mi *zaychik*, no cuando cada segundo acerca más a Alexei Leonov a nuestra puerta. Y tiene que tratarse de él. Ha de ser el que está detrás de esto. Nuestras caras deben haber aparecido en alguna cámara de seguridad del hospital, y sus *hackers* nos han rastreado hasta aquí. Es la única explicación que tiene sentido, la única forma en que pudieron triangular nuestra ubicación.

Si estuviésemos sólo Pavel y yo, no me preocuparía. Estamos entrenados para esto, preparados para entrar en batalla sin previo aviso Pero Chloe y Slava también están aquí, al igual que mi hermana y Lyudmila. Es pensar que están en peligro lo que me hiela los huesos y me llena las tripas de ácido.

Destrozaré a Alexei Leonov con mis propios dientes antes de dejar que me arrebate a mi hijo. Y si toca un solo pelo de la cabeza de Chloe o de Alina, destriparé a cada miembro de su familia.

Haciendo un esfuerzo, contengo mi rabia y abro el portátil para ver las imágenes del dron y de las cámaras del perímetro. Lo que importa ahora es evaluar la situación. ¿De dónde vienen nuestros atacantes? ¿Cuántos son? Se me atenaza el pecho al pensar en Arkash y en los demás guardias, muchos de ellos amigos míos, buenos hombres con familias en casa. ¿Cuántos de ellos habrán muerto ya? ¿Cuántos estarán heridos?

Pase lo que pase, tengo que saberlo.

Cojo mi portátil del suelo y lo abro.

La pantalla está oscura y silenciosa y no responde cuando intento encenderla manualmente.

Joder. La caída debe haberlo estropeado.

Entonces cojo mi móvil... y siento como se me hiela la sangre.

Es la misma historia. El dispositivo está muerto. La pantalla está en negro, da igual lo que le haga.

Me doy la vuelta rápidamente y pulso el interruptor de luz de la pared.

Funciona.

Mi mente calcula furiosamente, saltando de una posibilidad a otra. ¿Podrían habernos enviado algún tipo de pulso electromagnético, friendo nuestros dispositivos electrónicos? ¿Es por eso que Pavel no ha podido ponerse en contacto con los guardias? ¿Porque sus dispositivos también han sido desactivados? Pero entonces, ¿qué pasa con el teléfono de Pavel? ¿No se habría dado cuenta de estaba inoperativo?

A menos que en ese momento no lo estuviera.

Si el pulso electromagnético estaba hiperdirigido, podría haber golpeado primero a nuestros guardias del perímetro de la finca y luego a la casa.

No tengo ni idea de cómo Alexei habrá podido hacerse con un arma tan avanzada, pero sí sé una cosa: Konstantin, el paranoico de la tecnología, pensó que un ataque utilizando pulsos electromagnéticos no era totalmente descartable. Por eso nuestro generador de reserva es analógico y está bajo tierra, dentro de una jaula de Faraday, y por eso nuestras líneas eléctricas principales también están soterradas y reforzadas con carcasas metálicas.

A los cabrones les habría encantado cortarnos la luz, estoy seguro, pero han tenido que conformarse con acabar con nuestros drones y cámaras.

Un lejano *ra-ta-ta-ta-ta* de disparos llega a mis oídos.

Menos mal, joder.

Los guardias deben de seguir vivos y todavía haciendo su trabajo.

Tiro mi teléfono inservible y me pongo a toda prisa un chaleco antibalas. Luego me sujeto varias pistolas y una docena de recargas al hombro. También saco del armero dos radios que funcionan: igual que la caja metálica del generador, la habitación secreta es una jaula de Faraday.

Cuando estoy listo, Pavel irrumpe en mi despacho, también armado hasta los dientes.

—Los teléfonos y radios, están...

—Muertos, lo sé. Toma. —Le pongo en las manos la segunda de las radios—. Vamos. Es hora de que los putos Leonov sepan con quién se están metiendo.

50

CHLOE

—Basta ya, Chloe —suelta Alina, y me doy cuenta de que he vuelto a dar golpecitos con el pie, una manifestación física de mi ansiedad que a ella le molesta inexplicablemente. En general, ella está más nerviosa que nunca, sus movimientos son espasmódicos y su columna está tan tensa que es un milagro que pueda girar el cuello.

—Lo siento. —Muevo un poco a Slava para que se siente más cómodamente en mi regazo—. Es que estoy preocupada por ellos.

Abrazo al niño tanto para consolarlo como para tranquilizarme yo misma. De hecho, de nosotros cuatro, Slava es el que está menos inquieto, probablemente porque no comprende la magnitud de la amenaza a la que nos enfrentamos. Lyudmila le ha dicho que estamos aquí como parte de un simulacro de seguridad, y aunque estoy segura de que percibe la tensión de los adultos, no ha puesto en duda esa explicación.

Ojalá yo también pudiese estar tranquila, pero no lo estoy. Siento una angustiosa opresión en el pecho, y se me revuelven las tripas como si estuviesen haciendo el ciclo de centrifugado de una lavadora. Soy aguda y aterradoramente consciente de que Nikolai está ahí fuera, enfrentándose a un número desconocido de enemigos, que pueden o no ser los Leonov.

Por lo que sabemos, tal vez Bransford haya enviado un ejército de asesinos a por mí. Bien podría ser mi culpa que estemos en peligro.

Mi respiración vuelve a acelerarse y me obligo a inspirar más hondo para no hiperventilar. La habitación segura, un lugar que no tenía ni idea de que existía hasta que Pavel me metió aquí de golpe, está excavada en la montaña por debajo del garaje y es lo bastante grande como para considerarla un estudio completo, con una cama de matrimonio, dos futones, una minicocina completamente equipada, un pequeño cuarto de baño y suficientes provisiones en la despensa como para sobrevivir a un invierno nuclear. En teoría, aquí hay oxígeno de sobra, pero tengo la sensación de que nos estamos quedando sin aire, como si las paredes estuvieran acercándose hacia mí con cada segundo que pasa.

Nikolai está ahí fuera, y yo estoy atrapada aquí dentro, sin poder hacer nada para ayudarle.

—¿Puedes parar de una puta vez? —Alina se levanta de un salto. Tiene la cara pálida como un vampiro a la luz blanca de la tira de LED del techo y pecho agitado mientras me mira fijamente, y me doy cuenta de que, sin querer, he vuelto a dar golpecitos con el pie.

Antes de que pueda replicar a eso, ella no es la única que está nerviosa, Lyudmila dice algo en ruso. Aunque su cara redonda también está pálida, el tono de su voz es tranquilizador, y Alina vuelve a hundirse en su futón, echándose el pelo hacia atrás con una mano temblorosa antes de pasarla por su vestido de noche rojo.

La miro fijamente, sorprendida por lo angustiada que está, mucho más que cuando tuvimos el incidente con Slava. ¿Acaso sabe ella algo que yo ignoro?

¿Corremos un peligro aún mayor de lo que yo soy consciente?

Dejo a Slava sobre la cama y me acerco a ella, notando el suelo de cemento frío bajo mis pies descalzos; con las prisas por traerme aquí, las sandalias de tacón se han quedado en el despacho de Nikolai. Me siento a su lado en el futón y le pregunto en voz baja:

—¿Estás bien?

Me mira, con sus ojos de jade demasiado brillantes.

—¿Ocurre algo más? —insisto—. Pareces inusualmente alterada, aunque no es que no tengas motivos para estarlo...

Abre la boca para decir algo, pero niega con la cabeza.

—No es nada. —Su voz es tensa—. Me está dando un dolor de cabeza de los malos, eso es todo.

Por supuesto. Eso es lo que le pasa cuando se ve

sometida al estrés. Pobrecita. Cubro su mano helada con la mía, encantada de concentrarme en algo que no sea mi propio miedo debilitante.

—¿Tienes tu medicación?

—No.

Miro hacia la escalera plegable que sube al garaje. ¿Qué probabilidades hay de que pueda subir corriendo e ir a buscársela rápidamente?

—Ni se te ocurra pensarlo —suelta Alina, leyéndome la mente con la misma asombrosa habilidad de su hermano—. Si la necesito, iré a buscarla yo misma. Pero ninguna de los dos debería...

La luz del techo parpadea cuando un fuerte estruendo sacude la habitación, haciendo que se me revuelva el estómago y que llueva yeso sobre nuestras cabezas.

Todos a una, nos ponemos en pie de un salto y yo me precipito hacia Slava, que ahora tiene los ojos muy abiertos por el miedo.

—Mama Chloe. —Habla con un hilo de voz, mientras le cojo en brazos y acomodo su robusto peso en mi cadera—. ¿Dónde está papá? Esto no me gusta. Quiero que esté conmigo.

Mis brazos le aprietan con más fuerza.

—Yo también, cariño. Yo también. Pero no te preocupes. Todo irá bien. Tu papá estará aquí pronto. Sólo tenemos que esperar. —Espero que Slava no pueda notar como tiemblo... ni ver la expresión del rostro de Alina.

Parece que la hayan llevado al corredor de la muerte, con la fecha de su ejecución prevista para hoy.

Lyudmila debe de haberse dado cuenta, porque se acerca a Alina, le rodea los hombros con un brazo y murmura algo en ruso. Capto las palabras «Alexei» y «braht», que en ruso significa «hermano», y por enésima vez deseo saber un poco más de ruso.

También desearía desesperadamente saber qué está pasando ahí arriba, si Nikolai y Pavel están bien. Además de todos los suministros, hay un panel de monitores al otro lado de la sala —supuestamente una ventana al mundo exterior—, pero lo único que hemos podido ver en los monitores cuando los encendimos ha sido niebla.

—¿Qué creéis que ha podido causar eso? —pregunto, incapaz de seguir callada. A pesar de mis esfuerzos, mi voz delata mi agitación, el horrible terror que me corroe por dentro ante la idea de que Nikolai resulte herido. Aprieto más a Slava contra mí y calmo el tono—. La explosión, quiero decir. ¿Creéis que...?

—Podría haber sido una granada propulsada por cohetes, una RPG. —La voz de Alina es ahora, carente de emoción y ella se muestra extrañamente impasible mientras se libera del abrazo de apoyo de Lyudmila, y aunque sus ojos sigan brillando con ese doloroso fulgor, sus rasgos vuelven a estar serenos—. Podrían haberla lanzado contra el garaje para acabar con nuestros vehículos y eliminar la opción de que escapásemos. O eso, o han colocado manualmente algún explosivo en la entrada del garaje... lo que significaría que ya están aquí, en la casa.

Y que Nikolai está gravemente herido o muerto.

Las náuseas que me revuelven el estómago son tan intensas que tengo que tragar saliva para contener el vómito. Necesito emplear toda mi fuerza de voluntad para mantener la voz firme, por el bien de Slava.

—¿Hay armas aquí abajo? He ido a un campo de tiro unas cuantas veces, así que puedo...

Alina ya camina hacia el panel con los monitores, donde presiona con la palma de la mano contra la pared como Nikolai hizo en su despacho. Y como en su despacho, la pared se desliza, revelando una colección de armas que enorgullecería a cualquier traficante.

—Mi hermano lo ha previsto todo —dice, cogiendo una Glock—. Es poco probable que encuentren esta habitación pronto, pero si lo hacen, estaremos preparadas. —Carga el arma con movimientos rápidos y seguros que me hacen darme cuenta de que ella ha estado en un campo de tiro más de un par de veces.

De hecho, podría ser tan peligrosa con esa arma como su hermano, y él es letal. Le he visto en acción. Puede apañárselas solo.

Al menos eso es lo que me digo a mí misma para no volverme loca mientras dejo a Slava en el suelo para poder armarme. Él se agarra inmediatamente de mis piernas y me mira fijamente, con sus enormes ojos llenándose de lágrimas.

—Quiero a papi. —Le tiembla el labio inferior—. ¿Dónde está?

Acaricio su sedoso pelo y mi pecho se atenaza por la ansiedad.

—No lo sé, cariño, pero estoy segura de que lo veremos pronto. Por ahora, sólo tenemos que estar preparados, ¿vale? Para que tu papá sepa que no lo hemos hecho mal en este simulacro y que podemos cuidarnos solos... que somos todos fuertes, igual que Superman.

Slava se sorbe los mocos, pero me suelta las piernas y se aparta para dejarme pasar.

—Buen chico. —Miro a Lyudmila para ver si puede encargarse de él de momento, pero ella también se está armando, manejando las armas con la misma impresionante habilidad que Alina. Lo que me lleva a preguntarme...

—¿Qué coño estamos haciendo aquí abajo? —exclamo, dejándome llevar por un momento—. ¡Tendríamos que estar ahí fuera ayudándoles! —Al darme cuenta de que estoy asustando a Slava, bajo la voz mientras cojo una pistola y empiezo a cargarla—. Quizá una de nosotras pueda quedarse aquí abajo para vigilar...

Otro *bum* hace vibrar la vajilla de la cocina y hace caer más yeso del techo. Las luces parpadean varias veces y luego se apagan, sumiéndonos en una oscuridad total.

En el silencio que sigue, sólo escucho mi respiración entrecortada y el sonido sordo de los disparos por encima de nosotras.

51

NIKOLAI

Cuando salgo de casa, la radio vuelve a la vida.

—Aquí Kirilov. ¿Me recibes?

El nudo de mi estómago se deshace ligeramente.

—Aquí Nikolai. Te recibo. —Los guardias deben haberse dado cuenta de lo que pasa y han cogido el alijo de emergencia de radios de su propia jaula de Faraday—. Informe de situación, ya.

—Doce atacantes fuertemente armados en el lado norte de la valla, quince junto a la puerta. Hemos eliminado a la mitad y estamos conteniendo al resto. No hay drones ni cámaras operativas, y hemos perdido el contacto con Arkash e Ivanko en el muro este.

Joder. Eso significa que lo más probable es que haya habido una brecha.

—Coge todos los hombres que puedas y vete para allá. Envía también refuerzos a la casa, Pavel y yo podríamos necesitarlos.

—En ello.

La radio enmudece y yo acelero el paso. Si nuestros enemigos ya están aquí, dentro del perímetro, queda muy poco tiempo para preparar una importante línea de defensa: las bombas que he enterrado alrededor de la casa.

La primera está en el camino de entrada, exactamente a tres metros y medio de la puerta principal. Pongo un pie sobre el punto de la gravilla sutilmente marcado, saco un mando a distancia y tecleo el pin necesario para sincronizarlo con los explosivos que hay allí debajo. Eso solo puede hacerse a corta distancia, para que nadie pueda activar la bomba accidentalmente cogiendo el dispositivo de la caja fuerte de mi despacho. No es que eso sea algo probable, ya que Pavel es la única persona que conoce el código de mi caja fuerte, pero con mi hijo siempre jugando por aquí, no podía arriesgarme.

La segunda bomba está en la esquina sudeste de la casa, la tercera junto al garaje. Sincronizo los detonadores remotos con ambas bombas y llamo por radio a Pavel para comprobar sus progresos en el interior de la casa, parte de los cual ya puedo ver: las contraventanas metálicas de alta resistencia que cubren las ventanas.

—Todo listo —informa—. Me dirijo a la azotea.

—Me reúno allí contigo en un minuto.

Con nosotros dos en posición en dos de las esquinas, nadie podrá acercarse a la casa sin ser visto, y los rifles de francotirador y las ametralladoras que hemos colocado allí detendrán cualquier cosa que no sea un ejército.

Estoy a punto de ordenarle a Pavel que coja munición extra cuando un movimiento a mi derecha capta mi atención. Rápidamente, me escondo detrás de un grueso tronco de árbol y observo con rabia e incredulidad cómo salen del bosque una docena de figuras vestidas de negro al estilo de los SWAT.

52

NIKOLAI

CUENTO TREINTA Y TRES INVASORES ANTES DE ABRIR fuego, apuntando a lo que sospecho que son huecos en sus blindajes de cuerpo entero. Tengo que reconocerle a Alexei que esta es toda una operación militar, con un ejército completo y bien equipado.

Han venido preparados para la guerra, y guerra es lo que pretendo darles.

No pienso en Chloe, Alina y mi hijo escondidos en la habitación segura debajo de la casa, no me centro en lo que les pasará si fracaso. No puedo, no si quiero tener éxito. Frente a mí hay una fuerza mucho mayor de lo previsto; por muy preparados que estuviéramos para un ataque, no lo estábamos para uno de esta ferocidad ni a esta escala.

Subestimé lo mucho que los Leonov quieren recuperar a Slava, lo que Alexei está dispuesto a hacer para quitarme a mi hijo, a su sobrino. A menos que...

Slava no sea el único miembro de mi familia a quien busca.

Pero no. Eso es una locura. Ese contrato de matrimonio siempre ha sido una broma ideada por un viejo chiflado, un pedazo de papel inútil y sin base legal.

No es posible que Alexei se haya traído a todo este ejército para hacerse con Alina.

Mis balas abaten a cinco de los invasores antes de que se den cuenta de dónde estoy y abran fuego en mi dirección. Espero diez segundos, dejando que sus balas arranquen trozos de corteza de mi árbol, y luego les devuelvo el fuego, sin molestarme en apuntar. El objetivo ahora es ganar tiempo para que Pavel alcance el tejado y para que lleguen nuestros refuerzos, suponiendo que lo hagan.

Dados los números a los que nos enfrentamos, es posible que Kirilov y sus hombres ya hayan sido eliminados.

Una lluvia de balas rebota en los árboles cercanos y está a pocos centímetros de acertarme en el hombro. Me doy cuenta de que los hombres de Alexei se están acercando y dispersando. Si me quedo aquí, me rodearán enseguida, pero si trato de escapar corriendo, sus balas me acribillarán aún más rápido.

Tras tomar una decisión, me tumbo boca abajo y me mancho la cara de tierra para camuflar el tono claro de mi piel. A continuación, me asomo con cuidado por detrás del árbol, utilizando la alta maleza que me rodea para cubrirme.

Como sospechaba, los atacantes se han dividido en dos grupos: uno para rodearme y otro para seguir hacia la casa. Ocho de las figuras vestidas de negro están en el camino de entrada, acercándose a la puerta principal, mientras que otras cinco se están arrastrando alrededor de la casa en dirección al garaje, presumiblemente para intentar entrar a la casa desde allí.

Los latidos de mi corazón retumban en mis oídos y el sudor empapa mi espalda mientras una nueva lluvia de balas levanta trozos de tierra a mi alrededor, pero espero, inmóvil y en silencio, con toda mi atención puesta en la amenaza que se cierne sobre mi familia, sobre la mujer y el niño que son mi vida entera.

Si puedo salvarles, moriré feliz.

Si puedo garantizar su seguridad, todo lo demás no importa.

Espero y, cuando llega el momento, detono la bomba de la entrada y, un segundo después, la de la entrada del garaje. Estallan con la fuerza de las minas terrestres, destrozando a todo el mundo en un radio de tres metros y tiñendo de rojo el paisaje nocturno.

También distraen a los hombres que me acechan, que se han girado para ver cómo sus compañeros volaban en pedazos. Eso me consigue dos segundos, pero es todo lo que necesito para ponerme en pie de un salto y correr hacia el grupo de árboles que hay junto al garaje, rodeando a la fila de hombres fuertemente armados que tengo delante. Mi objetivo es simple: proteger la entrada del garaje a toda costa, manteniéndolos alejados de la sala de seguridad subterránea.

Una bala me pasa silbando junto a la oreja mientras corro. Otra me besa el bíceps con un fuego punzante.

Los tengo encima.

Todo ha terminado.

Me invade una calma peculiar, la certeza de que la muerte se acerca. Los latidos de mi corazón se ralentizan fatalmente, pero mi cuerpo sigue moviéndose, y los músculos de mis piernas haciendo un esfuerzo aún mayor. Un sexto sentido me hace girar bruscamente a la derecha, luego a la izquierda, pero una bala me roza el hombro derecho, dejando otro reguero de fuego a su paso.

El grupo de árboles está más cerca ahora, a unas cuantas zancadas, pero incluso un metro es demasiado lejos cuando estás a campo abierto con quién sabe cuántas armas escupiendo trozos letales de plomo.

Por instinto, me agacho y ruedo, y varias balas pasan zumbando por encima de mí, exactamente donde habrían estado mi torso y mi cabeza. Sé que no podré engañar a la siguiente ráfaga de balas, pero justo cuando me dispongo a sentir cómo desgarran mi carne, una violenta explosión de sonido estalla por encima de mí y mi pulso se acelera al reconocer el traqueteo de una ametralladora.

Pavel ha llegado al tejado.

Por fin me cubren.

En efecto, él acribilla a las figuras vestidas de negro mientras estas se dispersan en dirección al bosque, y yo llego hasta el grupo de árboles y sumo mis balas a los esfuerzos de Pavel. En poco tiempo, todos nuestros atacantes, es decir, los que aún pueden moverse, han retrocedido y sus disparos de respuesta se han extinguido al ponerse a cubierto.

La ametralladora también deja de disparar.

Me limpio el sudor y la suciedad de la cara y me acerco la radio.

—¿Kirilov? ¿Estás ahí?

Un crujido, seguido de estática.

Joder.

Cambio de canal.

—¿Pavel?

—Sigo aquí. Pero creo que han eliminado a la mayoría de nuestros hombres.

Ignoro la aguda punzada de mi pecho.

—Lo sé. Va a ser una noche jodidamente larga.

Mientras hablo, escudriño el bosque en busca de cualquier indicio de movimiento. Según mis cálculos, sólo veinticuatro de nuestros atacantes están en el suelo, por lo que quedan nueve en paradero desconocido, más los que hayan sobrevivido a la escaramuza con nuestros guardias.

Estoy tan concentrado en mi tarea que casi no veo la figura oscura que sale de las sombras junto a la entrada del garaje, y cuando giro mi arma hacia ella, ya es demasiado tarde.

Cuando el enemigo se lanza a un lado para evitar mis balas, la puerta del garaje estalla en pedazos y la onda expansiva casi me rompe los tímpanos.

53

NIKOLAI

ME PONGO EN MARCHA ANTES DE QUE SE DESVANEZCA EL sonido de la explosión.

—Cúbreme —siseo en la radio y corro hacia el agujero en llamas del garaje, ignorando el agudo zumbido de mis oídos.

Tengo que llegar al garaje antes de que el atacante se recupere de la explosión.

Tengo que interceptarlo antes de que entre y encuentre la habitación segura.

Mientras corro, las balas golpean el suelo a mi alrededor, levantando trozos de hierba y tierra, pero la ametralladora de Pavel mantiene a los tiradores lo bastante lejos como para interferir en su puntería.

Cuanto más me acerco al garaje, más evidente me resulta el alcance de los daños. El cabrón debe de haber pegado explosivos directamente en la parte inferior de la puerta, ya que la fuerza de la explosión no sólo ha destrozado el pesado metal, sino que también ha dejado un cráter ennegrecido en el suelo a su alrededor. Y *joder*. Esos son cables expuestos.

La explosión también debe de haber cortado la energía a de sala de seguridad.

En unos minutos entrará en funcionamiento el segundo generador de emergencia, pero me imagino lo asustados que deben de estar Chloe y Slava. Por gruesos que sean el techo y las paredes de la habitación segura, es imposible que no hayan oído esta explosión... o, ahora que lo pienso, la bomba que hice estallar por allí cerca.

No importa. Les consolaré en cuanto todos estamos a salvo.

Hablando de eso, ¿dónde se ha metido ese cabrón de la bomba? ¿Es demasiado pedir que el hijo de puta no haya sobrevivido a su propia explosión?

Mi corazón bombea adrenalina pura, y mis nervios palpitan con una mayor conciencia mientras atravieso la abertura en llamas hacia el oscuro garaje, conteniendo la respiración para evitar inhalar el humo. Es inútil; a medida que avanzo, me doy cuenta de que el humo ha llenado todas las grietas del espacio, tan denso en algunos lugares que oscurece el resplandor rojo de las llamas.

Maldiciendo en silencio, arranco un trozo de tela de la parte inferior de mi camisa y me pongo el pañuelo improvisado en la cara para evitar toser mientras paso alrededor de uno de nuestros todoterrenos, escudriñando la brumosa oscuridad en busca de señales de movimiento... de escuchar toser a alguien más.

Y entonces la oigo.

Una sola tosecilla, seguida de un ataque de tos en toda regla, sólo que no es el carraspeo profundo de un hombre, sino uno más suave y agudo.

La tos de un niño pequeño

54

CHLOE

—¿SLAVA? SLAVA, ¿DÓNDE ESTÁS? —BUSCO A TIENTAS A mi alrededor en la oscuridad, con el corazón latiéndome de forma rápida y mareante mientras me meto la pistola en el chaleco—. Alina, Lyudmila, ¿estáis ahí? ¿Dónde está? No encuentro a Slava.

—Estaba justo a tu lado. —El tono de Alina es tan tenso como el mío—. ¡Slava! Slavochka, *¿ti gdye?*

Ninguna respuesta.

Me doy la vuelta rápidamente, con los brazos extendidos

—¡Slava! Esto no es ningún juego. No estamos jugando al escondite. Lyudmila, ¿Le ves?

—No. —Ella suena igual de preocupada—. Tal vez él herido. Ahora busco luz.

Es verdad. Tiene que haber linternas por aquí, en alguna parte. Aprieto los ojos y luego los abro, intentando que mi vista se adapte a la oscuridad y, para mi sorpresa, funciona.

Ahora ya no estoy completamente a oscuras. De hecho, hay una tenue luz que viene del otro lado de la habitación.

Del lado donde está la escalera.

Se me acelera todavía más el pulso mientras me dirijo hacia allí, haciendo todo lo posible por no tropezar.

—¿Slava? ¡Slava, ven aquí! —Mi pánico crece por momentos. No sólo no aparece el niño, sino que empiezo a oler algo ácido y acre.

Humo.

—¡Slava! —Mi voz sube de tono y volumen a medida que más luz alcanza mis globos oculares, llenándome el estómago de frío terror

Ya no hay duda de adónde ha ido Slava.

La portezuela que da a la escalera del techo de la sala está abierta.

NIKOLAI

EL TERROR QUE SE APODERA DE MÍ ES TAN ABSOLUTO que, por un momento, estoy seguro de haber oído mal, de que la tos del niño no era más que una alucinación provocada por todo ese humo.

No puede ser mi hijo. Está abajo en la habitación segura, donde está jodidamente a salvo. Donde se supone que está con Chloe y con mi hermana.

Pero no. Otra vez esa tos, seguida de un dolorosamente familiar:

—¿Papá? ¿Papi?

Tengo el estómago hecho una bola de hielo, pero conservo la suficiente presencia de ánimo como para no gritar que estoy aquí, por si el enemigo también está aquí dentro. En lugar de eso, me agacho y camino en cuclillas hacia donde he oído la voz de Slava, un movimiento que me ayuda a respirar aire más limpio, ya que hay más humo más arriba.

Aun así, mis ganas de toser aumentan al tiempo que

las partículas tóxicas me llenan los pulmones. Mi pecho se agita convulsivamente, mis ojos lloran por el esfuerzo de reprimir el reflejo, y sé que no tardaré en traicionarme.

Tengo que localizar a Slava lo antes posible.

—¿Papá? ¿Dónde estás?

Joder. Su voz suena todavía más lejos.

Está yendo hacia la puerta del garaje, intentando escaparse del humo.

¿Cómo coño es que está solo? ¿Les habrá pasado algo a Chloe y Alina?

Manteniéndome agachado, me apresuro a seguirle, con el corazón latiéndome con fuerza mientras mis pulmones siguen gritando que necesito toser para expulsar el aire contaminado.

—¿Papi?

La diminuta figura de Slava se perfila brevemente contra el resplandor de las llamas y, a continuación, atraviesa el agujero en llamas, desapareciendo en el exterior.

Joder. Toso con fuerza, me levanto de un golpe y me echo a correr.

Si me da alguna bala, que así sea.

Irrumpo fuera, pistola en ristre, y le veo.

Mi hijo, de pie solo a unos metros, con su carita iluminándose al verme.

—¡Papi! —Agita un cuchillo en el aire—. He venido a ayudar... como Superman.

El corazón me retumba con una mezcla de miedo y alivio cuando empiezo a acercarme a él, pero me quedo inmóvil cuando una figura oscura sale de las sombras por detrás de él, apuntándome con un arma.

—Ven aquí, Slavchik —dice Alexei Leonov, quitándose la máscara de la cara con una mano para revelar unos ojos negros resplandecientes a la luz de las llamas que chisporrotean por detrás de mí— Ahora estás a salvo, pequeño. Tu tío ha venido a llevarte a casa.

CHLOE

SIN PENSAR EN NADA, ME ARREMANGO LA LARGA FALDA del vestido y trepo por la escalera, mientras mi terror crece a medida que atravieso la portezuela abierta del techo y me envuelve un humo más denso, cuyo olor acre se cuela por mis fosas nasales y hace que me ardan los ojos.

—¡Slava! —Toso, mirando a través de la brumosa oscuridad teñida de rojo—. ¡Slava, vuelve!

Nada. No hay respuesta.

—¡Chloe, espera!

Hago caso omiso del grito de Alina, acabo de salir y contemplo el infierno humeante del interior del garaje. Es como una escena de una película de catástrofes, con coches cubiertos de yeso, ventanas destrozadas y llamas parpadeantes junto a la gran puerta de metal, una puerta con un enorme agujero en llamas.

Se me acelera el pulso y echo a correr, ignorando los fragmentos de cristal y los trozos de hormigón rotos y duros como piedras que hieren mis pies descalzos. Ese dolor no es nada comparado con el pavor que me corroe el estómago

Por ese agujero ha debido de salir Slava.

Debió de subir aquí justo después de la explosión y salir corriendo, directo hacia Dios sabe qué peligro.

Al menos ahora no se oyen disparos, pero eso podría cambiar en cualquier momento. Toso, me saco la pesada pistola del corpiño y la agarro con fuerza con ambas manos, no sea que se me resbale de los dedos sudorosos.

—¡Slava! Atravieso el agujero corriendo, ignorando las llamas que devoran sus bordes... solo para detenerme en seco, presa del horror.

Delante de mí hay una escena sacada directamente de una película del oeste: Nikolai y un desconocido, apuntándose con sus armas en un duelo mortal, con Slava, ojiplático, en el medio.

CHLOE

HIPERVENTILANDO, SACO MI PISTOLA, APUNTANDO CON el cañón al desconocido.

—¡Suelta el arma y retrocede!

Quiero sonar autoritaria, pero en lugar de eso, mis palabras salen en como un ronco y tembloroso graznido por culpa de mi garganta irritada por el humo.

La mirada oscura del hombre se desvía hacia mí durante un milisegundo, pero él no se mueve ni un milímetro.

—*Idi syuda*, Slavchik. —Su voz profunda es inquietantemente tranquila—. *Bystro*.

Para mi sorpresa, reconozco la primera parte de la frase rusa.

Ven aquí, ha dicho el desconocido, utilizando otro diminutivo del nombre del niño.

Nikolai no aparta la mirada del rostro de su oponente, aunque sé que es consciente de mi presencia.

Puedo sentir la tensión letal que emana de él, ver cómo flexiona su dura mandíbula.

—Mi hijo no va a ir a ninguna parte contigo —gruñe en inglés al desconocido—. Slavochka, ponte detrás de mí. Ya.

Slava parece confuso y su mirada se mueve de un lado a otro entre los dos hombres.

—¿*Dyadya Lyosha*? ¿*Papá*?

Dyadya. Me estrujo el cerebro buscando una traducción, y entonces me viene:

Tío, es lo que significa esa palabra. Y *Lyosha* probablemente sea un diminutivo para *Alexei*.

Nikolai estaba en lo cierto. *Son* los Leonov, o al menos uno de ellos.

El tío de Slava.

El arma pesa en mis manos extendidas, mucho más de lo que muestran en las películas. Empiezan a dolerme los hombros y los músculos del cuello, y los antebrazos se me cansan de sostenerla tan fuerte. Ignorando la incomodidad, sigo apuntando al hombre, mientras mi mente da vueltas frenéticamente, intentando pensar en una salida a esta jodida situación.

Después de todo lo que Nikolai me ha contado sobre los Leonov, casi me esperaba que tuviesen cuernos y cola, pero sí *hay* algo demoníaco en los rasgos marcados de Alexei, sobre todo en sus ojos. Son tan oscuros que parecen negros. Me hacen pensar en los charcos de alquitrán de las profundidades de un volcán, con el tono rojizo de las llamas parpadeantes que se reflejan en ellos y todo. Sin embargo, el hombre no es feo, ni mucho menos.

Si Nikolai no hubiera impuesto un listón imposiblemente alto para la belleza masculina, yo podría haber encontrado al tío de Slava peligrosamente atractivo.

No es que su aspecto importe cuando está apuntando a Nikolai con esa pistola, y sus brazos, muy musculados no demuestren signos de cansancio. Tampoco los de Nikolai. Ambos podrían estar hechos de acero, con esos rostros tensos por el odio recíproco.

Slava, por otra parte, no parece compartir ese sentimiento. En todo caso, parece dividido entre su padre y su tío. Su cabeza gira de un lado a otro y su postura habla de desconcierto ante la tensión entre los dos adultos más que de miedo al invasor.

Si el niño sufrió algún abuso mientras vivía con la familia de su madre, no fue a manos de este hombre.

Tomo una decisión y avanzo con cautela. Por muy aterrorizada que yo me sienta por Nikolai, tengo que sacar a Slava de la línea de fuego.

Obligo a mi voz a sonar tan tranquila y serena como puedo—. Ven conmigo, por favor. Mamá Chloe te necesita aquí.

El chico no se mueve. De algún modo, debe de percibir que su presencia es lo único que impide que la violencia vaya a más.

Me arriesgo a dar otro medio paso adelante, y Slava finalmente se mueve, y sale corriendo hacia mí. En cuanto está lo bastante cerca, lo agarro por el brazo y lo empujo detrás de mí, cubriéndolo con mi cuerpo mientras empiezo a retroceder.

El desconocido suelta una carcajada amarga y sus ojos oscuros miran brevemente el anillo que llevo en el dedo.

—Mama Chloe, ¿no? —Como el de Nikolai, su inglés es tan americano como el que más—. Querida... si mueves un solo músculo más, te vuelo la tapa de los sesos y luego la de tu querido marido. Por cierto, felicidades por vuestra boda —continúa mientras me quedo paralizada en el sitio—. ¿Puedo suponer que la boda es muy reciente?

Nikolai tiene los ojos entrecerrados y su voz suena mortalmente suave.

—No es de tu puta incumbencia. Ahora vete antes de que pinte el suelo con tus sesos. Como parece que somos familia y todo eso, te dejaré marchar antes de que lleguen los guardias.

—¿Qué guardias? —La sonrisa acerada de Alexei es todo dientes blancos y crueldad—. Ahora sólo estamos aquí mis hombres y yo. Y debes de estar jodidamente colocado si crees que me voy a ir sin lo que he venido a buscar. Entrégame al hijo de mi hermana y a Alina, y quizá, sólo quizá, os deje vivir a ti y a tu preciosa novia. Viendo que estamos a punto de ser familia todavía más cercana y todo eso.

Yo pestañeo. ¿Alina? ¿Qué tiene ella que ver con todo esto? ¿Y qué quiere decir él con lo de familia más cercana?

La voz de Nikolai se suaviza aún más, dotando de

una amenaza letal a cada sílaba dulcemente pronunciada.

—Tienes exactamente treinta segundos para cerrar el pico y retroceder antes de que abra fuego.

—¿Con ella y el niño aquí? No lo creo. —Sus ojos se dirigen hacia mí durante otra milésima de segundo—. Además, mis francotiradores os tienen a los dos en el punto de mira.

A mí me da un vuelco el estómago, pero Nikolai solo le enseña los dientes.

—Y una mierda. No tienen un blanco limpio.

—¿No? ¿Qué te apuestas? —Alexei sonríe salvajemente—. En cualquier caso, lo único que tengo que hacer es esperar, y mis hombres derribarán al tirador de tu tejado... En ese momento estarás completamente rodeado, y yo me llevaré lo que he venido a buscar.

—No si estás muerto para entonces. —La expresión de Nikolai es de hielo oscuro—. Te quedan veinte segundos. Diecinueve. Dieciocho...

Los latidos de mi corazón se aceleran, y mi terror se multiplica con cada segundo que pasa. Lo dice en serio, puedo verlo, y también Alexei, cuyos ojos negros también se entrecierran. El aire perfumado de humo está tan cargado de violencia incipiente que prácticamente puedo saborear el rocío caliente y cobrizo de la sangre que causan las balas al desgarrar la carne y los huesos.

Uno de esos hombres, o ambos, morirán aquí esta noche.

Nikolai no dejará que se lleven a su hijo, y Alexei no se echará atrás.

Tengo que hacer algo.

Si Nikolai tiene razón sobre que los francotiradores no tienen un blanco limpio, somos dos contra Alexei. Si yo le disparo, tal vez...

—¡Parad! —Igual que un espectro, Alina emerge de la oscuridad humeante del garaje, con el rojo sangre de su vestido contrastando con la palidez fantasmal de su piel y la cortina negra azabache de su pelo.

Al igual que yo, está armada, pero a diferencia de mí, sujeta la pistola a su lado, con el cañón apuntando al suelo.

—Detente, Alexei, por favor. —Atraviesa la irregular abertura y el resplandor de las llamas moribundas tiñe sus ojos de jade de un tono avellana verdoso—. Slava no irá a ninguna parte, lo sabes. Mi hermano no renunciará a su hijo. Y él no... —Se le quiebra la voz—. Él no es a quien quieres, de todos modos.

Cojo aire bruscamente, comprendiendo por fin lo que está pasando. Este hombre y Alina... se conocen.

Más que eso, él cree que tiene algún tipo de derecho sobre ella.

—Alina, atrás. —El tono de Nikolai adquiere un tono más agudo cuando Alexei cambia por completo de postura y una especie de hambre aterradora se enciende en su mirada demoníaca al clavarse en el rostro de Alina.

Ella levanta su pistola y le apunta a la cara.

—Tienes elección —dice ella con tono inexpresivo

—. Sé que tienes una puntería excelente, pero mi hermano también la tiene, lo mismo que yo... igual que Lyudmila, que está ahí dentro. —Inclina la cabeza señalando hacia el oscuro garaje—. Quizá puedas abatirnos a uno o dos de nosotros antes de que te alcancen nuestras balas, y quizá tus francotiradores puedan ayudarte, pero nadie va a salir indemne de esto. Puede que tengas la ventaja de las fuerzas que nos rodean, pero aquí te superamos en número. Además... —Su voz adopta una inflexión sardónica—. ¿De qué os iba a servir yo estando muerta, verdad?

—Alina, cállate y vuelve dentro —gruñe Nikolai—. No tienes que...

—Iré contigo —prosigue ella, ignorando a su hermano—. Cumpliré el contrato de compromiso. Y a cambio, tú retirarás a tus hombres y te olvidarás de mi sobrino. Su sitio está aquí, con su padre y con Chloe, puedes verlo tú mismo.

Los ojos de Alexei parpadean hacia mí durante otra fracción de segundo, fijándose en el niño al que estoy protegiendo con mi cuerpo, absorbiendo la forma en que él se aferra a mis piernas mientras observa el procedimiento con unos ojos enormes y sin entender nada.

Por eso hablan todos en inglés, me doy cuenta en alguna parte distante de mi mente. Esperan que Slava no lo entienda todo con su todavía limitado conocimiento del idioma, y al menos en parte funciona. Puede ver a los adultos apuntándose con sus armas, pero no entiende del todo por qué.

La mirada de Alexei vuelve a centrarse en Alina, y los orbes negros arden con un hambre aún más oscura.

—Vale. Tenemos un trato. Suelta el arma y ven hacia mí.

—¡No lo hagas, joder! —La voz de Nikolai salta como un látigo—. Puedo cargármelo.

—Quizás. —Deja su arma en el suelo—. O puede que muráis los dos. Quizá Chloe y Slava también. Piénsalo.

Nikolai aprieta los dientes.

—No voy a dejar que hagas esto.

Una sonrisa de amargura se dibuja en sus labios.

—No es tu decisión, hermano. Ni la mía. ¿Todo ese asunto del destino en el que crees? Bueno, el mío se decidió cuando tenía quince años, y es hora de que deje de huir de él. Tú y Konstantin ya me habéis protegido lo suficiente.

Nikolai está a punto de seguir discutiendo, puedo verlo, pero ella se adelanta a cualquier discusión caminando rápidamente hacia Alexei, que la agarra del codo y tira de ella para ponerla a su lado tan pronto como está a su alcance.

La forma posesiva en que la sujeta contra él no deja lugar a dudas de su intención, su figura oscura que se cierne sobre ella me hace pensar en Hades arrastrando a Perséfone al inframundo.

Nikolai debe de ver lo mismo, porque su rostro se retuerce de furia y da medio paso hacia adelante, pero se detiene cuando el dedo de Alexei se tensa sobre el gatillo, con un gesto de advertencia.

—No lo hagas, Kolya. —Los ojos de Alina brillan intensamente mientras Alexei empieza a retroceder hacia la línea de árboles, arrastrándola mientras mantiene su arma apuntando a Nikolai—. Estaré bien. Cuida de Chloe y de Slava, y nos veremos en Moscú algún día, ¿vale? Y dile a Konstantin que no me busque. ¡No quiero que haya sangre derramada en mi nombre!

Las últimas palabras nos llegan como un grito desde la distancia, y la mirada de Nikolai arde de odio al ver a su enemigo desaparecer en la oscuridad con su premio, las sombras cerrándose a su alrededor como el abrazo feroz de un amante.

CHLOE

ME DESPIERTO CON UNA CACOFONÍA DE TALADROS Y martillos en la distancia, una banda sonora familiar en los últimos días. Desde el ataque de la semana pasada, tanto la casa como los terrenos de la finca han sido objeto de importantes renovaciones y mejoras de seguridad, incluida la quintuplicación de nuestro cuerpo de guardia.

Nikolai está decidido a asegurarse de que nadie, ya sean los Leonov o cualquier otro enemigo nuestro, pueda volver a traspasar nuestros muros, por muchos mercenarios o armas avanzadas que tengan a su disposición.

Abro los ojos y veo el colchón vacío a mi lado y la tenue luz matinal que se filtra por las persianas. Apenas ha amanecido, así que mi marido debe de haberse levantado temprano para la videoconferencia con sus hermanos sobre la búsqueda de Alina. Es decir, si es que ha dormido algo esta noche. Para mi gran preocupación, sus carreras a media noche han aumentado tanto en frecuencia como en duración desde el ataque, hasta el punto de que no sé cuándo descansa del todo.

La puerta se abre y el objeto de mis meditaciones entra en el dormitorio.

Me incorporo, con el corazón atenazado por la expresión sombría de su rostro.

—¿Nada? —pregunto en voz baja mientras él atraviesa la habitación hacia mí.

Él menea la cabeza.

—Es como si hubieran desaparecido de la faz del maldito planeta. Konstantin cree que la tiene retenida en algún lugar completamente apartado, pero nadie sabe dónde puede ser eso.

—Cuánto lo siento. —Me acerco para apretarle la mano mientras se sienta en el borde de la cama, pero en vez de eso él me sube a su regazo. Me rodea con sus poderosos brazos, hunde la cara en mi pelo e inhala profundamente.

Cuando se aparta para mirarme, la tensión de su rostro se ha disipado. Me acaricia la mejilla y me pregunta en voz baja:

—¿Qué tal te encuentras, *zaychik*? ¿Has dormido bien?

Giro la cara para darle un beso en la palma antes de bajar su mano a mi pecho.

—Sí. —Sonrío para disipar la persistente preocupación de sus ojos—. Estoy bien, te lo prometo.

Decir que Nikolai me ha estado tratando como a un

bebé en los últimos días sería quedarse muy corto. Aunque mis heridas se limitan a unos cuantos cortes superficiales y magulladuras en los pies descalzos, me ha tratado como si hubiera sufrido otra herida de bala o, como mínimo, como si estuviese enormemente traumatizada. Y aunque es cierto que he vuelto a tener pesadillas, estoy lejos de derrumbarme.

No es que no esté preocupada por Alina: lo estoy. Nikolai me ha hablado del acuerdo de compromiso que su padre hizo con Boris Leonov cuando Alina apenas tenía quince años, y si aún me quedaba alguna duda de que aquel hombre se merecía su destino a manos de Nikolai, se esfumó en ese momento

No es de extrañar que Alexei hubiera actuado como si tuviera un derecho sobre ella. Por ese bárbaro y sin duda, ilegal, contrato lo tiene. Sólo puedo esperar que sus sentimientos por ella vayan más allá de la oscura lujuria que vi en su rostro aquella noche, y que no sea un hombre tan terrible como sugiere su reputación.

Nikolai me responde con una sonrisa, pero yo le rodeo el cuello con los brazos y me niego a soltarle.

—Túmbate conmigo, por favor —le murmuro al oído—. Aún no estoy preparada para levantarme.

Por preocupada que esté por Alina, estoy casi igual de preocupada por lo mal que Nikolai se está tomando lo ocurrido. No ha dormido una sola noche en condiciones en la última semana, y eso se nota en los círculos más oscuros alrededor de sus llamativos ojos, en los surcos más profundos que rodean su sensual boca... en su implacable obsesión por la seguridad de Slava y la mía.

Nikolai no sólo se negó a retirar las cámaras del interior de la casa cuando se lo pedí, sino que nos hace llevar a Slava y a mí pulseras rastreadoras que le indican nuestra ubicación exacta y miden nuestras constantes vitales en todo momento.

He optado por no pelearme con él por ahora, ya que tenemos asuntos mucho más importantes en los que centrarnos, incluidos los funerales por los guardias caídos, otro motivo más para el sombrío estado de ánimo de Nikolai. Más de una docena de nuestros hombres murieron en el ataque, y varios más resultaron gravemente heridos, aunque, por suerte, la mayoría de los amigos del ejército de Nikolai no estaban entre los primeros.

Los hombres de Alexei los inmovilizaron en un barranco, impidiéndoles acudir en nuestra ayuda o pedir ayuda por radio, pero todos, excepto Ivanko, sobrevivieron. Incluso esperamos que Arkash, que recibió una bala peligrosamente cerca de la columna vertebral, se recupere por completo.

El otro punto positivo de todo esto es Slava. En cuanto le explicamos que lo que había visto formaba parte del simulacro de seguridad y que Alina se había ido de vacaciones con «el tío Lyosha», el chico volvió a ser el mismo de siempre, haciéndonos un millón de preguntas a mí, a Pavel y a Lyudmila sobre los nuevos guardias y las obras que se estaban llevando a cabo en la finca.

—*Zaychik*... —La voz de Nikolai adquiere un tono más ronco cuando dejo que mis labios rocen inocentemente el lóbulo de su oreja—. Ojalá pudiera acompañarte, pero tengo mucho trabajo esta mañana.

Claro que lo tiene, pero puede esperar hasta que duerma un poco. Abandono toda pretensión de inocencia, meneo mi trasero contra el creciente bulto de sus pantalones y beso la dura parte inferior de su mandíbula.

—Porfi... por faa.

Si hay algo que los acontecimientos de la semana pasada no han afectado es el apetito sexual de Nikolai, y ese beso es todo lo que necesita para ponerme boca arriba y follarme hasta que los dos acabamos sudorosos, doloridos y más que satisfechos. Y, como esperaba, lo suficientemente agotados como para dormir... al menos, en su caso, después de llevar tanto sin dormir.

Espero a estar segura de que Nikolai está profundamente dormido para escurrirme con cuidado por debajo de su brazo y dirigirme al baño para ducharme y prepararme para el día.

Cuando salgo, sigue dormido, con la huella del cansancio en sus hermosas facciones. Sonrío con ternura y lo observo un rato. Luego me dejo caer en una tumbona junto a la ventana y abro el portátil para ver las noticias, como he hecho todas las mañanas en los últimos días.

Como esperábamos, más víctimas de Bransford se han presentado desde que se conoció la historia de su agresión a Masha, y no sólo las dos mujeres que encontró Nikolai. Cada día ha habido nuevas revelaciones, cada vez más horripilantes... por eso me he vuelto tan adicta a las noticias.

Cada titular condenatorio venga más a mi madre.

Abro el navegador y entro en mi sitio de noticias favorito, pero me quedo paralizada al ver las palabras que aparecen en la pantalla:

BRANSFORD SE SUICIDA EN UNA HABITACIÓN DE HOTEL

Con el estómago revuelto, hago clic en el artículo.

Al parecer, hace unos treinta y nueve minutos, Tom Bransford fue encontrado en un ático del Four Seasons con las muñecas abiertas. La nota de suicidio junto a su cama no deja lugar a dudas sobre lo sucedido.

Es decir, deja pocas dudas para quien no conozca a mi marido y sepa de lo que es capaz.

Dejo el portátil a un lado, me levanto y me acerco a la cama, con el corazón latiendo irregular mientras miro al hombre que duerme allí, el marido al que he llegado a querer más que a la vida misma.

¿Ha sido él?

¿Ha decidido que, incluso despojado de su influencia política y a punto de ser procesado penalmente, Bransford todavía representaba una amenaza demasiado grande para mí?

¿Se coló Masha o alguien como ella en ese ático del Four Seasons y lo preparó todo para que pareciera que Bransford se había suicidado, igual que sus asesinos habían hecho con mi madre?

Debería despertar a Nikolai y exigirle una respuesta a estas preguntas, hacer que admita la verdad, pero sé que no lo haré. No porque aún tenga miedo de enfrentarme a la oscuridad que lleva dentro, sino porque me estoy dando cuenta de que esta verdad en particular no me importa.

Suicidio o asesinato, Bransford se ha ido, y esa parte vengativa de mí, la parte que yo quería fingir que no estaba allí, es feliz. No, más que feliz. Está completamente extasiada.

Ya sea por la mano de Nikolai o por la suya propia, Tom Bransford ha obtenido exactamente lo que se merecía.

Permanezco de pie junto a la cama durante un minuto más, absorbiendo el alivio de saber eso, el alivio del peso que no me había dado cuenta de que seguía sobre mis hombros. Dejo que esa sensación se asiente mientras pienso en la belleza letal del rostro de mi marido y en la terrible oscuridad de su alma, una oscuridad que ahora me doy cuenta de que también existe dentro de mí.

Luego, con cuidado de no interrumpir su necesario descanso, me tumbo a su lado y le cubro el pecho con el brazo. Sus ojos no se abren y su respiración no se altera, pero él se vuelve y me estrecha contra él, y su poderoso cuerpo se curva a mi alrededor, dándome calor, protegiéndome del mundo.

Mi pecho se hincha, mi corazón está tan pleno que parece a punto de estallar. Hace sólo un par de meses, era una huérfana que huía de los asesinos de su madre, una mujer sola en el mundo con una esperanza de vida medida en días. Ahora tengo a mi marido y a mi hijo, y un futuro lleno de posibilidades.

Tal vez nos quedemos aquí los próximos años, y yo consiga un trabajo de profesora en una escuela local, una escuela a la que Slava también asistirá. O tal vez nos vayamos a Moscú, y Nikolai vuelva a tomar las riendas de su organización familiar, con todo lo que ello conlleva. O tal vez suceda algo totalmente distinto y sigamos un camino que ni siquiera puedo imaginar en este momento.

Sea cual sea ese camino, vayamos adonde vayamos, no importa.

Mientras tenga a mi oscuro protector, no temo a nada.

Juntos, Nikolai y yo podemos enfrentarnos al mundo entero.

ANTICIPO

El viaje de Chloe y Nikolai termina aquí; ¡gracias por seguir su épica historia de amor! Si quieres dejar una reseña, te lo agradeceré enormemente.

¿Quieres que te avise de mis novedades? Inscríbete en mi lista de correo electrónico en www.annazaires.com/book-series/espanol.

Y ahora, por favor, pasa la página para leer unos fragmentos de *Secuestrada* y *Atrápame*.

EXTRACTO DE SECUESTRADA DE ANNA ZAIRES

Me secuestró. Me llevó a una isla privada.

Nunca pensé que pudiera pasarme algo así. Nunca imaginé que ese encuentro fortuito en la víspera de mi decimoctavo cumpleaños pudiera cambiarme la vida de una forma tan drástica.

Ahora le pertenezco. A Julian. Un hombre que tan despiadado como atractivo, un hombre cuyo simple roce enciende la chispa de mi deseo. Un hombre cuya ternura encuentro más desgarradora que su crueldad.

Mi secuestrador es un enigma. No sé quién es o por qué me raptó. Hay cierta oscuridad en su interior, una oscuridad que me asusta al mismo tiempo que me atrae.

Me llamo Nora Leston, y esta es mi historia.

Leah me recoge a las nueve.

Va vestida para salir de fiesta: unos vaqueros ceñidos oscuros, un top brillante sin tirantes de color negro y botas de tacón hasta las rodillas. Lleva la melena rubia completamente lisa y suave, que le cae por la espalda como una cascada radiante.

Sin embargo, yo aún llevo puestas las zapatillas de deporte. Tengo los zapatos de tacón dentro de la mochila que dejaré en el coche de Leah. Un jersey grueso esconde el top sexi que llevo. No me he maquillado y llevo la melena castaña recogida en una coleta.

Salgo de casa así para no levantar sospechas. Digo a mis padres que me voy con Leah a casa de una amiga. Mi madre sonríe y me dice que me lo pase bien.

Ahora que casi tengo dieciocho años, no tengo toque de queda. Bueno, quizá sí, pero no es oficial. Siempre y cuando llegue a casa antes de que mis padres empiecen a preocuparse, o por lo menos les diga dónde voy a estar, no pasa nada.

Cuando subo al coche de Leah empiezo a transformarme.

Me quito el jersey, que revela el ajustado top que llevo debajo. Me he puesto un sujetador con relleno para aprovechar al máximo mis encantos, algo pequeños. Los tirantes del sujetador están diseñados inteligentemente para ser bonitos, así que no me da vergüenza que se me vean. No tengo unas botas tan llamativas como las de Leah, pero he conseguido sacar a hurtadillas mi mejor par de zapatos negros de tacón. Me añaden unos diez centímetros de altura. Y como necesito hasta el último centímetro, me los pongo.

Después, saco mi neceser de maquillaje y bajo el visor para mirarme al espejo.

Unos rasgos familiares me devuelven la mirada. Mis ojos grandes y marrones y las cejas negras y muy definidas dominan mi pequeño rostro. Rob me dijo una vez que parecía exótica, y sí, algo así es. Aunque solo tengo una cuarta parte de latina, siempre estoy algo bronceada y mis pestañas son más largas de lo normal. Leah dice que son postizas, pero son auténticas.

No tengo ningún problema con mi aspecto, aunque a veces me gustaría ser más alta. Es por los genes mexicanos. Mi abuela era bajita y yo también lo soy, aunque mis padres tienen una altura normal. Y no me preocupa, lo que pasa es que a Jake le gustan las altas. Creo que ni siquiera me ve en el pasillo porque estoy por debajo del nivel de su vista.

Suspiro, me pongo brillo de labios y sombra de ojos. No me paso con el maquillaje porque a mí me funciona más lo sencillo.

Leah sube el volumen de la radio y las nuevas canciones pop llenan el coche. Sonrío y empiezo a cantar con Rihanna. Leah se une y ahora las dos estamos cantando a voz en grito la de S&M.

Sin casi darme cuenta, ya hemos llegado al grupo.

Nos acercamos como si fuéramos las reinas del mambo. Leah sonríe al portero y le enseñamos nuestros carnets. Nos dejan pasar, sin problemas.

Nunca habíamos estado antes en este club. Está en una parte del centro de Chicago más vieja y deteriorada.

—¿Cómo descubriste este sitio? —grito a Leah para que me oiga por encima de la música.

—Me lo dijo Ralph —grita ella y yo pongo los ojos en blanco.

Ralph es el exnovio de mi amiga. Rompieron cuando él empezó a comportarse de forma extraña, pero, por algún motivo, siguen en contacto. Creo que ahora él está metido en las drogas o algo así. No lo sé seguro y Leah no me lo quiere contar por lealtad a él. Es un tío muy turbio, y que estemos aquí porque nos lo haya recomendado él no me tranquiliza en absoluto.

Pero, bueno, da igual. La zona de fuera no es lo mejor, pero la música es buena y me gusta la gente variada que hay.

Estamos aquí para pasárnoslo bien y eso es exactamente lo que hacemos durante la hora siguiente. Leah consigue que un par de tíos nos inviten a unos chupitos. No nos tomamos más de una copa. Leah porque tiene que llevar el coche y yo porque no metabolizo bien el alcohol. Puede que seamos jóvenes, pero no somos tontas.

Después de los chupitos, bailamos. Los dos chicos que nos han invitado bailan con nosotras, pero poco a poco nos vamos alejando de ellos. Tampoco son tan monos. Leah encuentra a unos buenorros de edad universitaria y nos ponemos a su lado. Entabla conversación con uno y yo sonrío al verla en acción. Se le da muy bien esto del flirteo.

En esas que la vejiga me dice que tengo que ir al baño. Así que los dejo y allá que voy.

Ya de vuelta, pido al camarero un vaso de agua. Después de bailar me ha entrado sed.

El chico me lo da y me lo bebo de un trago. Cuando termino, dejo el vaso en la barra y levanto la vista.

Me topo con un par de ojos azules y penetrantes.

Está sentado al otro lado de la barra, a unos tres metros de mí. Y me está mirando.

Le devuelvo la mirada, no puedo evitarlo. Es el hombre más guapo que haya visto en mi vida.

Tiene el pelo oscuro y un poco rizado. Su rostro es de facciones duras y masculinas, con rasgos simétricos. Tiene las cejas rectas y oscuras por encima de los ojos, que son increíblemente claros. Y una boca que podría pertenecer a un ángel caído.

De repente me acaloro al imaginar esa boca rozando mi piel y mis labios. Si fuera propensa a ponerme roja, ahora mismo me habría puesto como un tomate.

Él se levanta y camina hacia mí sin dejar de mirarme. Anda sin prisa, tranquilo. Se lo ve muy seguro de sí mismo. ¿Y por qué no iba a estarlo? Es muy guapo y lo sabe.

Al acercarse, me doy cuenta de que es grande. Es alto y fornido. No sé qué edad tiene, pero supongo que se acerca más a los treinta que a los veinte. Es un hombre, no un chiquillo.

Se coloca a mi lado y tengo que acordarme de respirar.

—¿Cómo te llamas? —pregunta en una voz baja, pero audible por encima de la música. Oigo su tono profundo a pesar de este entorno tan ruidoso.

—Nora —respondo con voz queda, mirándolo. Me he quedado fascinada y estoy segura de que él lo sabe.

Sonríe. Al separar esos labios tan sensuales deja entrever unos dientes blancos y rectos.

—Nora. Me gusta.

Como él no se presenta, me armo de valor y le pregunto:

—¿Cómo te llamas?

—Puedes llamarme Julian —dice, y miro cómo mueve los labios. Nunca me había fascinado tanto la boca de un hombre.

—¿Cuántos años tienes, Nora? —me pregunta a continuación.

Parpadeo.

—Veintiuno.

Se le ensombrece la expresión.

—No me mientas.

—Casi dieciocho —admito a regañadientes. Espero que no se lo diga al camarero y me echen de aquí.

Asiente, como si hubiera confirmado sus sospechas. Entonces levanta la mano y me toca el rostro.

Suavemente, con cuidado. Me roza el labio inferior con el pulgar como si sintiera curiosidad por su textura.

Estoy tan sorprendida que me quedo allí plantada. Nadie me lo había hecho antes, nadie me había tocado así, como si nada, de aquella forma tan posesiva. Siento frío y calor a la vez, y un escalofrío de miedo me recorre la espalda. No vacila en sus gestos. No pide permiso ni se detiene a ver si lo dejo tocarme.

Me toca sin más. Como si tuviera derecho a hacerlo. Como si yo le perteneciera.

Con la respiración agitada y entrecortada, doy un paso atrás.

—Tengo que irme —susurro, y él vuelve a asentir, mirándome con una expresión inescrutable en su hermoso rostro.

Sé que me deja ir y me siento agradecida porque algo en mi interior me dice que podría haber ido más allá, que no sigue las normas establecidas.

Que seguramente sea la persona más peligrosa que he conocido jamás.

Me doy la vuelta y me abro paso entre la muchedumbre. Me tiemblan las manos y el pulso me late con fuerza en la garganta.

Tengo que salir de allí, así que cojo a Leah y le pido que me lleve a casa en coche.

Al salir de la discoteca, miro hacia atrás y vuelvo a verlo. Sigue mirándome.

A su mirada se asoma una oscura promesa; algo que me hace estremecer.

Secuestrada ya está disponible. Para saber más, visita
www.annazaires.com/book-series/espanol/.

Es mi enemigo.... y mi misión.

Una noche, solo tenía que ser eso. Una noche de pasión desenfrenada.

Cuando se estrelle su avión, debería terminar todo. En cambio, no es más que el principio.

Traicioné a Lucas Kent y ahora me lo hará pagar.

Lo primero que hago al llegar a casa es llamar a mi jefe y trasladarle todo lo que he descubierto.

—Así que es lo que yo sospechaba —dice Vasiliy Obenko cuando termino—. Van a usar a Esguerra para armar a los putos rebeldes de Donetsk.

—Sí. —Me quito los zapatos y entro a la cocina para

prepararme un té—. Y Buschekov ha exigido exclusividad, así que Esguerra está ahora totalmente aliado con los rusos.

Obenko lanza una ristra de insultos, la mayoría de los cuales incluye alguna combinación de putos, putas e hijos. Lo ignoro mientras echo agua a un hervidor eléctrico y lo enciendo.

—Vale —dice Obenko cuando se calma un poco—. Vas a verlo esta noche, ¿verdad?

Respiro hondo. Ahora llega la parte incómoda.

—No exactamente.

—¿«No exactamente»? —La voz de Obenko se vuelve peligrosamente suave—. ¿Qué cojones significa eso?

—Me ofrecí, pero no estaba interesado. —Siempre es mejor decir la verdad en este tipo de situaciones—. Dijo que se iban pronto y que estaba muy cansado.

Obenko empieza a maldecir de nuevo. Aprovecho el tiempo para abrir el envoltorio de una bolsita de té, ponerla en una taza y echarle agua hirviendo.

—¿Estás segura de que no lo vas a volver a ver? —pregunta cuando acaba con los insultos.

—Razonablemente segura, sí. —Soplo el té para enfriarlo—. No estaba interesado y punto.

Obenko se queda callado unos instantes.

—Vale —dice por fin—. La has cagado, pero ya resolveremos eso más tarde. De momento tenemos que averiguar qué hacer con Esguerra y las armas que van a inundar el país.

—¿Eliminarle? —sugiero. Mi té todavía está un

poco caliente, pero aun así le doy un sorbo y disfruto del calor que me baja por la garganta. Es un placer muy simple, pero las mejores cosas de la vida siempre son muy simples. El olor de las lilas que florecen en primavera, el suave pelaje de un gato, el jugoso dulzor de una fresa madura... En los últimos años he aprendido a atesorar estas cosas, a exprimir cada gota de alegría en la vida.

—Del dicho al hecho hay mucho trecho. —Obenko parece frustrado—. Está más protegido que Putin.

—Ya. —Doy otro sorbo al té y cierro los ojos, esta vez paladeando el sabor—. Estoy segura de que encontrarás la forma.

—¿Cuándo ha dicho que se iba?

—No lo ha dicho. Solo ha dicho que pronto.

—Vale. —De repente, Obenko se impacienta—. Si contacta contigo, avísame de inmediato.

Y, antes de que pueda responder, cuelga.

Como tengo la tarde libre, decido disfrutar de un baño. Mi bañera, como el resto del apartamento, es pequeña y lóbrega, pero las he visto peores. Engalano la fealdad de ese baño estrecho con un par de velas perfumadas en el lavabo y burbujas en el agua y entonces me meto en la bañera; dejo escapar un suspiro de felicidad cuando me envuelve el calor.

Si pudiera elegir, siempre haría calor. Quienquiera que dijese que en el infierno hace mucho calor se equivocaba. El infierno es muy muy frío. Frío como un invierno ruso.

Estoy disfrutando en remojo cuando suena timbre. Se me disparan los latidos al instante y la adrenalina se me propaga por las venas.

No espero a nadie; lo que significa que solo pueden ser problemas.

Salgo de la bañera de un salto, me envuelvo en una toalla y corro hasta la sala principal del estudio. La ropa que me he quitado sigue en la cama, pero no tengo tiempo de ponérmela. En lugar de eso, me pongo un albornoz y cojo un arma del cajón de la mesita de noche.

Entonces respiro hondo y me acerco a la puerta, arma en ristre.

—¿Sí? —digo, y me paro a un par de pasos de la entrada. La puerta es de acero reforzado, pero la cerradura no. Podrían disparar a través de ella.

—Soy Lucas Kent. —La voz profunda, hablando en inglés, me sobresalta tanto que el arma me tiembla en la mano. El pulso se me vuelve a acelerar y me tiemblan las piernas.

¿Qué hace aquí? ¿Sabe algo Esguerra? ¿Alguien me ha traicionado? No dejo de darle vueltas a esas preguntas y el corazón me late desbocado, pero justo entonces se me ocurre el procedimiento más lógico.

—¿Qué pasa? —pregunto, procurando que mi voz no pierda su firmeza. Hay una explicación para la presencia de Kent sin que quiera matarme: Esguerra ha cambiado de opinión. En cuyo caso, tengo que actuar como la inocente civil que se supone que soy.

—Quiero hablar contigo —dice Kent, y oigo en su voz un deje divertido—. ¿Vas a abrir la puerta o vamos a seguir hablando a través de ocho centímetros de acero?

«Mierda». Eso no suena a que Esguerra lo haya enviado a por mí.

Barajo rápidamente mis opciones. Puedo quedarme encerrada en el apartamento y esperar que no consiga entrar —o cogerme cuando salga, algo que es inevitable porque en algún momento tendré que salir— o puedo correr el riesgo de suponer que no sabe quién soy y actuar con normalidad.

—¿Por qué quieres hablar conmigo? —pregunto para ganar tiempo. Es una pregunta lógica. Cualquier mujer en esta situación sería precavida, no solo si tiene algo que ocultar—. ¿Qué quieres?

—A ti.

Esas dos palabras, pronunciadas con su voz profunda, me asestan un golpe. Los pulmones dejan de funcionarme y miro a la puerta, poseída por un pánico irracional. No me equivocaba, cuando me preguntaba si yo le atraía. Sí, al parecer la razón por la que no dejaba de mirarme era tan simple como la naturaleza misma.

Sí. Me desea.

Me esfuerzo por respirar. Debería ser un alivio. No hay motivo para entrar en pánico. Los hombres me han deseado desde que tenía quince años y he aprendido a lidiar con ello, a volver su lujuria a mi favor. Esto no es diferente.

«Salvo que Kent es más duro y más peligroso que la mayoría».

No. Silencio esa vocecilla y respiro hondo mientras bajo el arma. Al hacerlo, vislumbro mi imagen en el espejo del pasillo. Los ojos azules abiertos como platos en una cara pálida, el cabello recogido de cualquier manera con varios rizos húmedos que me caen por el cuello. Con el albornoz abrochado y el arma en la mano, no me parezco en nada a la chica elegante que había intentado seducir al jefe de Kent.

Tomo una decisión y grito:

—¡Un momento!

Podría intentar negarle a Lucas Kent la entrada a mi apartamento —no sería muy sospechoso tratándose de una mujer sola—, pero lo más sensato sería aprovechar esta oportunidad para conseguir algo de información.

Como mínimo, puedo intentar averiguar cuándo se va Esguerra y contárselo a Obenko, para compensar parte del fracaso anterior.

Con rapidez, escondo el arma en un cajón bajo el espejo del pasillo y me suelto el pelo para dejar que los gruesos y rubios mechones me caigan por la espalda. Ya me he quitado el maquillaje, pero tengo la piel suave y mis pestañas son marrones al natural, así que tampoco estoy tan mal. En cualquier caso, así parezco más joven e inocente.

Más como «la chica de al lado», como les gusta decir a los estadounidenses.

Ya segura de estar presentable, me acerco a la puerta y abro la cerradura, tratando de no hacer caso del fuerte y frenético latido de mi corazón.

Atrápame ya está disponible. Para saber más, visita www.annazaires.com/book-series/espanol/.

SOBRE LA AUTORA

Anna Zaires es una autora de novelas eróticas contemporáneas y de romance fantástico, cuyos libros han sido éxitos de ventas en el New York Times y el USA Today, y han llegado al primer puesto en las listas internacionales. Se enamoró de los libros a los cinco años, cuando su abuela la enseñó a leer. Poco después escribiría su primera historia. Desde entonces, vive parcialmente en un mundo de fantasía donde los únicos límites son los de su imaginación. Actualmente vive en Florida y está felizmente casada con Dima Zales —escritor de novelas fantásticas y de ciencia ficción—, con quien trabaja estrechamente en todas sus novelas.

Si quieres saber más, pásate por www.annazaires.com/book-series/espanol.